Ponts de F

Mara Ferr, geboren 1965 in Österreich, studierte Psychologie und schloss eine Ausbildung zur Pädagogin ab. Sie betätigte sich als freie Lektorin und beschäftigte sich mit journalistischer Pressearbeit, bevor sie ihren ersten Kriminalroman veröffentlichte. Auf ihren häufigen Reisen in die »Stadt der Liebe« entdeckt sie abseits des Glamours immer wieder neue Romanideen. Im Emons Verlag erschien »Aux Champs-Élysées«.

MARA FERR

# Ponts de Paris

PARIS KRIMI

emons:

**Bibliografische Information der Deutschen Nationalbibliothek**
Die Deutsche Nationalbibliothek verzeichnet diese Publikation
in der Deutschen Nationalbibliografie; detaillierte bibliografische
Daten sind im Internet über http://dnb.d-nb.de abrufbar.

© Emons Verlag GmbH
Alle Rechte vorbehalten
Umschlagmotiv: Bruno Monginoux/Photo-Paysage.com
Umschlaggestaltung: Tobias Doetsch
Gestaltung Innenteil: César Satz & Grafik GmbH, Köln
Lektorat: Irène Kost, Biel/Bienne (CH)
Druck und Bindung: CPI – Clausen & Bosse, Leck
Printed in Germany 2014
ISBN 978-3-95451-438-0
Paris Krimi
Originalausgabe

Unser Newsletter informiert Sie
regelmäßig über Neues von emons:
Kostenlos bestellen unter
www.emons-verlag.de

Für Julia

## Das Angebot

Der auberginefarbene Reisekoffer hatte wahrlich schon bessere Tage gesehen.

Ein seitlicher Plastikgriff war gebrochen und mit Klebeband notdürftig umwickelt, damit sie sich an den scharfen Kanten der Bruchstellen nicht Finger oder Handflächen zerschnitt. Das linke hintere Rad war bereits hoffnungslos verkeilt gewesen, als Marie das ramponierte Gepäckstück inmitten des Sperrmülls im Rinnstein vor einer eleganten Geschäftspassage an der Rue de Rivoli erspäht und hervorgezerrt hatte. Auf den vor Nässe glänzenden, groben Pflastersteinen des Kais unter der Pont de l'Alma holperte der Koffer mit seinem unrhythmischen ta-tack, ta-tack hinter Marie her, verfing sich regelmäßig in den ausgewaschenen Rillen und Furchen und ließ sich nur widerspenstig von ihr in die richtige Richtung lenken.

Marie manövrierte ihn geduldig und bewahrte ihn mit geschickten Handbewegungen davor, aus dem Gleichgewicht zu geraten und in den schmierigen Dreck zu kippen. Von den drei filigranen Kofferschlössern war kein einziges mehr brauchbar; sie waren alle ruiniert, obwohl Marie mit einem rostigen Nagel in den winzigen Löchern herumgestochert und sich alle Mühe gegeben hatte, sie wieder in Gang zu bringen. Allerdings machte sich Marie nicht viel daraus. Sie hielt den prall gefüllten Koffer mit einer ausgefransten Paketschnur zusammen, die sie straff um seine verbeulten Hälften schnürte und ihn damit täglich aufs Neue wie ein überdimensionales Weihnachtspaket aussehen ließ.

Über der Seine folgten dunstige Nebelschwaden gemächlich dem träge ziehenden Wasser in Flussrichtung und verdichteten sich unter der Brücke, um auf der anderen Seite wie zerrissene Schleier hervorzuquellen. Der strömende Regen verebbte zögernd und ging schließlich in ein sanftes Nieseln über, das auf der trüben Oberfläche des Flusses winzige gewellte Schaumkrönchen hinterließ.

Marie lockerte das Zugband ihrer Kapuze und freute sich, dass das lang ersehnte nächtliche Sommergewitter endlich Abkühlung gebracht und das verdorrte Paris von Staub und flirrender Hitze befreit hatte. Die Pont de l'Alma glänzte unter der gelblichen Beleuchtung ihrer tulpenförmigen Laternen wie frisch poliert, die steinerne Statue des Soldaten Zouave schien erleichtert zu lächeln, und die feuchte Luft kondensierte in unzähligen Wassertröpfchen auf Maries Gesicht.

Energisch steuerte sie auf die dunkle Nische in der Kaimauer zu. Sie war todmüde, und es war bereits kurz vor Mitternacht. Von all ihren Brückenplätzen entlang der Seine war diese enge Mauervertiefung, an deren hinterer Stirnseite eine längst vergessene, eingerostete Eisentür zu einem aufgelassenen Kanalschacht des Pariser Abwassernetzes führte, ihre heimeligste Schlafstelle: trocken, abgeschieden und gut vor allzu neugierigen Blicken der Touristen geschützt. Schräg vor dem Gewölbeeingang stand eine Holzbank, flankiert von einem Hibiskusstrauch, dessen Wildwuchs zum Glück von keinem übereifrigen Stadtgärtner beschnitten wurde und der auch im Winter mit seinem blattlosen, aber dicht verzweigten Astwerk einen Sichtschutz auf ihre dahinterliegende Unterkunft bot.

Resolut zerrte Marie den unhandlichen Koffer um die Parkbank herum, schob ihn in den dunklen Eingang und löste behutsam die verknüpften Knoten der Paketschnur. Sie war spät dran heute und musste sich beeilen, wenn sie ihr Lager für die Nacht fertig aufschlagen wollte, bevor der Pater eintraf.

Dem Koffer entnahm sie eine mit verblichenen Sonnenblumen gemusterte Luftmatratze, blies sie keuchend auf und legte sie auf eine löchrige Decke über den feuchten Zementboden. Darüber breitete sie ein verwaschenes Leinenlaken, schüttelte ein rostbraunes, zerfleddertes Zierkissen zurecht, stapelte ihre spärlichen Habseligkeiten fein säuberlich rund um ihre Schlafstatt und stellte den leeren Koffer aufgeklappt so in den Mauerdurchbruch, dass er als wackelige Trennwand zwischen ihrem Liegeplatz und der Außenwelt fungierte. Sie streifte sich die um eine Nummer zu engen Sandalen stöhnend von den schmutzigen Füßen und ließ sich ächzend auf die nachgiebige Matratze sinken. Durch den breiten Spalt zwischen Koffer und Mauerwerk konnte sie in der

Dunkelheit eine schemenhafte Bewegung ausmachen und hörte kurz darauf das vertraute Knarzen der Parkbank, auf die sich der Priester niederließ.

Marie unterdrückte ein Seufzen; nun war es vorbei mit ihrer ungestörten Nachtruhe. Wohl oder übel würde sie wieder einmal unfreiwillige Ohrenzeugin des ausgiebigen und verhalten geflüsterten Liebesspiels werden, dem sich der Gottesmann mit einer seiner jungen Gläubigen hingab. Es war Mittwochnacht, vermutlich war daher die kleine Alette heute die Auserkorene. Marie zog sich die Kapuze ihrer Regenjacke über den Kopf, versuchte, sich so geräuschlos wie möglich zur Wandseite zu drehen, schloss die Augen und flehte stumm um schnellen Schlaf. Sie würde nie begreifen, warum er sich ausgerechnet eine öffentliche Parkbank für seine Verstöße gegen den Zölibat ausgesucht hatte. Vielleicht wollte er entdeckt werden, damit ihm die Entscheidung, sich zu sich selbst anstatt zu Gott zu bekennen, von höherer Stelle abgenommen wurde.

Ein leises Scharren an der harten Schale des Koffers ließ sie erstarren.

»Marie! Marie, ich weiß, dass du da drinnen bist«, flüsterte der Priester, ohne den Koffer beiseitezuschieben.

Sie rührte sich nicht, versuchte mit der Finsternis ihrer schmalen Kammer zu verschmelzen und hielt angestrengt den Atem an.

»Marie, ich habe Arbeit für dich.« Er machte eine kurze Pause und wartete auf eine Reaktion.

Marie verharrte abwartend und blieb stumm.

»Morgen um acht hält ein Taxi an der Ampel erste Kreuzung Cours Albert. Ein silberner Citroën mit einem indischen Fahrer. Steig hinten ein. Alles andere erfährst du dann. Deinen Koffer kannst du hierlassen, ich kümmere mich darum. Hol ihn nach der Abendmesse in der Kirche ab. Nutz diese Chance, mein Kind.«

Marie schwitzte unter dem knisternden Nylon ihrer Jacke und nahm die schwerfällige Bewegung, mit der sich der ältere Mann mühsam abwandte, nur vage wahr, hörte aber gleichzeitig das unverkennbare Klappern von Alettes Stöckelschuhen auf dem Pflaster. Kurz darauf vernahm sie die typischen Laute und Geräusche, mit denen Alette dem Pater zu seiner himmlischen Erlösung verhalf.

»Mein Kind« hatte er sie genannt, obwohl er mit seinen sechzig Lenzen nur um einige Jahre älter war als sie selbst.

Was aber konnte das für eine Arbeit sein, die er ihr heimlich mitten in der Nacht anbot und nicht im offenen Gespräch von Angesicht zu Angesicht nach dem morgendlichen Gottesdienst oder bei einer abendlichen Ausspeisung in der Suppenküche?

Grundsätzlich mochte sie Pater François; er war kein schlechter Mensch, und für die heimliche Befriedigung seiner sexuellen Bedürfnisse hatte sie vollstes Verständnis. Er behandelte die Mädchen respektvoll, bezahlte großzügig, war nicht gewalttätig und forderte keine abartigen Praktiken. Außerdem kümmerte er sich tatkräftig um seine bescheidene Gemeinde rund um die Église américaine und predigte vor allem nicht ständig Wasser, nur um sich selbst am Wein zu laben. Hin und wieder hatte er Marie zu einfachen Handlangerarbeiten verholfen, etwa Altkleider sortieren oder Plastikmüll entlang der Avenue de New York einsammeln. Diese wurden nicht mit barem Geld, dafür mit zwar abgelaufenen, aber völlig tadellosen Lebensmitteln oder Gutscheinen für einmaliges Duschen in der heillos überfüllten Obdachlosenherberge entlohnt.

Er wusste, dass sie zu alt war, um ihren abgemagerten Körper erfolgreich zu verkaufen. Auch war sie glücklicherweise weder von Drogen noch von Alkohol abhängig und besaß auch nicht die Fähigkeit, mit Drogen zu dealen.

Für welche Art von Arbeit also hielt er sie geeignet? Sollte sie stehlen? Betrügen oder gar morden im Namen des Herrn?

Es musste etwas Geheimes, Verbotenes, Sträfliches sein – so einfach war das.

Er vermittelte sie mit Sicherheit nicht als Putzfrau oder Kindermädchen. Nicht um Mitternacht, verstohlen wispernd hinter einer Parkbank.

## Der Morgen

Blutrünstige Stechmücken waren während der schwülen Nacht in Schwärmen über Marie hergefallen und hatten auf jedem nackten Millimeter Haut ihr dunkelrotes Lebenselixier aus ihrem Körper gesogen.

Leise vor sich hin schimpfend kroch sie beim ersten Morgengrauen aus der stickigen Mauernische, schnappte sich ihre hellblaue Plastiktüte mit Zahnbürste, einem kleinen Stück Seife, zerschlissenem Lappen sowie dem beinahe zahnlosen, verbogenen Plastikkamm und kramte in dem abgegriffenen Lederbeutel, der an einem geflochtenen Wollband um ihren Hals hing, nach einer Münze.

Bevor sie sich auf den Weg zur öffentlichen Toilettenanlage in der Metrostation Alma-Marceau machte, zog sie das Ventil aus der Luftmatratze und steckte es in die vordere Hosentasche. Ihr gesamtes Hab und Gut ließ sie offen liegend in dem Verschlag zurück; außer der Matratze, die ohne Ventil wertlos war, gab es darunter nichts, was sich zu stehlen lohnte. Außerdem wäre sie ohnehin in ein paar Minuten wieder zurück.

Die Mückenstiche juckten wie verrückt, und sie merkte, dass sie sich im Schlaf blutig gekratzt hatte. Vielleicht hatte sie ja Glück, und der Spender in der Toilette war wieder mit neuen Papierhandtüchern aufgefüllt. Dann konnte sie sich einige davon nehmen, in kaltes Wasser tränken und zur Linderung auf die wunden Stellen ihrer Beine und Arme drücken.

Sie roch Schweiß und den Gestank verfaulter Äpfel in ihrem blassgelben Shirt, von der fleckigen Khakihose ging ein eindeutig scharfer Geruch aus, und ihr dichter blonder Zopf hing, von der feuchten Nachtluft schwer, im Nacken und muffelte nach verschimmeltem Brot.

Zu dieser frühen Morgenstunde waren nur wenige Jogger oder Spaziergänger mit ihren Hunden auf dem Quai des Rive Droite unterwegs. Marie genoss die ersten warmen Sonnenstrahlen, die sich nach dem reinigenden Gewitter vom Vortag langsam ihren Weg durch vereinzelte Quellwölkchen erkämpften. Bis zum Mittag würde ganz Paris unter der glühenden Hitze wieder stöhnen, und unzählige Touristen würden ihre Trinkflaschen halb voll in die Müllkörbe werfen, weil das Wasser in kürzester Zeit lauwarm und schal in seiner weichen Plastikhülle schmeckte.

Taya, die afrikanische Putzfrau der städtischen Reinigung, war gerade dabei, das eiserne Rollgitter vor der Toilette der Metrostation zu entsperren, als Marie gemeinsam mit vereinzelten müden Passanten, die bereits zur Arbeit fuhren, die letzten Stufen in die stickige Untergrundwelt hinabstieg.

Sie blieb in einiger Entfernung vor dem für den Tag gerüsteten Gerätewagen von Taya stehen. Ruhig und unbeirrt wartete sie darauf, dass Taya ihre routinierten Vorbereitungen zur täglichen Öffnung der Toilette beendete und Marie mit einem stummen Nicken dazu aufforderte, ihr Eurostück in das massive Drehkreuz einzuwerfen. Dieses gab mit einem metallischen Klacken den Zugang frei.

Marie dankte ihr ebenfalls mit einer wortlosen Kopfbewegung und begann, über das stählerne Waschbecken gebeugt, ausgiebig die Zähne zu putzen, Gesicht und Hände zu waschen und sich zu kämmen. Das kalte Wasser fühlte sich auf ihren verschorften und geröteten Stichen wundervoll an, und als sie ihre staubigen Füße in eine frisch gesäuberte Toilettenschüssel tauchte, atmete sie erleichtert auf. Um diese Zeit gab es hier kaum Besucher, und Marie genoss die nach scharfen Reinigungsmitteln duftende Sauberkeit, das kühle Nass und die Freiheit, sich nahezu ungestört ihrer Körperpflege widmen zu können.

Taya war heute gut gelaunt, sie gurrte einen rhythmischen Gesang vor sich hin, schrubbte dazu im Takt mit einem breiten Wischer den dunkelgrau gefliesten Boden und hielt auf ihrer hellen Handfläche Marie lächelnd das Eurostück entgegen, als sie aus der Kabine trat. Marie senkte mit ernstem Blick den Kopf, griff nach der Münze, steckte sie in ihren Lederbeutel zurück und sah dankbar zu Taya auf. Taya drehte sich abrupt zu den Waschbecken um, summte ihr Lied weiter und begann damit, diese mit einer stechenden Lösung aus einer giftgrünen Flasche zu besprühen.

Bedächtig und langsam ging Marie zurück zu ihrem verborgenen Lager und leistete sich den seltenen Luxus, das dank Taya für die Toilette eingesparte Eurostück in einen Getränkeautomaten am Ausgang der Metrostation zu stecken. Dafür erhielt sie einen halb vollen, winzigen Plastikbecher mit heißem Kaffee. Wasser- und Croissantreste würde sie sich aus den spätestens in zwei Stunden übervollen Mülltonnen besorgen. Sie setzte sich auf die Bank in den Schatten des Hibiskusstrauches – sie wollte nicht erneut ins Schwitzen geraten, nachdem sie sich trotz der immer noch schmutzigen Kleidung der Illusion von Frische und Sauberkeit hingab – und grübelte darüber nach, ob sie um acht Uhr bei der Ampel auf das Taxi mit dem indischen Fahrer warten sollte oder lieber nicht.

Wenn dieser Job von Pater François vorgeschlagen wurde, konnte er nicht so schlimm sein, oder? Auch wenn sein Getue darum etwas geheimnisvoll und verschwörerisch gewesen war. Was hatte sie zu verlieren? Man würde sie kaum vergewaltigen oder verstümmeln, dazu hätte es in den letzten Jahren unter den Brücken und auf der Straße weiß Gott Gelegenheiten genug gegeben. Sollte sie keinen Gefallen an der Arbeit finden, könnte sie immer noch ablehnen. Im schlimmsten Fall war sie in ihrem kümmerlichen Lebensplan keinen Schritt weiter als jetzt. Im besten Fall hatte sie Arbeit, verdiente ein wenig Geld und konnte sich damit vielleicht sogar eine Kammer im staatlichen Obdachlosenheim in Nanterre leisten, von dem sie gehört hatte.

Sie gab sich einen Ruck, packte ihren Koffer sorgfältig nach einem von ihr selbst ausgetüftelten Ordnungssystem, verschnürte ihn fest und lehnte ihn an die verrostete Eisentür an der Rückwand der Mauernische, von wo der Pater ihn abholen und in die Kirche bringen würde.

Ein vom Alter gezeichneter Mann führte seinen hektisch an der Leine zerrenden und kläffenden Terrier zum Hibiskusstrauch, an dem er geräuschvoll sein Revier markierte. Marie fragte den Alten nach der Uhrzeit.

Es war fünf vor acht, Zeit zu gehen.

## Der Arbeitgeber

Ein silbergrauer zerschrammter Citroën parkte mit eingeschalteter Alarmblinkanlage am rechten Fahrbahnrand vor der Ampel. Vorsichtig näherte sich Marie dem Wagen, dessen gelbes Taxischild in einem verbogenen Rahmen am Dach hing und zersplittert war, und spähte neugierig ins Wageninnere. Der dunkelhäutige Fahrer hatte einen grellorangen Turban aus glänzender Seide kunstvoll um seinen hageren Schädel geschlungen. Er blickte starr geradeaus durch die Windschutzscheibe. Sehnige Hände umklammerten fest das Lenkrad, und er drehte auch nicht den Kopf, als die hintere Wagentür kraftvoll von innen aufgestoßen wurde.

Marie fasste nach dem Handgriff und zog die Tür weit auf, blieb aber achtsam am äußersten Rand des Bürgersteigs stehen, während sie sich ein kleines Stück in den Wagenfond beugte, um besser sehen zu können. Das Erste, was ihr auffiel, war ein angenehm erfrischender Duft von teurem Aftershave, der aus dem kühlen Inneren strömte. Geblendet vom mittlerweile gleißenden Sonnenlicht konnte sie den Mann nicht genau ausmachen, der sie mit einer wohlklingenden Baritonstimme ruhig aufforderte: »Steig ein, Marie. Keine Angst, es passiert dir nichts.«

Es war der sonore Klang dieser Stimme, tief und kräftig, ruhig, irgendwie vertrauenerweckend, mit kultivierter Aussprache, der den endgültigen Ausschlag dafür gab, dass Marie ihre letzten Bedenken und Zweifel über Bord warf, sich auf die Rückbank setzte und die Tür rasch zuzog, um der Hitze den Einlass zu verwehren.

Drei Dinge passierten in den nächsten fünf Sekunden gleichzeitig.

Der Fahrer trat so vehement auf das Gaspedal, dass der kleine Wagen unvermittelt nach vorne schoss.

Der Mann neben ihr befahl ihr scharf: »Setz dich auf den Boden!«

Eine schrille Frauenstimme kreischte: »Oh mein Gott, wie

14

kann man nur so dämlich sein. Raus hier! Das ist nichts für dich. Ich bitte dich, du musst hier raus. Schnell!«

Erschrocken, fast reflexartig glitt Marie auf den Boden und bemerkte erst jetzt, dass der Beifahrersitz ausgebaut worden war. Sie zog dennoch ihre nackten, mit roten Quaddeln übersäten Beine an und kauerte nun mit dem Rücken an die Sitzbank gelehnt auf dem schmutzigen Filzbelag der vibrierenden Bodenplatte.

Verwirrt drehte sie den Kopf nach hinten und blickte direkt in das sonnengebräunte Gesicht eines attraktiven grauhaarigen Mannes, dessen faltenloser Sommeranzug an den Ärmelaufschlägen mit dezenten Etiketten von Hugo Boss versehen war und der auf Hochglanz polierte Lederschuhe trug, die verdächtig nach italienischer Handarbeit aussahen.

Er musterte sie interessiert aus eisblauen Augen, rümpfte geziert die vornehm schmale Nase und stellte mit gerunzelter Stirn beinahe amüsiert fest: »Du stinkst.«

Hinter seinen schmalen Lippen blitzten perlweiße Zähne hervor, die niemals von Natur aus so regelmäßig gewachsen sein konnten, und die Andeutung eines Lächelns spiegelte sich in feinen Augenfältchen wider. Er mochte um die fünfzig sein, vielleicht aber auch sechzig, es war schwer zu sagen. Sein gepflegtes, schickes Aussehen täuschte womöglich über sein wahres Alter hinweg, und die geschliffene Sprache zeugte von Bildung. Die selbstverständliche Autorität und Entschlossenheit, die er ausstrahlte, beeindruckten Marie kaum, schon gar nicht ließ sie sich davon einschüchtern oder erstarrte vor Angst und Ehrfurcht. Weit Schrecklicheres hatte sie im täglichen Überlebenskampf ihres unbarmherzigen Straßendaseins mit eigenen Augen gesehen und auch am eigenen Leib zu spüren bekommen.

Der Tod machte ihr keine Angst mehr; was sie fürchtete, war ein schmerzhaftes oder qualvolles Sterben.

Suchend blickte sie sich nach der schreienden Frau um, die sie nirgendwo im Wagen entdecken konnte. War das Gekreische aus dem Kofferraum gekommen? Der Gedanke daran, dass keinen Meter von ihr entfernt eine hilflose Frau ihr verzweifelt Warnungen zurief, verursachte Marie nun doch ein mulmiges Gefühl in der Magengrube. Sie registrierte aus dem Augenwinkel ein nervöses Zucken ihrer kleinen Finger, wie es immer völlig unkontrolliert eintrat, wenn sie gezwungen war, ihre innere Anspannung durch verlogenes Verhalten zu überspielen. Aus zusammengekniffenen Augenlidern betrachtete sie unverwandt die raue Haut an den zarten Knöcheln ihrer zappelnden Finger und sagte mit zwar belegter Stimme, aber klar und deutlich verständlich: »Sie stinken.«

Der Mann beugte sich nach vorne, stützte die Ellbogen auf seine Knie und legte die Fingerspitzen seiner manikürten Hände dabei wie zum Gebet aneinander.

»Wie bitte?«, fragte er.

»Es heißt: ›Sie stinken.‹ Und nicht: ›Du stinkst.‹ Höflichkeitsform«, erklärte Marie sachlich, ohne ihm den Blick zuzuwenden.

Nach einer verblüfften, atemlosen Sekunde brach der Mann in heiteres Lachen aus. Es war ungekünstelt und ehrlich und schien aus den Tiefen seines breiten Brustkorbes hervorzusprudeln.

»Welch erfrischende Unverfrorenheit! Was bildest du dir eigentlich ein? Was denkst du, wer du bist?«, lachte er spöttisch.

»Marie Croix«, erwiderte sie ernst, den Kopf noch immer gesenkt.

Ungläubig schüttelte er den Kopf, schwieg aber, setzte sich wieder aufrecht hin und zog aus der knitterfreien Innentasche seines Sakkos ein schmales schwarzes Ledermäppchen, das er aufschlug und aus dem er wie der gelehrte Dozent in einer wissenschaftlichen Vorlesung rezitierte:

»Marie Croix, geboren 1961, verwitwet, ein homosexueller Sohn, der samt Ehemann und vierjährigem Adoptivsohn in der Tasmanstraat 8 in Amsterdam lebt.

Monsieur Croix hinterlässt seiner Witwe nach seinem tödlichen Rennbootunfall vor acht Jahren eine hoch verschuldete Schönheitsklinik in Saint Tropez, vier laufende Prozesse mit Anklage auf fahrlässige Körperverletzung, inszeniert von enttäuschten Patientinnen, Regressforderungen in astronomischen Höhen sowie einen erzürnten und zum Äußersten bereiten Immobilienmakler, der die horrenden ausstehenden Raten der luxuriösen Villa am Meer einfordert.

Madame Croix flüchtet nach gerichtlichen Zwangsversteigerungen, staatlichen Enteignungen sowie einem Brandanschlag auf ihren verbliebenen Kleinwagen völlig mittellos nach Paris. Ein in jungen Jahren abgebrochenes Medizinstudium sowie keinerlei abgeschlossene Ausbildungen und das nicht mehr ganz so junge Alter machen die Arbeitssuche in der Metropole zu einem erfolglosen Unternehmen. Marie Croix, zu diesem Zeitpunkt fünfundvierzig, rutscht durch das engmaschige Hilfsnetz unseres hochgepriesenen Sozialstaates und fällt tief. Gelegentliche Handlangertätigkeiten erweisen sich als zum Leben zu wenig und zum Sterben zu viel und reichen nicht einmal für den minimalen Obolus, den Wohlfahrtseinrichtungen für ein kärgliches Loch verlangen, zumal Madame jeden einzelnen Cent aus ihrem Bettelbecher eisern spart, um jährlich an Weihnachten eine Zugreise zu Sohn und Enkel unternehmen zu können. Einem schwulen Sohn, der noch immer davon überzeugt ist, seine Mutter habe sich aus Verzweiflung der Religion zugewandt und lebe in einem erzkonservativ geführten Kloster, in dem Besuche strengstens verboten sind. Wie grotesk ist das denn?«

Die eng beschriebenen Seiten des Mäppchens knisterten, als er es sinken ließ, um trocken zu schlucken und eine Sprechpause einzulegen.

In Maries Kopf überschlugen sich die Gedanken, das Herz pochte einen Tick zu schnell, und sie schob ihre Hände unter die Oberschenkel, um das Zittern zu verbergen.

Was wollte er von ihr? Wozu hatte er all diese Informationen über sie gesammelt?

»Hab ich es dir nicht gesagt?«, jammerte plötzlich wieder die Frau weinerlich. »Warum bist du überhaupt eingestiegen?«

Erstaunt riss Marie den Kopf nach oben und drehte ihn ruckartig in alle Richtungen, um nach der Frau zu sehen. Außer dem verhutzelten Fahrer, dessen spitzer Adamsapfel die faltige Haut über seinem Hals zu durchbohren schien, und dem sie abwartend fixierenden Fremden sah sie in dem beengten Kleinwagen niemanden.

»Hör endlich auf zu jammern, Lilille«, mischte sich eine ungeduldige Männerstimme ein, »du machst Marie ja ganz nervös.

Das können wir im Moment am wenigsten gebrauchen. Jetzt ist ein kühler Kopf gefragt.«

Gehetzt irrte Maries Blick umher, erfasste jedoch nur dieselbe Szenerie: Der indische Fahrer links vor ihr, verbissen an der Schaltung rüttelnd, links schräg hinter ihr der elegante Unbekannte.

»Aber du musst zugeben, dass ich recht habe«, fauchte Lilille.

Wer auch immer die beiden im Kofferraum waren, Marie wünschte, sie würden endlich still sein, damit sie sich darauf konzentrieren konnte, was eben mit ihr in diesem Wagen geschah.

»Ist ja gut jetzt«, lenkte der Ungeduldige schroff ein. »Am besten wird sein, wir hören uns an, was dieser eingebildete Schnösel will. Im Augenblick haben wir sowieso keine andere Möglichkeit. Blind aus dem Auto zu springen, ist bei dem dichten Morgenverkehr viel zu gefährlich.«

Marie erschien dieser Vorschlag vernünftig, und unwillkürlich nickte sie zustimmend.

»Nun?«, fragte der elegante Ältere kühl.

Marie blickte in sein durchaus ansehnliches Gesicht und zuckte gleichgültig mit den Schultern.

»Ich verstehe«, seufzte er, »du bist in den wenigen Jahren auf der Straße zu einer Richtigen der zigtausend ›Losen‹ in Paris geworden, nicht wahr?«

Ein kaum wahrnehmbarer Hauch von Mitgefühl schwang in seinen Worten mit.

»Du bist obdachlos und mittellos. Bis auf ein paar wenige Tage im Jahr bist du eigentlich auch kinderlos. Du bist arbeitslos. Alles zusammengenommen, ist dein Leben trostlos und hoffnungslos, um nicht zu sagen sinnlos.«

Über die erbärmliche Wahrheit, aus der er seine pathetischen Wortspielereien zimmerte, dachte Marie nur äußerst selten nach. Zu viele dunkle Gefahren barg die nähere Auseinandersetzung damit, wie lähmend und armselig Tag für Tag ihres Lebens seit acht Jahren dahintröpfelte. Der Versuchung, Tristesse und Verzweiflung der elenden Gedanken mit Alkohol oder Drogen in Schach zu halten, hatte sie bis jetzt zwar widerstehen können, war sich aber nicht sicher, wie lange ihr diese an schlimmen Tagen beinahe übermenschliche Anstrengung noch gelingen würde.

»Wie kann er nur so gemein sein«, wimmerte Lilille leise vor sich hin.

»Hör auf zu flennen!«, fuhr sie der Ungeduldige gereizt an. »Dein Gejammer hilft uns jetzt auch nicht weiter.«

»Claude, du hast nicht das geringste Mitgefühl. Du bist kalt und herzlos.«

Claude schwieg. Endlich.

Das streitbare Gezänk der beiden zerrte an Maries Nerven. In ihrer sitzenden Haltung versuchte sie, anhand der vorbeifliegenden Fassaden der Gebäude herauszufinden, wo sie sich befanden.

Es gelang ihr nicht. Zu schnell waren sie gefahren, zu weit gekommen, zu oft hatte der Wagen die Fahrspuren gewechselt, als dass sie sich von ihrer tiefer liegenden Perspektive aus hätte orientieren können, und die kunstvoll verzierten Stukkaturen an den mächtigen Bauten entlang des Rive Droite huschten nur als unscharfe graue Fetzen an den verschmierten Autoscheiben vorbei. In rasanten Abfolgen beschleunigte und bremste der Inder, niemand sprach, und Marie verwarf den Gedanken, aus dem Wagen zu hechten. Bevor sie sich aufgerappelt haben würde, hätte sie der Fremde entweder erschossen oder zumindest zurückgezerrt. Nach geraumer Zeit – Marie hatte keine Ahnung, wie lange sie schon unterwegs waren – wurde die Geschwindigkeit auf Schritttempo gedrosselt, und sie fuhren steil bergab in eine Art finsteren Tunnel. Marie spürte mehr, als sie es wusste, dass es sich um die Einfahrt in eine Tiefgarage handeln musste. Der Wagen hielt mit laufendem Motor, der Unbekannte forderte sie leise zum Aussteigen auf. Marie zog sich mit steifen Knien am Armaturenbrett hoch, öffnete die Beifahrertür und stieg aus. Sofort gab der Inder wieder Gas.

Marie sah sich kurz um. Tatsächlich befanden sie sich in einer Tiefgarage, allerdings war diese völlig leer – ein für das gesamte Paris absolut unvorstellbarer Zustand. Es musste sich um ein privates Gelände handeln.

Ungehalten hörte sie den namenlosen Mann nach ihr rufen, und sie folgte ihm zu einer beinahe unsichtbar in die Wand eingelassenen Tür. Er presste seine Handfläche fest auf die glatte

Oberfläche direkt über dem Knauf, und die Tür schwang mit einem sanften hydraulischen Summen auf. Sie führte in das kühle Innere eines geräumigen Zimmers, dessen Stirnseite zur Gänze mit einem Spiegel versehen war. Dieser reflektierte die purpurnen Stoffbahnen, mit denen die Wände überzogen waren, sowie das blitzende Weiß der Marmorfliesen am Boden. Sanfte Klaviertöne erklangen aus unsichtbaren Lautsprechern, und der längliche Raum war so gut klimatisiert, dass schlagartig Maries Oberarme von einer Gänsehaut überzogen wurden. Fein eingesponnene Silberfäden in den Stoffen sandten funkelnde Sterne an den glänzenden Spiegel. Marie erhaschte einen flüchtigen Blick auf ihr Spiegelbild, und entsetzt warf sie den Kopf in den Nacken, um die in die Decke eingelassenen Spots zu fixieren, die wahrscheinlich die Milchstraße darstellen sollten.

Der Unbekannte warf ihr einen kurzen Blick zu und stellte ungerührt fest: »Du gehst langsam vor die Hunde, Marie.«

»Sie gehen langsam vor die Hunde«, antwortete Marie der Milchstraße. »Ich bin nicht mit Ihnen befreundet, Monsieur.«

»Sie sind sehr hartnäckig, Madame Croix.«

Sie konnte sein sardonisches Lächeln nicht sehen, doch seine Stimme konnte den triefenden Spott nicht verbergen und strafte seine betonte Höflichkeit Lügen.

Erneut presste er seine Handfläche auf eine unscheinbare Glasplatte, die in der Seitenwand neben der Tür eingelassen war, und sofort begann sich der Raum zu bewegen, er schien nach oben zu schweben.

Sie befanden sich in einem Aufzug, erkannte Marie erstaunt.

Nach wenigen Sekunden kam der Raum zum Stillstand, die Tür schwang lautlos automatisch nach außen auf und gab den Blick auf eine junge Frau frei, die sie ganz offensichtlich erwartete.

Ihr feines asiatisches Gesicht war von faszinierender Schönheit, das blauschwarz glänzende Haar fiel in kunstvollen Wellen bis über die schmalen Hüften. Unter ihrem eng gewickelten cremeweißen Sarong erahnte man einen feingliedrigen Körperbau, von dem nicht einmal die üppige Perlenstickerei abzulenken vermochte. Die Andeutung eines zurückhaltenden, unverbindlichen Lächelns auf ihren kirschrot bemalten Lippen verlieh ihrem Gesicht eine nichtssagende Starre.

»Mi Li«, sagte er freundlich, während er Marie mit einer winkenden Handbewegung aufforderte, den Aufzug zu verlassen, »ihr habt zwei Stunden für sie.«

## Die Verwandlung


Mi Li nickte kurz. »Jawohl, Monsieur Mondieu.«

Marie war während des knappen Wortwechsels unbeholfen aus dem Aufzug gestolpert, noch immer mit den Bildern einer verwahrlosten Alten im Kopf, die sie als ihr eigenes Ich im Spiegel erkannt hatte. Hinter ihr schloss sich sofort die Tür mit einem kaum wahrnehmbaren zischenden Seufzen.

Wortlos glitt die bildschöne Chinesin einen hell erleuchteten, weiß getünchten Gang entlang. Marie rührte sich nicht von der Stelle, bis Mi Li sich endlich umdrehte und sie mit gerunzelter Stirn auffordernd anblickte.

»Wo bin ich?«, fragte Marie forscher, als sie es eigentlich war.

Mi Li blieb stumm.

»Wohin soll ich mit Ihnen gehen?«, versuchte es Marie erneut.

»Zur Kosmetik.«

Ein beinahe hysterisches Lachen entfuhr Marie.

»Im Ernst?«

Mi Li wandte sich um und ging bis zu der einzigen Tür, die sie mit einem flachen Händedruck auf eine Glasplatte über dem Türknauf, gleich der im Aufzug, öffnete.

Noch immer leise glucksend betrat Marie den fensterlosen Raum, der mindestens so groß war wie der Speisesaal der Suppenküche des Antonius-Hilfswerkes.

Aus langen Deckenleuchten flutete helles Licht. Jede der vier Wände war in einer anderen sanften Pastellfarbe gestrichen, und der Boden war mit denselben Marmorplatten ausgelegt wie Aufzug und Gang. Von mehreren in den Plafond eingelassenen Schienen fielen Vorhänge, die den weitläufigen Raum in einzelne Kojen aufteilten. In jeder dieser Abteilungen befanden sich Massageliegen, Entspannungssessel und Regale mit Geräten, die Marie von ihrer Vorher-Zeit aus Wellnesstempeln oder Kosmetikstudios vertraut waren. Drei attraktive Asiatinnen standen mit hinter dem Rücken verschränkten Händen vor einer gläsernen Trennwand, hinter der sich ein muschelförmiger Whirlpool befand. Sie trugen weiße Overalls, die sich wie eine zweite Haut an ihren makellosen Körpern festzusaugen schienen.

»Zwei Stunden«, sagte Mi Li, und die Mädchen neigten gehorsam den Kopf.

Mi Li wandte sich an Marie und forderte sie ausdruckslos auf.

»Ziehen Sie sich aus. Sie beginnen mit einem Bad.«

Marie war zu verblüfft, um etwas zu entgegnen, und wie ferngesteuert streifte sie ihre zerschlissene Kleidung ab. Eines der Mädchen brachte einen geflochtenen Korb, um ihre Habseligkeiten darin zu sammeln.

»Was soll das alles hier?«, erkundigte sich Marie bei ihr, doch sie erhielt keine Antwort, das Mädchen neigte schweigend den Kopf.

In der Zwischenzeit hatten die beiden anderen jungen Frauen die Wanne gefüllt und duftende Essenzen dem warmen Wasser beigefügt. Mit stummen Gesten bedeuteten sie Marie, in die überdimensionale Muschelwanne zu steigen.

Marie hatte begriffen, dass niemand mit ihr sprechen durfte. Sie kletterte umständlich über den Wannenrand und ließ sich in das angenehm temperierte Wasser gleiten. In einer Muschelschale am Wannenrand lagen kleine Seifen, Schwämmchen und Bürsten. Marie begann genüsslich, sich einzuseifen, Hände und Füße zu schrubben, Nägel zu bürsten, sich abzuspülen und die ganze Prozedur von vorne nochmals zu wiederholen. Es war ein himmlisches Vergnügen, das sie dabei empfand und bis zur letzten Minute auskosten wollte. Seit acht Jahren hatte sie einen solchen Luxus nicht mehr genossen, und das wohlige Gefühl ließ sie ihre Nacktheit vergessen. Eines der Mädchen beugte sich über sie, löste ihren dicken Zopf, entwirrte vorsichtig verfilzte Knoten, wusch das lange Haar sorgsam und massierte dabei in langsam kreisenden Bewegungen Maries Kopfhaut, nicht ohne mit den Fingerspitzen verschorfte Stellen oder winzige Nester verschmutzter Krusten aufzuspüren.

Die beiden anderen Mädchen liefen in der Zwischenzeit geschäftig im Raum hin und her, richteten flauschige Badetücher und bereiteten mit goldenen Schriftzügen versehene Cremetiegel und Tuben vor. Nachdem ihr Haar mehrmals sorgfältig gespült und die ausgetrocknete Haut vom vielen Bürsten gerötet war, reichte man ihr einen Bademantel und dazu passende Pantoffeln aus plüschigem Stoff, wie sie in exklusiven Hotels verwöhnten Gästen zur Verfügung standen. Marie verbot sich, darüber nachzudenken, was hier vor sich ging, schon gar nicht wollte sie wissen, was man nun mit ihr vorhatte. Sie wurde zu einem bequemen Polstersessel geführt, der vor einer hohen Spiegelwand stand, in der sie beobachten konnte, wie sich ihr von hinten ein Mädchen mit Kamm und Schere in den Händen näherte.

»Nein, auf keinen Fall die Haare schneiden!«, plärrte Lilille aus dem Nichts.

Zutiefst erschrocken fuhr Marie im Sessel herum und blickte mit weit aufgerissenen Augen der jungen Asiatin ins Gesicht, die ihrerseits zusammenzuckte und ängstlich einen Schritt zurückwich.

Maries Augen irrten im Raum umher, doch Lilille war nicht zu entdecken. Die Kojen waren leer, soweit Marie den Raum überblicken konnte, auch hinter der gläsernen Wand konnte sie in der mittlerweile geleerten Wanne niemanden ausmachen.

Die drei Mädchen standen verwirrt um sie herum und flüsterten leise in einer fremdartigen Sprache miteinander.

»Lilille, wo bist du?«, rief Marie laut in den Raum.

Lilille musste vor ihr hierhergekommen sein, und vielleicht hatte Marie sie nicht bemerkt, weil sie zu sehr mit den eigenartigen Vorgängen um sich herum beschäftigt gewesen war.

Lilille antwortete nicht.

Die Mädchen hatten aufgehört zu wispern und blickten nun besorgt auf Marie herab. Das Mädchen mit der Schere deutete mit ausgestrecktem Daumen und Zeigefinger einen Zwischenraum von ungefähr zwei Zentimetern an und fuchtelte mit ihrer Hand vor Maries Augen herum. Marie verstand, dass nur ein kleines Stück ihrer Haare geschnitten werden sollte, und drehte sich wieder zum Spiegel. Sofort fing das Mädchen an, ihre Haare zu schneiden, zu trocknen und dicke Strähnen über voluminöse Lockenwickler zu drehen. Währenddessen beobachtete Marie jede kleinste Bewegung im Spiegel und suchte verzweifelt den Raum nach Lilille ab.

Nichts.

Schließlich wurde Marie auf einen Massagetisch verfrachtet

und mit Ölen eingerieben, erneut in den Bademantel gewickelt und zu einem Lehnstuhl geführt, der einem Zahnarztsessel ähnelte. Man schob ihr ein kleines Kissen unter den Nacken, legte ihre Hände in eigens dafür vorgesehene Armschalen und bettete ihre Füße so, dass sie bequem lag. Obwohl sie energisch protestierte, wurde die zarte Haut rund um ihre Augen mit einer dicken Paste beschmiert, und sie erhielt eine Augenmaske verpasst, die hinter den Ohren am Kopf festgebunden wurde. Der Stuhl wurde per Knopfdruck elektrisch so verstellt, dass die Mädchen zu beiden Seiten und ihren Füßen Platz nehmen und sich daranmachen konnten, ihren Zehen und Fingern ein gepflegtes Aussehen zu verleihen. Eifrig wurden eingerissene Nägel gefeilt und lackiert, Hornhautschichten an den Fersen abgetragen und Füße und Hände ausgiebig gecremt, während Marie darüber grübelte, wo Lilille stecken mochte und warum sie nicht mehr mit ihr sprach.

»Kümmere dich nicht um Lilille«, unterbrach Claude ihren surrenden Gedankenkreisel.

Marie wollte sich entgeistert aufrichten und die Augenmaske herunterreißen, wurde jedoch an den Armen von den Mädchen festgehalten und sanft, aber bestimmt in die Liege zurückgedrückt.

»Was machst du hier?«, flüsterte Marie aufgeregt.

»Dich daran erinnern, dass hier etwas nicht mit rechten Dingen zugeht«, stellte Claude lakonisch fest.

»Wie bist du hereingekommen?«

Claude lachte verhalten. »Na, wie wohl? Durch die Tür.«

»Aber ich habe dich nicht …« Unruhig warf Marie ihren Kopf zur Seite, in die Richtung, wo sie Claude vermutete.

»Sei still jetzt, Marie«, unterbrach er sie, »konzentriere dich lieber auf alles, was du wahrnehmen kannst. Gerüche, Geräusche, alles, was du siehst, wird womöglich einmal von Vorteil für dich sein. Lass dich von dieser Wohlfühl-Nummer hier nicht einlullen.«

Obwohl Claudes nachdrückliche Stimme keinen Zweifel daran ließ, wie ernst es ihm mit seinen Ratschlägen war, konnte Marie sich nicht beherrschen, und aus den Winkeln ihrer halb geöffneten Lippen hauchte sie beinahe tonlos: »Organspende? Glaubst du, sie bereiten mich auf eine Operation vor? Höhlen mich aus und werfen mich dann auf den Müll?«

Claude schwieg, er schien nachzudenken, bevor er zögerlich sagte: »Ich glaube kaum. Dazu müssten sie dir nicht die Nägel lackieren und deine Haare schneiden. Ein einfaches Bad hätte es vor der Ausweidung auch getan.«

Marie nickte erleichtert. Diese Erklärung fand sie logisch, dennoch blieb ein Rest von ängstlicher Unsicherheit in den Tiefen ihrer in den letzten Jahren träge gewordenen Hirnregionen haften.

»Bis später«, raunte er, und Marie wusste, dass er weg war. Angestrengt kniff sie unter der Maske ihre Augen zusammen, ihre Stirn war gerunzelt, die Brauen zusammengezogen, verzweifelt versuchte sie, ein Geräusch auszumachen, das ihr verriet, in welche Richtung er ging; Schritte womöglich, eine Tür, die sich öffnete und wieder schloss. Die einzigen Laute allerdings, die wispernd und säuselnd an ihr Ohr drangen, kamen von den Mädchen, die mit Feilen und winzigen Scheren an ihr arbeiteten, und dem leisen Klappern, mit dem sie ihre Utensilien zur Hand nahmen oder auf Ablagen zurückstellten.

Der sinnliche Genuss der wohltuenden Körperpflege war verflogen; Claude hatte recht, sie durfte sich nicht gedankenlos fallen lassen. Sie musste ihre Sinne wieder lehren, ihre ursprünglichen Aufgaben zu erfüllen, musste sie dazu zwingen, aus dem zähen Morast der dumpfen Willenlosigkeit zu kriechen, um ihre verkümmerten Gehirnzellen mit Nahrung zu versorgen.

Während die flinken Hände der Mädchen sich weiter mit ihrem vernachlässigten Körper beschäftigten, versank Marie in lebhafte Erinnerungen an den frühen Morgen, als sie den silbergrauen zerschrammten Citroën mit eingeschalteter Alarmblinkanlage am rechten Fahrbahnrand vor der Ampel parken gesehen hatte.

Mit jedem Detail, das ihr in den Sinn kam, versuchte sie Eselsbrücken zu bauen, kleine Kinderreime mit den Schlüsselwörtern zu dichten, so wie sie es vor unzähligen Jahren für ihren Sohn getan hatte, um ihm das Lernen von fremdartigen Vokabeln oder mathematischen Formeln zu erleichtern.

»Monsieur Mondieu, so heißt der Mann – der mit Handdruck

Türen öffnen kann.« oder »Die Garage war ganz leer – wann kommen Autos denn hierher?« waren nur einige ihrer kurzen Verse, die sie am Ende der langwierigen Verschönerungsprozedur zu einer ausgedehnten Ballade zusammengefügt hatte.

Die Verwandlung war so vollkommen, so absolut und perfekt, dass Marie der eleganten Frau mit der blonden Lockenmähne im weißen eng anliegenden Seidenkostüm erstaunt die Hand entgegenstreckte und erfreut ausrief: »Lilille? Endlich bist du da!«

Erst als ihre makellos geformten rosafarbenen Fingernägel mit einem leisen »Pling« den Spiegel berührten, war Marie schlagartig wach. Verschreckt trat sie einen Schritt näher an das Bild heran und bemerkte kaum die zierlichen Sandaletten an ihren Füßen, so sehr war sie von der Fremden fasziniert, in deren hageren Gesichtszügen sie eine vage Ähnlichkeit mit sich selbst erkennen konnte. Eine Ähnlichkeit mit ihrem früheren Ich aus einem anderen Leben, in dem sie einen frechen Kurzhaarschnitt getragen und in Kostümen wie diesem auf Schulfesten ihres Sohnes sich den Neid der weniger gut betuchten Mütter zugezogen hatte.

Behutsam tippte sie mit dem Zeigefinger der Frau auf die Nasenspitze, während sie sich gleichzeitig selbst eine Haarsträhne aus der Stirn strich. Mit angehaltenem Atem verfolgte sie mit dezent geschminkten Augen die Bewegungen im Spiegel. Sie musste mit ihrer Dichterei eine Art Trance ausgelöst haben, anders konnte sie es sich nicht erklären, dass sie sich nicht daran erinnern konnte, von der Behandlungsliege aufgestanden und in diese Kleider und Schuhe geschlüpft zu sein.

Mi Li stand hinter ihr, fing Maries Blick auf und forderte sie in einem herrischen Singsang auf: »Monsieur Mondieu wird jede Sekunde hier sein. Halten Sie sich gerade, Hände auf den Rücken und lächeln.«

Marie verzog ein wenig die Mundwinkel, fand, dass die Spiegelfrau mit einem gekünstelten Lächeln grotesk und dämlich aussah, und ließ den kümmerlichen Versuch bleiben.

Mi Li zuckte gelangweilt mit den Schultern, als wollte sie sagen »Tu, was du willst«.

## Der Arbeitsplatz

Monsieur Mondieu hatte sich lautlos genähert. Marie zuckte zusammen, als sein Gesicht im Spiegel hinter ihrer Schulter auftauchte und er anerkennend den Kopf neigte.

»Gute Arbeit«, sagte er lächelnd zu Mi Li, »sie ist sehr schön geworden. Ich habe gut gewählt, nicht wahr?«

»Ja, Monsieur, sehr gut«, lispelte Mi Li.

Mondieu – wer hieß denn schon »Mein Gott«? – wandte sich ab, und während er den Raum durchquerte, um zur Eingangstür zu eilen, befahl er: »Komm!«

Marie drückte die Schultern durch und verknotete ihre Finger hinter dem Rücken. Nun war sie doch nervös und angespannt. Sie folgte seinem schnellen Schritt durch den endlosen weißen Gang bis zur Aufzugskabine. Zwar war sie etwas wackelig auf den Beinen, stellte aber erfreut fest, dass sie das Gehen auf hochhackigen Schuhen nicht völlig verlernt hatte. Im Aufzug schwieg Monsieur und musterte sie ungeniert und ausgiebig von den Haarspitzen bis zu den lackierten Zehennägeln. Sein Blick hatte nichts Anzügliches oder Lüsternes, er schien nur zu prüfen, ob die von ihm in Auftrag gegebene Ware auch seinen erlesenen Ansprüchen gerecht wurde.

Maries kleine Finger hatten wieder zu vibrieren begonnen, und energisch verschränkte sie die Hände fester ineinander.

Diesmal dauerte die Fahrt mit dem Aufzug etwas länger, und als Mondieu per Handdruck die Tür wieder öffnete, erstreckte sich erneut ein langer weiß getünchter Gang vor ihnen, nur mit dem Unterschied, dass die Wände links und rechts in regelmäßigen Abständen von Türen unterbrochen waren.

Mondieu beschrieb mit ausgestrecktem Arm einen weiten Halbkreis und verkündete: »Dies ist dein neuer Arbeitsplatz.«

»Ihr Arbeitsplatz«, betonte Marie mit klopfendem Herzen.

»Du bist ermüdend, Marie, wenn du mich ständig korrigierst«, sagte er gefährlich leise. Diesmal lächelte er nicht, auch war kein Spott oder Hohn aus seinen Worten zu hören.

»Duzen Sie mich nicht«, entgegnete Marie ebenso leise und mit einem Gleichmut, den sie nicht empfand. Sie blickte ihm geradewegs ins Gesicht, den Kopf erhoben, das Kinn herausfordernd nach vorne gestreckt. Ein einzelner Schweißtropfen löste sich aus dem Spalt zwischen ihren Brüsten, rann quälend langsam über das Brustbein und versiegte in ihrem Nabel. Hinter ihrem Rücken konnte sie die zuckenden Finger kaum bändigen, doch sie hielt seinem Blick stand und atmete flach mit geschlossenen Lippen durch die Nase, um ihre Angst zu unterdrücken, die Selbstbeherrschung zu bewahren und ihm zumindest nach außen hin die Stirn zu bieten.

»Was soll das werden, Marie?«, flüsterte er rau. »Ein Machtkampf? Den kannst du niemals gewinnen.«

»Höflichkeit und Achtung«, stellte Marie bedächtig fest.

»Ich hole eine verlauste Obdachlose aus der Gosse, und sie verlangt höfliche Umgangsformen. Du bist …«

»… ein Mensch mit Würde«, setzte Marie ihm sanft entgegen.

Er zwinkerte kaum merklich. Allein die Tatsache, dass sie sich anmaß, ihn, Monsieur Mondieu, zu unterbrechen, erzürnte ihn sichtlich, und Marie schloss die Augen, um den Schlag ins Gesicht nicht kommen sehen zu müssen.

Was immer er auch erwidern oder tun wollte, er behielt Worte und Hände bei sich und öffnete stattdessen die erste Tür.

Marie jubilierte innerlich. Es verschaffte ihr himmlische Genugtuung, dass sie sich nicht hatte einschüchtern lassen und seinem Willen widersetzt hatte. Höfliche Umgangsformen waren ihr völlig egal, und das Leben auf der Straße zwang sie jeden Tag aufs Neue, ihre Menschenwürde am Eingang der Suppenküche gemeinsam mit den Essensbons abzugeben. Viel wichtiger aber war ihr, dass dieser Mensch verstand, dass sie sich weder durch Reichtum noch durch Gewalt gefügig machen ließ.

Erst hörte der linke kleine Finger auf zu zucken, dann folgte ihm sein kleiner Bruder an der rechten Hand. Das Lächeln, das auf Maries Gesicht erschien, hatte nichts von der Pose einer zur Schau gestellten Heiterkeit, sondern kam wie von selbst, tief aus ihrem Herzen.

Größe und Einrichtung des Raumes entsprachen denen einer

Fünf-Zimmer-Wohnung. Jedes Möbelstück stammte vermutlich aus der Hand eines sündteuren Designers: exklusive Regale aus Glas und Chrom waren kombiniert mit glänzend weißen und schwarzen Kommoden oder Tischen. Es gab eine hochmoderne funktionelle Küchenzeile, eine geräumige gläserne Duschkabine und eine muschelförmige Toilette waren vom Raum abgetrennt durch eine luftige Stoffbahn, die denen aus dem Kosmetikraum glich. Auch hier war der Boden mit denselben Marmorfliesen ausgelegt, abstrakte Dekorgegenstände und mannshohe Keramik-vasen gefüllt mit getrocknetem Klatschmohn standen an ihren wahrscheinlich exakt vermessenen Stellplätzen. Selbst der samtene Teppich unter dem wuchtigen Ledersofa – weiß – und ein gut bestücktes Bücherregal konnten dem antiseptischen Raum kein Leben oder gar Gemütlichkeit einhauchen. Indirekt flutende Deckenleuchten imitierten Tageslicht, die Illusion hielt allerdings der Tatsache, dass mit fehlenden Fenstern eine Verbindung zur Außenwelt unmöglich war, nicht stand.

Eine durchgehende Seitenwand war mit vier grob gehobelten Nussholzplatten, an die in der Mitte farbenprächtige Gemälde ge-spannt waren, dekoriert. Davor stand ein futuristisch anmutendes Tischchen mit nierenförmiger Platte, auf der ein gewöhnliches Telefon stand. Der muschelförmige blitzweiße Sessel auf Rollen davor lud weniger zum Sitzen ein als zum Staunen.

»Ein Muschelfänger«, schoss es Marie durch den Kopf.

Während Monsieur Mondieu mit forschem Schritt zu dem Tischchen ging, eine schmale Lade darunter aufzog und ihr ein Tablet entnahm, räusperte er sich mehrmals, bevor er, ohne sie dabei anzublicken, zu Marie sagte: »In diesem feudalen Büro werden Sie jeden zweiten Donnerstag Ihrer Arbeit verlässlich und verschwiegen nachgehen.«

Er betonte dabei »Sie« und »Ihrer« ganz besonders, zog die Worte aufgeblasen in die Länge, legte Spott und Missachtung hinein.

Marie nahm keinen Anstoß an seinem Sarkasmus, konnte sich aber ein verhaltenes Grinsen nur schwer verkneifen.

»Welcher Arbeit?«, erkundigte sie sich vorsichtig.

Als ob sie nicht gesprochen hätte, ging er über ihre Frage

hinweg, deutete auf den Computer und wies sie an: »Pressen Sie Ihre beiden Handflächen auf diese Platte, drücken Sie vor allem die Fingerspitzen fest an.«

Obwohl Marie sich zu ihrem Bedauern weder ein Mobiltelefon noch einen Computer leisten konnte, war sie über die Entwicklung elektronischer Neuheiten bestens informiert. In den Papiercontainern, die sie mit Vorliebe durchstöberte, fand sie stets genügend Zeitschriften oder Magazine, in denen sie schmökerte und sich mit diesem Gehirnfutter auf dem Laufenden hielt, was die Welt abseits von Müll, Armut und Hunger zu bieten hatte. Daher vermutete sie sofort, dass ihre Hände gescannt wurden, damit auch sie Türen in diesem Haus öffnen und ihr somit Zugang gewährt werden konnte.

Der Druck ihrer Fingerspitzen und Handflächen aktivierte ein hellgrelles, blau schimmerndes Licht, das von unten ihre Hände strahlend beleuchtete, sodass sie einen Wimpernschlag lang durch ihre Haut sehen konnte. Nach wenigen Sekunden erlosch der Bildschirm, und Mondieu nahm den Computer an sich, tippte darauf herum und legte ihn in die Lade zurück.

»Nun hat er deine Identität, deine DNA aus den abgeschnittenen Haaren, deine Fingerabdrücke aus dem Scan. Es tut mir leid, ich hätte dich früher warnen müssen.« Claudes belegte Stimme dicht an ihrem Ohr ließ sie erbeben.

»Mit diesen …«, wollte Claude fortfahren, wurde jedoch von der teilnahmslosen Stimme Monsieur Mondieus überlagert.

»… Informationen kann ich Ihnen ein Verbrechen anhängen, wann immer ich möchte, Marie.«

»Claude!« Hilfesuchend drehte Marie den Kopf nach allen Seiten, auf der vergeblichen Suche nach einem Gesicht zu der mittlerweile vertrauten Stimme.

»Claude? Ich heiße nicht Claude. Du nennst … Sie nennen mich Monsieur Mondieu, haben Sie das verstanden?«

Marie nickte geistesabwesend; dass er sich selbst verbessert hatte, war ihr nur am Rande ihres Bewusstseins aufgefallen und vermittelte ihr kein Triumphgefühl mehr. Die körperlosen Stimmen von Claude und Lilille beunruhigten sie nun, ja sie ängstigten sie sogar ein wenig. Sie hatte von den beiden zwar einen grundsätzlich sympathischen ersten Eindruck gewonnen, aber dass sie jederzeit ungefragt zu ihr sprachen, sich aber nicht zeigten, erfüllte Marie mit Argwohn und Sorge.

»Wie gesagt, Sie sind ab jetzt erpressbar, Marie. Ein Fingerabdruck auf einem blutverschmierten Küchenmesser oder einer Pistole, eine Haarlocke an einem tragischen Unfallort, Sie verstehen? Ist Ihnen das klar?«

Wieder nickte sie, mit gesenktem Kopf. Ihre Gedanken überschlugen sich. War sie soeben zur Mörderin gemacht worden? Würde sie für den Tod eines Menschen zur Verantwortung gezogen werden, dessen Ermordung Monsieur Mondieu selbst begangen hatte? Was, wenn er nun die Polizei alarmierte und sie als Verbrecherin samt eindeutigen Beweisen ins Gefängnis bringen ließ?

Monsieur Mondieu ließ seine Worte wirken, und sein selbstzufriedenes Lächeln signalisierte ihr, dass er ihre Gedanken lesen konnte, diesen Moment unglaublich genoss, weil er es nicht nötig hatte, mit körperlicher Gewalt seine Macht zu demonstrieren. Er war geübt darin. Marie war bestimmt nicht der erste Mensch, den er auf diese subtile Weise quälte.

Sie unterdrückte mit aller Kraft die jäh aufwallende Panik, wollte ihm seine Freude über ihre Verzweiflung vermiesen, massierte hinter dem Rücken ihre wieder heftig zitternden Finger und zog eine Augenbraue in die Höhe.

»Ja, Monsieur, das ist mir klar.«

An ihrer Körpersprache musste er erkannt haben, dass seine widerwärtigen Drohungen nicht weiterhin auf allzu fruchtbaren Boden fielen. Das irritierte ihn, und in geschäftsmäßigem Ton fuhr er fort: »Gut. Dann wäre das ja geklärt, und wir können zu Ihren eigentlichen Aufgaben zurückkehren, nicht wahr?«

Er schlenderte zum Tischtelefon und drückte auf einen gelben Knopf. Mit kaum wahrnehmbarem Surren glitten die Holzpaneele samt Gemälden symmetrisch nach links und rechts bis zum äußersten Ende der Wand und gaben zwölf in die Mauer versenkte Bildschirme frei, die in drei millimetergenau untereinanderliegenden Reihen zu jeweils vier Monitoren angeordnet waren.

»Jeden zweiten Donnerstag werden Sie zwei Stunden vor Mitternacht abgeholt. Wir finden Sie, wo auch immer Sie sich gerade aufhalten, keine Sorge. Sie werden wie auch heute hierhergebracht. Mit Ihrer Hand können Sie ausschließlich die Türen öffnen, die für Sie erforderlich sind. Auch im Aufzug sind Ihre Codes so programmiert, dass er Sie an das ausschließlich für Marie Croix bestimmte Ziel bringt. Es gibt in diesem Gebäude keine Treppen. Wenn Sie ankommen, drücken Sie Ihre Hand im Aufzug auf die Platte und sagen laut und deutlich ›eins‹. Er hält bei diesem Befehl im Stockwerk der Kosmetik und Hygiene, wo Sie für Ihre Arbeit vorbereitet werden. Um hierherzukommen, sagen Sie ›zwei‹. Wir haben Ihre Stimme bereits gespeichert, es sollte also damit keine Probleme geben.«

Kurz schoss Marie der Gedanke durch den Kopf, sie müsse sich in einem Science-Fiction-Film befinden oder unter halluzinogene Drogen gesetzt worden sein. Doch dann fühlte sie die weiche Haut ihrer gecremten Hände sowie die sanften Kuppen ihrer manikürten Finger und wusste, dass sie auch im schlimmsten Delirium rissige Hände und scharf gezackte Fingernägel spüren müsste.

Aus weitsichtig zusammengekniffenen Augen betrachtete sie die starren Bilder auf den Monitoren. Jeder Bildschirm zeigte einen anderen Raum aus der Vogelperspektive. Die Kameras mussten an der Decke montiert worden sein. Obwohl alle Räume in verschiedenen Stilen möbliert waren, fingen die Großaufnahmen das einheitliche Motiv jedes einzelnen Zimmers ein: Voluminöse Betten unterschiedlichster Formen, eines mit plüschigem Leopardenfell überzogen, ein anderes spartanisch mit blanker Matratze in rostigem Stahlrahmen, sogar ein rustikales Holzgestell mit in den Kopfteil geschnitztem Jesuskreuz und rotweiß karierter Bettwäsche war darunter.

In keinem der Zimmer befanden sich Menschen, keine Bewegung war zu erkennen, und dennoch stockte Marie der Atem.

Sinn und Zweck dieser Räumlichkeiten, und sahen sie im Moment noch so harmlos aus, konnten eindeutiger nicht sein.

## Das Einstellungsgespräch

»Oh mein Gott!«, stöhnte Lilille keuchend auf.

Marie konnte förmlich fühlen, wie sich eine kleine, mollige, aufgeregte Frau entsetzt die Hand vor den Mund schlug. Sie selbst legte ebenfalls ihre Hand an die Lippen, ohne dass es ihr bewusst wurde.

»Warum überrascht mich das jetzt nicht?«, stellte Claude seine Frage lakonisch in den Raum.

Maries Empfindungen lagen irgendwo zwischen Bestürzung, Angst und – zu ihrem Erstaunen – einem nicht unbeträchtlichen Anteil an Gleichmut. Da sie unmöglich abschätzen konnte, welche Reaktion Mondieu von ihr erwartete, schwieg sie und versuchte, so gut es ihr möglich war, mit unbeteiligter Miene die einzelnen Bildschirme zu betrachten.

»Hätte ich geahnt, dass ein wenig Politur Sie in ein recht ansehnliches Weibsbild verwandeln kann, hätte ich Sie zu einer speziellen Dienerin der Herren auserkoren«, ließ sich Mondieu hinter ihrem Rücken sarkastisch vernehmen. Marie wandte den Blick von den unbewegten Bildern nicht ab. Für den Moment konnte sie gerade nicht unterscheiden, welche der Stimmen, die sie hörte, sich tatsächlich im Raum befand und welche nicht. Diese unvermutete Erkenntnis ließ ihren pochenden Puls gegen die Schläfen hämmern.

»Nun hören Sie auf, mit diesem leeren Gesichtsausdruck auf die Bilder zu starren, und setzen Sie sich. Ich habe Ihnen einiges zu erklären«, fuhr Mondieu sie an.

Endlich sah sich Marie im Raum um und wählte das ausladende Ledersofa, setzte sich vorsichtig an die äußerste Kante, sorgsam darauf bedacht, ihre Beine an den Knien fest zusammengekniffen und schräg gestellt auf dem Samtteppich zu platzieren.

Mondieu ging zur Küchenzeile, entkorkte eine Flasche Rotwein, füllte fingerbreit zwei geschwungene Gläser aus hauchdünnem Kristall mit der dunklen Flüssigkeit und stellte sie auf dem zierlichen Couchtisch ab. Er selbst nahm in dem gepolsterten

Muschelsessel direkt gegenüber von Marie Platz, nicht ohne an den scharfen Bügelfalten seiner Hose zu zupfen, und schlug elegant seine Beine übereinander.

»Auf gute Zusammenarbeit«, prostete er Marie ernst zu.

»Nein!« Die energische Warnung kam von Lilille.

»Ich trinke keinen Alkohol«, stellte Marie leise fest.

»Wenn der Wein vergiftet ist, fällst du tot um. Wenn nicht, wird er dich ein wenig entspannen. Also, was soll's?« Claude hatte offensichtlich weder mit einem Schluck Wein noch mit Maries sofortigem Ableben ein Problem.

Marie griff nach dem Glas, drehte es zögerlich in ihren Händen und nippte schließlich daran.

»Na also, mit ein wenig gutem Willen kann auch Gehorsam Vergnügen bereiten.« Mondieu wirkte zufrieden. »Sie werden in den nächsten fünf Jahren dafür sorgen, dass der Betrieb hier jeden zweiten Donnerstag von null bis null Uhr wie am Schnürchen läuft. Dafür erhalten Sie pro Arbeitstag eintausend Euro. Das ergibt nach fünf Jahren die stattliche Summe von circa einhundertdreißigtausend Euro. Damit verfügen Sie über ein beträchtliches Startkapital für Ihr restliches armseliges Leben. Bei Ihrem Lebenswandel werden Sie aber vermutlich zugrunde gehen, bevor Sie das Geld auch nur annähernd verbrauchen können.«

»Ist das sein Ernst?« Lililles naives, beinahe entzücktes Quietschen ertönte aus Maries linker Schläfe, knapp oberhalb der Augenbraue, und sandte schmerzhafte Nadelstiche bis zum Haaransatz. Marie rieb sich mit den Fingerknöcheln über die Stirn und schielte verstohlen nach oben. Mondieu hatte die eigenartige Geste bemerkt, ignorierte sie aber.

»Meine unglaubliche Großzügigkeit ist allerdings an einige Bedingungen geknüpft. Sie finden an Ihren Arbeitstagen das Geld in bar in der obersten Schublade des Schreibtisches. Aber Sie werden es nicht ausgeben. Sie führen Ihr bisheriges Sinnlos-Dasein unter den Seine-Brücken weiter und verlieren selbstverständlich zu niemandem ein Wort über Ihre lukrative Nebenbeschäftigung. Halten Sie sich nicht an diese Regeln …«

Er unterstrich seine letzten Worte mit einer vagen, nichtssagenden Handbewegung.

»... na ja, Sie wissen schon, Marie«, beendete er seine Erklärung. »Haben Sie das alles so weit verstanden?«

Marie hatte jedes einzelne Wort klar und deutlich gehört, wusste aber, dass sie tatsächlich nichts von dem begriffen hatte, worum es hier wirklich ging. Daher blieb sie stumm.

»Um Ihnen den Sachverhalt etwas näher zu erklären: Sie kannten Géraldine, nicht wahr? Sozusagen eine ›Los‹-Kollegin von Ihnen.«

Marie riss erschrocken die Augen auf.

»Ich sehe, nun verstehen Sie mich. Géraldine war Ihre Vorgängerin und hielt sich nicht an die Abmachungen. Sie gab für eine Herumtreiberin zu viel Geld aus. So etwas erregt unangenehmes Aufsehen«, erzählte er im Plauderton.

Die kleinen Finger begannen wieder wie wild zu zucken, und Marie umklammerte haltsuchend ihr Weinglas.

Man hatte Géraldine vor drei Tagen in ihrer kärglichen Kammer des Maison Petites Sœurs des Pauvres aufgefunden, erschlagen mit dem zersplitterten Holzbein eines Sessels. Pater François sagte, die Polizei vermute einen Drogenstreit unter den Mitbewohnerinnen des Armenhauses, bemühe sich aber nicht besonders intensiv darum, die Täterin zu finden. Asoziale standen nicht auf der Prioritätenliste ungeklärter Verbrechen. Géraldine war eine der wenigen gewesen, die sich ein Zimmer leisten konnten, und Marie hatte sie vor allem an eisigen Wintertagen oder bei stürmischen Regengüssen glühend um ihre warme, trockene Unterkunft beneidet.

Mondieu blickte Marie milde lächelnd ins Gesicht, und ihr entfuhr ein jämmerlicher Klagelaut.

»Es ist Ihnen doch klar, dass Sie schon jetzt keine Wahl mehr haben, Marie? Sie arbeiten bereits seit über zwei Stunden für mich.«

»Er ist eine miese Ratte, aber du musst dich fügen. Fürs Erste zumindest.« Claudes Stimme klang bedauernd, aber unaufgeregt und kühl. Von Lilille war nichts zu hören. Welch ein Segen!

»Nachdem dies geklärt ist«, fuhr Mondieu sachlich fort, »werde ich Sie nun in Ihre wichtigsten Aufgaben einführen.« Während er sprach, rollte er in seinem Stuhl das kurze Stück bis zu dem nierenförmigen Tisch und drückte einige Tasten auf dem Telefon, worauf sich die Bilder auf den Monitoren veränderten und die Ansicht des langen Ganges zeigten, von dem aus die Türen in die einzelnen Zimmer führten. Marie sah vor jeder Tür ein in den Boden versenktes grünes Lichterband blinken.

»Pünktlich um dreiundzwanzig Uhr beenden alle Damen und Herren ihre Arbeit und betätigen vor Verlassen des Gebäudes dieses grüne Licht. Das ist für Sie das Signal, die Zimmer der Reihe nach aufzusuchen, um folgende Tätigkeiten zu verrichten: Beleuchtung, Barbestände, Hygieneartikel im Badezimmer und in den Nachttischen kontrollieren, gebrauchte Bettwäsche und Badetücher vor die Tür legen, Blumen versorgen, eventuell Teller und Gläser abräumen, Klimaanlage auf ›Entlüften‹ stellen – kurzum, Sie verrichten keinerlei Reinigungsdienste, sondern sorgen dafür, dass alles perfekt wieder an seinem Platz ist. Außerdem stecken Sie in die Halterung hinter jedem Fernseher einen Fünfhundert-Euro-Geldschein für die jeweilige Zimmerbewohnerin und entnehmen das Blatt Papier, das Sie dort finden werden. Jedes Mädchen oder jeder Junge schreibt am Ende des Tages darauf, was für den nächsten Donnerstag benötigt wird. Es ist Ihre Aufgabe, diese Dinge zu ordern. Dazu drücken Sie einfach die Taste 1 des Telefons und geben durch, was in welches Zimmer geliefert werden muss. Warten Sie nicht auf Antwort. Niemand wird zu Ihnen sprechen, das System funktioniert automatisch. Wie Belieferung, Reinigung und Wartung funktionieren, braucht Sie nicht zu interessieren. Dafür gibt es anderes Personal, das Sie nie zu Gesicht bekommen werden. Gerne dürfen Sie auch für Ihren Bedarf Lebensmittel bestellen, solange es nicht Kaviar und Champagner in rauen Mengen sind.« Er konnte sich ein nonchalantes Schmunzeln über seinen mageren Scherz nicht verkneifen, zu absurd erschien ihm die Möglichkeit, jemand seiner Untergebenen könnte es wagen, Champagner oder gar Kaviar anzufordern.

Während Mondieus »Es ist Ihre Aufgabe, diese Dinge zu ordern« war Marie abgedriftet. Aktuell befand sie sich in melancholischer Stimmung im sommerlichen Parc Floral im Bois de Vincennes; um genau zu sein, saß sie auf einer von der Sonne aufgeheizten malerischen Steinbank und beobachtete gerade einen fürsorglichen Vater, der seinen beiden Söhnen im Abenteuerparcours von Evasion Verte helfend die Hände entgegenstreckte, um sie am Fallen von einer wackeligen Holzbrücke zu hindern. Zwischen den dicht belaubten Bäumen blitzten die Sonnenstrahlen hindurch, unterbrochen nur von dunkelblauen Himmelsflecken.

»Lilille, du übernimmst den Hausfrauenkram, ich kümmere mich um die technischen Details!« Claudes harscher Befehl duldete keinen Widerspruch, seine Anspannung und ein für ihn ungewohnt besorgter Unterton erreichten Maries Bewusstsein gedämpft wie aus weiter Ferne.

»Aber wieso muss immer ich …«, setzte Lilille quengelnd zu einem halbherzigen Protest an.

»Was denkst du, passiert mit uns, wenn sie stirbt?«, schnitt ihr Claude das Wort ab. Bestürzung machte Lilille sprachlos, als sie die Tragweite der gnadenlosen Realität erfasste.

»Die rote Taste des Telefons drücken Sie ausnahmslos in Notfällen. Damit erreichen Sie mich persönlich. Mit Taste 2 rufen Sie sich nach Beendigung Ihrer Arbeit das Taxi für den Nachhauseweg. Bevor Sie mein Haus verlassen, ziehen Sie sich in den Kosmetikräumen wieder um und steigen als verkommene Bettlerin an der Stelle wieder aus, an der Sie am Vortag aufgelesen wurden. Ist das alles zu Ihnen durchgedrungen, oder benötigen Sie eine weitere Lektion für Ihr träges Gehirn?«

Die Schärfe der letzten Worte riss Marie zurück aus der idyllischen Parkatmosphäre und katapultierte sie in den klimatisierten Raum, der von nun an ihr persönliches Büro sein sollte. In dem bis vor zwei Wochen Géraldine das Telefon bedient hatte. In dem Mondieu ein Gläschen Wein genoss, als ob es sich hier um ein angeregtes Plauderstündchen handeln würde.

»Marie, haben Sie alles begriffen?«, hakte er nach.

»Natürlich.« Maries Stimme war um eine Oktave gesunken.

Mondieu schien davon nicht irritiert zu sein, denn er stand mit einem halbblauten »Nun gut« auf, winkte Marie zur Tür, öffnete sie per Handdruck, fuhr gemeinsam mit ihr im Aufzug in den Kosmetiksalon, wartete, bis die Asiatin mit gerümpfter

Nase ihre stinkenden Klamotten hervorgekramt und Marie sich zurückverwandelt hatte, und begleitete sie in die Tiefgarage, wo direkt vor der Tür ein weißer Lieferwagen mit geöffneter Seitentür und laufendem Motor stand.

Marie konnte im vorderen Wagenbereich keinen Fahrer ausmachen, aber ihr war klar, dass sie in den Wagen steigen musste. Sie zog den Kopf ein wenig ein, hievte sich umständlich nach oben und setzte sich auf eine schmutzige Gummimatte in den leeren, fensterlosen Laderaum.

Mondieu schickte sich an, die Seitentür schwungvoll zuzuziehen. Kurz bevor sie im Schloss einrastete, hielt er inne, blickte durch den offenen Spalt in die Finsternis zu Marie und empfahl ihr höflich: »Rufen Sie Ihren Sohn an. Fragen Sie ihn, ob er und seine Männer-Familie wohlauf sind.«

## Der Anruf

Die Luft im Wageninneren war stickig, und es roch nach verfaultem Fisch. Nicht der geringste Lichtschimmer drang von außen herein. Der Fahrer steuerte den Wagen ruhig und gemächlich, so als hätte er alle Zeit der Welt, Marie an ihrem Bestimmungsort abzusetzen.

Lililles atemlose Panik war greifbar, ebenso wie Claudes ernsthafte Betroffenheit; beides drang nur bis zum äußersten, schemenhaften Rand von Maries Bewusstsein vor. Hämmernde Herzschläge und Rinnsale sauren Schweißes malträtierten ihren Körper. Kraftvoll stemmte sie den Rücken gegen die gerippte Seitenwand des Wagens und knetete hektisch ihre wie verrückt zuckenden kleinen Finger.

Es war eine eindeutige, kalte Drohung.

Marie fieberte dem Augenblick entgegen, an dem sie aus dem Lieferwagen flüchten und so schnell wie möglich ein funktionierendes Telefon suchen konnte. In der muffigen Dunkelheit rasten ihre Gedanken rund um die Pont de l'Alma, aber nicht eine öffentliche Telefonzelle wollte ihr einfallen. Und selbst wenn sie eine finden würde, wäre die Wahrscheinlichkeit, dass das Telefon darin unbeschädigt war, gleich null. Und selbst wenn der Anschluss funktionieren würde, hätte sie nicht genügend Geld für ein ausführliches Gespräch. Die begehrten Bettelplätze am Fuße der Alma waren um diese Zeit mit Sicherheit bereits besetzt, sie besaß auch momentan weder geknüpfte Haarbänder noch flauschige Stofftiere, die sie auf die Schnelle an mitleidige Touristen verscherbeln konnte, um ein paar Euro für eine Telefonkarte zusammenzukratzen. An das Lächelplakat verschwendete sie in diesem Augenblick kopfloser Panik keinen einzigen Gedanken.

Tränen rannen ihr nun aus den Augenwinkeln und hinterließen schwarze Schlieren auf den gepuderten Wangen. Ihre Nase lief, und ungeduldig wischte sie mit der bloßen Hand den wässrigen Schleim weg. Die tobende Angst um Jean – der, seit er in Amsterdam lebte, Jaan Kruis hieß – und den kleinen Nicolaas bewirkte, was acht Jahre Straßenleben in Paris nicht geschafft hatten: Marie weinte aus Verzweiflung, Hilflosigkeit und Abscheu gegenüber sich selbst. Je mehr sie nach einer Möglichkeit gierte, zu Geld zu kommen, je intensiver sie versuchte, sich eine Telefonzelle vorzustellen, je eindringlicher sie darüber grübelte, in welchem Bistro man sie eventuell telefonieren lassen würde, desto nebulöser wurden ihre Ideen, desto verschwommener die Pläne und Vorhaben in ihrem Kopf.

Sie war so konzentriert in ihrer Gedankenwelt gefangen, dass sie erst bei einem derben »Raus jetzt!« von ihren verknoteten Händen aufblickte und bemerkte, dass der Wagen mit laufendem Motor stand und die Seitentür ein Stück weit geöffnet war. Unter verhaltenem Stöhnen rappelte sie sich auf, schwankte unsicher ins Freie und schloss kurz die Augen vor dem blendenden Sonnenlicht. Hinter ihr fuhr der Wagen los und reihte sich in den regen Verkehr auf dem Quai d'Orsay ein.

Benommen blickte Marie den Quai d'Orsay entlang und registrierte verwundert, dass sie zur Église américaine gebracht worden war.

»Perfekt«, meldete sich Claude wieder zu Wort.

»Was meinst du damit? Was soll daran perfekt sein? Jetzt müssen wir den ganzen Weg zur Pont de l'Alma wieder zu Fuß in dieser Affenhitze zurücklaufen«, zeterte Lilille.

»Lilille, das sind nicht einmal zehn Minuten. Reg dich wieder ab«, wies Claude sie zurecht.

»Könnt ihr nicht endlich einmal den Mund halten!« Marie spie die Worte gequält aus ihrem rotzverschmierten Mund und drückte beide Handballen fest an die Ohrmuscheln.

Passanten drehten sich nach ihr um; ein kleines Mädchen, das am Vorplatz des Kirchenportals mit seinem Puppenwagen Kreise gezogen hatte, blieb erschrocken stehen und starrte Marie an; ein Bauarbeiter in knalloranger Arbeitskleidung, der am Straßenrand Begrenzungslinien vermaß, schüttelte angewidert den Kopf und schnippte seine Zigarettenkippe in Maries Richtung.

Marie blickte aufgewühlt um sich, verunsichert, ob sie die Worte nun laut ausgesprochen oder nur dicht hinter ihren Schläfen vernommen hatte. Egal, darum konnte sie sich später kümmern, jetzt musste sie so schnell wie möglich zu einem Telefon. Sie stürmte in die Seitenstraße links neben dem malerischen Turm vorbei und rannte einige Meter weit, bis sie an einer wuchtigen Holztür anlangte, von der sie wusste, dass sie in einen kleinen Raum im Seitenschiff der Kirche führte. Mit beiden Fäusten hämmerte sie an die massive Tür. Ihre Befürchtungen, dass ihr außerhalb der Öffnungszeiten kein Zugang gewährt werden würde, waren durchaus berechtigt. Auch hier endeten die Grenzen der Nächstenliebe dort, wo die Scham der Armen begann. Den unaufhaltsamen Strom Bedürftiger konnte die Kirche nicht zu jeder Tages- und Nachtzeit aufnehmen und schon gar nicht versorgen.

»Pater François, machen Sie auf! Ich bitte Sie«, flehte Marie mit ansteigender, schriller Stimme. Ein junges Pärchen wechselte die Straßenseite, um nicht direkt an Marie vorüberzugehen zu müssen. Hinter den dicken Kirchenmauern war kein Ton zu hören, niemand, der sich von innen der Tür näherte, um sie zu öffnen.

»François, du alter Hurenbock, mach sofort auf, sonst schleife ich dir die kleine Alette an den Haaren in deinen Beichtstuhl«, kreischte Marie.

Mit einem knarzenden Klacken schwang eine Hälfte der Doppeltür ruckelnd auf, und Pater François schnappte nach Maries Oberarm, um sie hastig in den kühlen dunklen Gang zu zerren.

»Bist du völlig verrückt geworden?«, zischte er durch die zusammengebissenen Zähne, kleine Speicheltropfen stoben wie feiner Sprühregen von den wulstigen Lippen.

»Ich muss telefonieren«, keuchte Marie erleichtert. »Dringend. Bitte!«, fügte sie erschöpft hinzu.

Der Pater nickte und reichte ihr ein Mobiltelefon, das er bereits in der Hand gehalten hatte, als er sich auf den weiten Weg quer durch die Kirche bis zur Seitentür gemacht hatte.

Marie tippte die lange Zahlenfolge, verwählte sich mit schweißnasser Fingerspitze, tippte erneut und presste das Telefon mit beiden Händen umklammernd ans Ohr.

Der erste Wählton war nicht ganz verklungen, da meldete sich Jaan. Abgehackt, gehetzt.

»Ja, alstublieft?«

»Jaan, hallo, wie geht es euch?« Wie eine aufgezogene Sprechpuppe stieß Marie die Worte hervor, erleichtert, ihren Sohn persönlich zu hören. Unendlich erleichtert.

»Maman, ich kann jetzt nicht sprechen, ich —«

»Was ist passiert?«, unterbrach ihn Marie. Niemand konnte Jaans Stimme genauer analysieren als Marie, niemand konnte jede so winzige Nuance besser deuten als sie.

Ein unterdrücktes Schluchzen drang aus dem Hörer, Maries Herz, das sich eben ein wenig beruhigen wollte, schlug wieder schneller.

»Jaan! Was?«, rief Marie eindringlich.

»Nicolaas und Ruben sind entführt worden. Die Polizei ist hier. Ich warte auf einen Anruf der Entführer.«

Marie lehnte sich an die buckelige Steinwand und rutschte wie in Zeitlupe daran entlang, bis sie am Boden saß und hechelnd atmete, um dem tauben Gefühl in ihrer Zunge und dem durchdringenden Sirren in ihren Ohren entgegenzuwirken. Nicolaas war erst vier, ein unschuldiges, winziges Lämmchen.

»Wo? Was wollen sie?«, flüsterte sie entkräftet. Im Halbdunkel sah sie den Pater vor sich stehen, den Kopf leicht geneigt, aufmerksam lauschend. Seine Miene war verschlossen und verriet nichts darüber, was er in diesem Augenblick dachte oder empfand.

Gleichgültig ist er, dachte Marie, er weiß Bescheid.

»Ruben war mit Nicolaas bei Walmart zum Einkaufen. Zeugen haben gesehen, dass ein Mann am Parkplatz Nic mit einer Waffe bedroht und die beiden damit gezwungen hat, in einen hellen Lieferwagen zu steigen. Dann fuhren sie weg. Kurz danach kam der Anruf. Der Entführer sagte nur: ›Ich habe deine beiden Liebsten. Melde mich wieder.‹ Die Polizei ist jetzt hier. Maman, ich muss die Leitung frei halten und …«

»Ja natürlich. Jaan, Liebling, es wird alles gut. Sie kommen bestimmt heil wieder. Ich rufe später noch einmal an. Ich liebe euch.« Trotz erstickter Stimme versuchte Marie, überzeugt und sicher zu klingen.

»Ich dich auch, Maman, bis bald«, wimmerte Jaan niederge-schlagen wie damals als Dreijähriger, als sein heiliger Goldfisch am Morgen mit dem Bauch nach oben getrieben war, nachdem er ihn am Abend zuvor ausgiebig mit Grießbrei gefüttert hatte.

Marie schlang ihre Arme um die aufgestellten Knie, legte ihren Kopf darauf und zählte bei jedem Atemfluss regelmäßig laut bis vier.

»Und nun?«, erkundigte sich Claude sachlich.

»Ja, Marie, was machen wir jetzt?«, echote Lilille, nur weniger sachlich, eher furchtsam lamentierend.

Marie hob mühsam den Kopf, streckte Pater François das Telefon entgegen und blickte ihn anklagend an.

»Sagen Sie Mondieu, ich habe verstanden.«

# Die Entscheidung

Die brütende Hitze hatte sich unbarmherzig über die Stadt gesenkt und ließ den Asphalt flimmern. Der Gestank der Autoabgase vermischte sich mit dem Geruch von abgestandenem Seinewasser, und kein noch so leiser Windhauch schaffte ein wenig Erleichterung beim Atmen.

Marie trieb schlurfend im dichten Touristenstrom die Uferstraße entlang des Rive Gauche in Richtung Pont de l'Alma. Ihre Hände hielt sie vor dem Bauch umklammert, hektisch knetete sie die Finger; den Kopf tief gesenkt und den Rücken gebeugt kümmerte es sie nicht, wenn sie an Laternenmasten stieß oder von anderen Menschen angerempelt wurde.

»Er wird ihnen nichts antun, nein, das wird er nicht. Ich mache ja alles, was er von mir verlangt, und das weiß er. Deshalb wird er ihnen nichts antun, nein, das wird er nicht, ich mache ja alles, was er von mir verlangt, und das weiß er, deshalb wird er ihnen ...«

»Hör sofort auf damit, wie eine Irre so stupide vor dich hin zu murmeln! Reiß dich zusammen!« Claudes empörte Zurechtweisung quoll diesmal direkt aus ihrer ausgetrockneten Kehle, seine Stimme dunkel vor Ärger und voll echter Besorgnis.

»Sie hat Angst, Claude, ganz furchtbare Angst um ihren Enkel, verstehst du nicht? Sie versucht, sich selbst zu beruhigen, und sie hat ja auch recht, meinst du nicht?« Lililles besänftigende Worte und die Ruhe, die sie dadurch ausstrahlte, überraschten nicht nur Marie, auch Claude fehlten für den Augenblick die Worte.

Marie hob den Deckel einer kleineren Mülltonne, die direkt vor dem kleinen Hôtel »Le Soleil« auf dem Bürgersteig auf die städtische Müllabfuhr wartete. Sie tauchte darin ein, so weit sie konnte, und wühlte sich durch Küchenabfälle, Zigarettenstummel und knisternde Säckchen mit Hundekot.

»Was wollt ihr von mir?«, nuschelte sie in die schmale schwarze Tonne, verzweifelt auf der Suche nach etwas Trinkbarem. Die langen, schweren Haare waren ihr über die Augen gefallen und störten ihre Sicht. Entnervt zupfte sie ein zerrissenes Orangennetz aus dem Abfall und band die Haare damit im Nacken zusammen. Zu trinken hatte sie nichts gefunden, und enttäuscht ließ sie den Deckel wieder auf die Tonne knallen. Der Rezeptionist des Hotels kam aus dem Foyer geschlendert und scheuchte Marie mit halbherzigen Handbewegungen davon. Auch er war von der Hitze ermattet, und ein energischeres Auftreten war bei Marie nicht erforderlich; sie entfernte sich schleppend Schritt für Schritt ohne Gezeter oder sonstigen aggressiven Widerstand.

»Wir wollen dir helfen, Marie, sonst nichts.« Klar und deutlich, ein typisches Claude-Statement, fand Marie.

»Verliere ich den Verstand?« Während sie diese grauenhafte Furcht laut aussprach, beobachtete sie eine junge Familie mit zwei kleinen Kindern, die vor ihr die Pont de l'Alma überquerte. Eltern wie Kinder trugen Wasserflaschen in den Händen, und wenn sie Glück hatte, ließ eines der Kinder seine Flasche fallen. Sie würde sich darauf stürzen und rennen.

»Möglich«, gab Lilille zögernd zu, »muss aber nicht unbedingt sein. So oder so werden wir nicht mehr von deiner Seite weichen, damit wir dich unterstützen können.«

»Ich will aber keine Hilfe. Lasst mich in Ruhe! Ich komme alleine klar.« Wütend schnaubte Marie über ihre Schulter, weil sie das untrügliche Gefühl hatte, die Stimmen wären nah hinter ihr. Was sie sah, waren die verächtlichen Mundwinkel eines kahl geschorenen Halbwüchsigen, der mit tätowierten Fingern an einem Piercing zog, das durch seine Zunge gestochen war.

»Nun, liebe Marie«, hielt ihr Lilille schnippisch entgegen, »ich fürchte, du hast keine Wahl. Wir sind da. Ob du uns willst oder nicht. Besser, du siehst das positiv. Wir können nämlich auch durchaus unangenehm werden.«

»Was soll das, Lilille? Wozu drohst du ihr?«

Marie sah im Geiste einen jungen, taffen Rechtsanwalt in schickem Armani-Anzug und polierten Hochglanzschuhen die Augenbrauen runzeln und Lilille, die mollige Kleine, streng tadeln.

Letztlich siegte der angeborene Überlebensinstinkt.

Marie rannte keuchend los. Während sie die Familie überholte, riss sie dem winzigen Mädchen mit der rosa Rüschenschleife im schwarzen Haar, es mochte so um die drei Jahre alt sein, die Wasserflasche aus der Hand. Sie spurtete damit auf das Ende der Brücke zu, um über die steile Steinstiege nach unten zu hasten und in das dunkle Loch der Kaimauer zu entfliehen. Das entrüstete »He, Sie da, bleiben Sie sofort stehen!« des Familienvaters konnte sie deutlich hören, die beruhigende Antwort der Mutter »Ist doch nur Wasser, mein Schatz!« vernahm sie nur mehr verloren aus der Ferne.

Was für die einen »nur Wasser« war, war für Marie ein lebenserhaltendes Elixier. Sie hatte heute außer einem Fingerhut voll Kaffee und einem Schluck Rotwein noch nichts getrunken und litt unter ersten körperlichen Symptomen: Ein trockener Mund, flattrige Knie, ein innerliches Zittern, und wahrscheinlich waren auch die Stimmen auf ihren momentan geschwächten Zustand zurückzuführen.

Gierig sog sie an der Flasche und genoss die frische Kühle, die die kalten Betonwände in ihrem Versteck spendeten. Ihr Koffer stand immer noch da, Pater François hatte wohl gedacht, ihr Vorstellungsgespräch würde länger dauern. Der feine, mitfühlende Pater François – wer hätte gedacht, dass er in solch krumme Machenschaften verwickelt wäre? Wohl keine der elenden Gestalten, die bei ihm stets Hilfe und Beistand fanden.

Pater François war aber ihr geringstes Problem, ihre Sorge galt vorrangig Sohn, Enkel und Schwiegersohn in Amsterdam.

»Ich denke nicht, dass Mondieu ihnen Leid zufügen wird. Mit der Entführung will er ein eindrucksvolles Zeichen seiner Macht setzen. Er schüchtert dich damit ein, macht dich gefügig, weil er weiß, dass dir dein eigenes bettelarmes Leben ziemlich egal ist, aber er kennt exakt deinen emotionalen Schwachpunkt: deine Familie. Er folgt einem einfachen Prinzip – nicht weiter clever, leicht zu durchschauen.« Nüchtern stellte Claude die Tatsachen fest, die ihm vordergründig ins Auge fielen.

Marie schloss die Augen, ließ sich auf den klammen Boden sinken und kauerte sich in Embryohaltung zusammen.

»Ich würde vorschlagen«, fuhr Claude, ihre unausgesprochene, aber offensichtliche Abwehr missachtend, ungerührt fort, »du nimmst Job und Geld. Nach fünf Jahren kannst du dir die verfallene Scheune in Lunel im grünen Languedoc-Roussillon kaufen, die du immer so verträumt in den Schaufenstern der Agence Naveau anstarrst. Außerdem bleibt dir noch genügend Geld für einen Fortbildungskurs oder eine Abendschule, falls du unbändige Lust darauf verspüren solltest, dein verkümmertes Gehirn auf Vordermann zu bringen.«

»Bist du nicht ganz richtig im Kopf? Marie soll für einen kaltblütigen Kriminellen in einem anrüchigen Etablissement arbeiten und sich nach dessen Belieben womöglich irgendwann einmal umbringen lassen?« Lililles Erschütterung über diesen irrsinnigen Vorschlag machte auch vor Maries Dämmerzustand nicht halt. Bestürzt setzte sie sich auf.

»Fällt dir etwas Sinnvolleres ein?«, erkundigte sich Claude leidenschaftslos.

Die betretene Stille sprach für sich.

»Na also«, kommentierte Claude zufrieden, »dann wären wir uns ja einig. Bis es so weit ist, sollten wir uns aber auf die nächsten Stunden konzentrieren. Marie, du musst zur Pont des Invalides aufbrechen, um deinen üblichen Rhythmus nicht zu unterbrechen. Mondieus Forderungen besagen, dass du dein Leben so weiterlebst, wie bisher, um keinen Verdacht auf dich zu lenken.«

»Vielleicht wäre es auch gut, wenn du deine Hände und Füße mit Dreck beschmierst. Sie sehen so sauber aus, gar nicht, wie wir es von dir gewohnt sind«, schlug Lilille leise vor. Augenscheinlich hatte sie sich in Ermangelung besserer Alternativen Claudes Meinung angeschlossen.

»Lasst mich ein paar Minuten ausruhen. Ich muss mir alles noch einmal durch den Kopf gehen lassen.« Marie wollte unbedingt Zeit gewinnen, um sich zu orientieren, die Ereignisse des Tages zu verarbeiten, aber vor allem, um zu entscheiden, wann der richtige Zeitpunkt dafür wäre, Jaan nochmals anzurufen, um den neuesten Stand der Entführung zu erfahren.

Claude und Lilille gaben keine Antwort mehr, sie entsprachen Maries Wunsch nach einer dringend benötigten Verschnaufpause.

Marie verfiel in einen dösigen Halbschlaf, in dem sich Bilder von Jaan, Nic und Ruben mit den Stimmen eines schnieken Anwalts und einer matronenhaften Hausfrau vermischten und

in einer Kakophonie schriller Hupen kulminierten, die sie verängstigt hochfahren ließ.

Sie packte ihren Koffer und zerrte ihn aus dem Hohlraum der
Kaimauer. Vor dem Hibiskusstrauch kniete sie sich nieder und
rieb erst ihre Hände in der weichen Erde rund um den Stamm
und wühlte anschließend mit ihren Füßen in dem aufgelockerten
Boden. Mit verschmutzten Fingern strich sie sich über Gesicht
und Haare, bevor sie sich erneut auf den Weg Richtung Quai
d'Orsay machte.

»Es geht los.« und »Was hast du jetzt vor, Marie, wo gehen wir
hin? Ach du meine Güte, ich bin so aufgeregt!« standhaft igno-
rierend, trottete Marie mit gesenktem Kopf dahin und zog den
ruckelnden Koffer hinter sich her. Es war immer noch unerträglich heiß entlang des Quais, doch Sonnenstand und Lichteinfall
ließen Marie vermuten, dass sie etwas länger geschlafen haben
musste, der späte Nachmittag war bereits in einen frühen Abend
übergegangen.

Dieses Mal betrat sie die Église américaine durch den Vor-
dereingang, steuerte samt ratterndem Koffer forsch auf den mit
kunstvoll geschnitzten Ornamenten verzierten, imposanten
Beichtstuhl zu, setzte sich davor auf einen schlichten Holzschemel
und verkündete lautstark: »Ich muss telefonieren.«

Ein älteres Ehepaar musterte sie mitleidig, bevor es sich ab-
wandte, um an einem schlichten Seitenaltar eine Münze in den
Kerzenautomaten zu stecken und das mit einem vernehmlichen
Klacken herausgefallene, maßlos überteuerte Teelicht anzuzünden.

Marie wusste, dass Pater François seine tägliche Sprechstunde
im Kabäuschen der Schuldenbekenntnisse von fünf Uhr bis kurz
vor der Abendmesse um sieben abhielt. Er musste also da drinnen
sein. Prompt vernahm sie aus dem Inneren ein heiseres Räuspern,
und Marie nahm auf der Seite der Sünder Platz. Der Pater schob
schweigend das geriffelte Trennfenster zu Seite und reichte ihr
das Mobiltelefon.

Nach dem dritten Läuten krähte Nicolaas ein fröhliches »Jaha!«
in den Hörer, und Marie traten Tränen der Erleichterung in die
Augen.

»Nici, mein Kleiner! Geht es dir gut? Ist alles in Ordnung mit dir?«, rief sie aufgeregt. Ein eindringliches »Pst!« auf der anderen Seite des Holzfensters erinnerte sie daran, wo sie sich befand.

»Hallo, Omarie! Ich war heute mit Ruben auf Abenteuerfahrt. Ich habe einen Pistolenmann gesehen. Papa sagt, wir haben in einem Film mitgespielt. Der kommt vielleicht ins Kino, und dann gehen wir alle zusammen hin und schauen ihn uns an, und du musst auch kommen …«

Marie hörte, wie Jaan dem lauthals protestierenden Kleinen den Hörer aus der Hand nahm.

»Maman? Es ist alles in Ordnung. Sie sind beide gesund wieder da. Der Entführer hat sie fast direkt bis vor die Haustür gebracht. Vorne an der Kreuzung hat er sie aussteigen lassen. Keine Forderungen, keine Erklärungen, nichts … alles völlig sinnlos. Die Polizei glaubt, dass es sich um einen Irrtum gehandelt hat, dass der Entführer die falschen Opfer erwischt hat. Sie suchen nach ihm, aber das ist mir im Moment alles egal. Wir sind glücklich, dass wir alle wieder zusammen sind.«

»Konnte Ruben den Mann beschreiben? Wird man ihn identifizieren können?«

»Ruben hat ihn nur ganz kurz gesehen, bevor er in den Wagen musste. Wir haben keine allzu großen Hoffnungen, und die Polizei tönt auch nicht geradezu optimistisch. Aber Nic will ein halb verdecktes Tattoo an der linken Halsseite des Mannes gesehen haben, die Spitze eines Sterns oder etwas Ähnliches. Er hat sie gemeinsam mit einem Ermittler auf dem Computer gezeichnet. Vielleicht ist das ein brauchbarer Hinweis, wir werden ja sehen.«

»Man wird ihn finden, Jaan, bestimmt. Das Wichtigste aber ist, dass beide mit dem Schrecken davongekommen sind, und für Nici ist das alles nicht mehr als ein aufregendes Erlebnis. Die Idee mit den Dreharbeiten finde ich genial, den Ernst der Lage würde er gar nicht begreifen, und es würde ihn nur unnötig ängstigen.«

»Ja, Maman, so sehen wir das auch. Wir müssen jetzt Schluss machen. Nicolaas hat beschlossen, dass wir zur Feier des Tages unbedingt ein Schlaf-Gut-Eis von IJscuypje in der Prinsengracht essen müssen, und er hüpft neben mir wie ein Gummiball herum, weil er es nicht mehr erwarten kann.«

Marie lächelte bei der Vorstellung, wie der flachsblonde Junge mit seinem Charme ihren gestandenen Sohn mühelos um den Finger wickelte.

»Viel Spaß, genießt den Abend. Küsse an Nici und Ruben. Ich ruf euch ein andermal wieder an.«

Sie drückte auf das rote Hörersymbol des Mobiltelefons und gab es Pater François zurück.

»Was muss ich nun tun?«, fragte sie ihn flüsternd.

»Bete zwei Ave Maria, und du bist von deinen Sünden erlöst.«

Angesichts dieses absurden Befehls brach Claude in prustendes Gelächter aus, Lilille folgte seinem Beispiel mit nervösem Kichern, und schließlich lachte auch Marie, anfangs zögernd, später kreischend, zumindest so lange, bis sie sich krampfhaft würgend in dem finsteren Gottes-Kabuff erbrach.

## Brückenleben

Wie die letzten acht Jahre verbrachte Marie die nächsten zwei Wochen täglich unter oder zumindest in der Nähe einer der siebenunddreißig Brücken von Paris. Jede Brücke hatte ihre Vor- und Nachteile, und natürlich hatte Marie absolute Lieblingsbrücken. Dennoch hatte sie es sich zu einem unverrückbaren Prinzip gemacht, auf einer streng einzuhaltenden Route jeden Tag von einer Brücke zur anderen zu wechseln.

Als sie kurz nach ihrer Ankunft in Paris endlich begriffen hatte, dass sie weder Arbeit noch Nahrung oder Unterkunft finden würde und von nun an komplett für sich selbst verantwortlich war, hatte Marie fieberhaft nach einem rettenden Seil gesucht, an dem sie sich durch hoffnungslose Tage hangeln konnte. In aller Härte hatte sie das Leben auf der Straße in kürzester Zeit mit seinen Lehren geohrfeigt: Sie war hier nicht erwünscht unter den Tausenden von Obdachlosen; eine mehr, die den anderen das ohnehin kärgliche Brot streitig machen wollte. Wenn sie in Hauseingängen herumlungerte oder ziellos durch die Straßen streifte, erschienen ihr die Tage noch trister und grauer. Sie brauchte einen einigermaßen sinnvollen Tagesablauf, um nicht in lethargischen Stumpfsinn zu verfallen.

Auf die Idee mit dem Brückenleben brachte sie ein zerfledderter Stadtplan, der ihr eines Tages vor einem Altpapiercontainer am Boden liegend in die Hände fiel. Sie betrachtete interessiert die für Touristen anschaulich abgebildeten Gebäude, Kirchen und Sehenswürdigkeiten der Stadt und beschloss spontan, Paris entlang seiner Brücken zu erkunden. Die Entfernungen ließen sich nach ihrer Einschätzung leicht innerhalb eines Tages bewältigen, und sie hätte eine tägliche Herausforderung zu bestreiten, einen bescheidenen Grund, morgens aufzuwachen und loszuziehen.

Für Marie war es ein gutes Omen, dass es sogar eine Brücke gab, die ihren Namen trug. Sie begann ihr rastloses Wanderleben an der Pont Marie, die die Île Saint Louis mit dem Rive Droite verband. Vom ersten Augenblick an gefielen ihr nicht nur die schlichten Steinbögen dieser Brücke ausgesprochen gut, ganz besonders hatten es Marie das kurze Stück gepflasterter Uferpromenade sowie die betonierten Kaieinfassungen angetan, die breit genug waren, um sich darauf ausgestreckt parallel zum Wasser hinlegen zu können.

Rückblickend fand Marie, dass ihre Überlebensstrategien einwandfrei funktioniert hatten. Sie schloss keine engen Freundschaften mit anderen Gleichgesinnten, hatte im Laufe der Jahre zwei, drei ihr wohlgesinnte Kellner in Brasserien kennengelernt, die ihr ab und an Essensreste zukommen ließen, fand jede Nacht eine andere Schlafstelle, stahl hin und wieder Trinkgelder von Bistrotischen, kannte die exakten Öffnungszeiten aller karitativen Einrichtungen der Stadt auswendig, kramte im Altpapier nach Gehirnfutter in Form von Tageszeitungen oder Büchern, und wenn sie Lust darauf hatte, setzte sie sich mit ihrem ganz persönlichen Kunstwerk auf die Straße, um zu betteln: Auf einem großen Stück Karton klebte eine äußerst entzückende Großaufnahme ihres Sohnes, auf dem er mit süßem Babylächeln stolz seine ersten zwei blütenweißen Schneidezähnchen präsentierte. Darunter hatte Xavier, ein junger Kunststudent, der sich an Sommertagen als Straßenmaler versuchte, in wunderschönen Lettern nach Maries Vorgaben »Lächeln zu verschenken« gemalt. Meist saß sie mit angezogenen Knien an ein Brückengeländer gelehnt, den Karton aufgestellt vor ihren Beinen, daneben ein ramponiertes, geflochtenes Körbchen, das sie wie die meisten ihrer Habseligkeiten nach der Osterzeit aus einer Mülltonne gefischt hatte. Es verblüffte Marie immer wieder aufs Neue, wie viele Menschen kurz stehen blieben, erst einen Blick auf das Foto und mit einem Schmunzeln oder herzlichen Lachen eine Münze in ihr Körbchen warfen. Mit ihrem verschenkten Lächeln durchbrach sie das gängige Muster aller Bettler: Sie verkaufte nichts oder heischte mit körperlichen Gebrechen und rührseligen Geschichten um Mitleid. An der Pont d'Arcole hatte sie auf diese Weise sogar eine Stammkundin gewonnen, eine junge Schreibkraft des Hôtel de Ville, die auf ihrem Heimweg stets bei Marie kurz haltmachte, um ein paar Worte mit ihr zu wechseln, und dabei großzügig Kleingeld in das Körbchen fallen ließ.

»Ich bin richtig süchtig nach deinem Lächeln und vermisse es all die Tage, an denen du nicht hier bist, Marie«, hatte sie einmal lachend gesagt. »Es bringt mich selbst zum Lachen, und das tut mir gut.«

Zusätzlich durfte sie hin und wieder bei Sozialprojekten der Kirche mitarbeiten. Sie sammelte während der Aktion »Sauberes Paris«, die meist im Februar stattfand, bevor die Touristen über die Stadt herfielen, Müll oder flocht aus Wollresten und Strohhalmen bunte Haarbänder, die sie ebenfalls verschenkte – und dafür weit mehr an freiwilligen Spenden erhielt, als ihr der Verkauf eingebracht hätte. Ein Geschenk von einer Bettlerin anzunehmen erzeugte bei den meisten Menschen ein schlechtes Gewissen, das man wiederum nur mit einer finanziellen Zuwendung unverzüglich loswurde. Mit ihrer Methode verstieß sie zwar gegen den Ehrenkodex der anderen Bettler und schürte den Neid auf ihre Einnahmen, da sie aber kein fixes Revier für sich beanspruchte und nur alle siebenunddreißig Tage an einem bestimmten Platz vorbeikam, hatte sie keine großen Hürden zu überwinden gehabt. Bislang hatte sie unglaubliches Glück gehabt, sie war weder angegriffen, vergewaltigt noch bedroht und in all den Jahren nur sechs Mal beraubt worden. Alles in allem kam sie gut über die Runden.

So sah sie ihre Situation an guten, warmen Tagen.

An schlechten, kalten Tagen – und das waren die meisten außerhalb der Hochsaison – fror sie unter ihrer fadenscheinigen Winterjacke, fand kaum einen trockenen und schon gar nicht warmen Platz zum Übernachten, trieb sich in Einkaufspassagen oder Bürogebäuden herum, wurde überall vertrieben, hustete gelben Schleim, stank in ihren feuchten Klamotten und schäbigen Turnschuhen, litt mangels gut gefüllter Mülltonnen an Hunger und war die meiste Zeit deprimiert und mutlos.

Vor drei Jahren im Winter war sie so verzweifelt gewesen, dass sie vor einer Bankfiliale der BNP Paribas einem älteren Mann aufgelauert, ihn zu Boden gestoßen und seine Brieftasche an sich gerissen hatte. Er hatte laut um Hilfe gerufen, und Marie war langsam davongeschlendert, augenscheinlich vertieft ins Zählen der Geldscheine und Münzen. Dabei hatte sie jedoch immer wieder einen verstohlenen Blick nach hinten geworfen, und endlich war die Polizei gekommen, und jemand hatte geschrien: »Da, da vorne ist sie!« Als sie auf dem Polizeirevier den Hergang ihrer Tat schildern musste, klammerte sie sich dankbar an den heißen Teebecher, den sie erhalten hatte, und versuchte eisern, nicht reumütig in Tränen auszubrechen, als man ihr mitteilte, der alte Mann habe sich zum Glück nur den Fuß gebrochen. Das bedauerte sie zutiefst, und sie mochte sich Schmerzen, Wut und Kummer des Alten gar nicht vorstellen, so sehr litt sie darunter, was sie ihm angetan hatte. Aber Reue und Einsicht verminderten das Strafausmaß erheblich, und so gab sie sich im Verhör widerspenstig und unbelehrbar. Ihre Posse war nicht schwer zu durchschauen, auch ihre Motive waren allen – vom Bankangestellten, der als Zeuge auftrat, bis hin zur Richterin, die sie schließlich verurteilen musste – klar, einige hatten sogar Verständnis für sie. Dennoch belief sich das magere Urteil nur auf effektive achtzehn Tage Haft, da sie als bisher unbescholten galt und die Gefängnisse um diese Zeit aus allen Nähten platzten. Sie war bei Weitem nicht die Einzige, die auf Staatskosten im Warmen bei freier Kost und Logis überwintern wollte. Es waren die furchtbarsten achtzehn Tage ihres Lebens in einer Massenzelle gewesen. Und die Lungenentzündung ereilte sie nicht im Gefängnis, wo sie medizinische Versorgung erhalten hätte, sondern erst drei Tage nach ihrer Entlassung, als sie sich mit Schüttelfrost und Fieberphantasien in ihre Nische unter der Pont de l'Alma zum Sterben verkrochen hatte. Ein streunender Hund hatte sich zu ihr gesellt, angelockt von ihrem kranken Geruch und der Hitze, die von ihr ausging. Ihm wiederum war ein illegaler Hundefänger gefolgt, der Marie fand und anonym die Rettung verständigte. Sie wurde in ein Armenhospiz zum Sterben gebracht, abgemagert, ausgetrocknet, mit Bakterien verseucht und in desaströsem Allgemeinzustand. Die meiste Zeit war sie ohne Bewusstsein, und niemand rechnete mit ihrer unerwarteten Genesung, da man ihr Medikamente verweigerte, die keine Versicherung und schon gar nicht sie selbst bezahlen würde. Marie wird es immer ein unlösbares Mysterium bleiben, warum sie überlebt hatte; auf keinen Fall konnte es zäher Lebenswille gewesen sein, denn sie wollte damals unbedingt sterben, war nach jedem Schlaf bitter enttäuscht, wenn sie wieder im sterilen Sterbezimmer und nicht in diffusem weißen Licht aufgewacht war. Wie auch immer – Marie akzeptierte es als unabänderliches Zeichen des Schicksals von oben, was auch immer dieses »oben« genau sein mochte, dass ihre Zeit noch nicht gekommen war. Mit der Adoption von Nicolaas trat ihr Todeswunsch in den Hintergrund, und seine Stelle nahm ein zögerlicher Hauch Lebensmut ein.

Dieser Tage wanderte sie wie gewöhnlich von Brücke zu Brücke, zog ihre Runde über die Pont de la Concorde zur Pont des Arts und weiter Richtung Pont d'Austerlitz.

Der gravierende Unterschied zu ihren letzten einsamen Jahren war, dass sie diesmal nicht allein umherstreifen musste. Claude und Lilille folgten ihr, wohin auch immer sie ging, was auch immer sie tat – sogar ihre Notdurft konnte sie nicht länger ungestört verrichten. Mit weisen Ratschlägen, scharfsinnigen Kommentaren, gut gemeinten Tipps und vermeintlich hilfreichen Hinweisen begleiteten sie Marie durch jede einzelne Minute des Tages und nahmen ganz selbstverständlich von ihr Stückchen für Stückchen mehr Besitz.

Ohne dass sie es ausdrücklich wünschte oder ihr auch verstandesgemäß bewusst wurde, führte sie angeregte und ausgiebige Unterhaltungen mit den beiden und ließ sich beizeiten auch zu heißblütigen Diskussionen hinreißen. Manchmal waren die ungebetenen Stimmen ihr lästig und unangenehm, meistens aber war sie froh um ihre Gesellschaft, sie belebten ihr isoliertes Dasein. Den Verstand zu verlieren, nicht mehr ganz bei Sinnen zu sein, konnte durchaus unvermutete Vorzüge mit sich bringen, hatte man erst Angst, Panik und Selbstmordabsichten unter Aufbietung der verbliebenen Kräfte unterdrückt, später erfolgreich ignoriert.

Die teils verwunderten, teils besorgten Blicke ihrer Leidgenossen oder flüchtigen Bekannten fielen ihr nicht weiter auf, zu sehr war sie die meiste Zeit in die Zwiegespräche mit Claude und Lilille vertieft, die sie mit beredten Gesten und groteskem Mienenspiel unterstrich.

In unzähligen hitzigen Dialogen war sie mit ihren geschwätzigen Gefährten übereingekommen, Monsieur Mondieus Angebot anzunehmen, zumindest für die ersten drei Donnerstage. Dann würden sie weiter sehen.

Dass sie bei diesem bizarren Arrangement keine geringere Alternative als den gewaltsamen Tod von Nicolaas, Ruben, Jaan oder Marie selbst vor Augen hatten, blieb in gegenseitigem Einvernehmen unausgesprochen.

## Erster Arbeitstag

Die Pont de Sully bestand aus drei unregelmäßig geformten Stahlbögen, war für Maries Geschmack außerordentlich hässlich, hatte aber den unschätzbaren Vorteil, dass eine Schiffsanlegestelle dort war. Dies bedeutete begehbare Kais, regelmäßigen Schiffsverkehr, neugierige Touristen mit reichlich Abfall sowie verborgene Mauervertiefungen.

Marie hatte sich nach einem pekuniär eher erfolglosen Tagewerk zwei Stunden vor Mitternacht auf einen gemauerten, halbrunden Steinvorsprung nahe dem Wasser zurückgezogen, als sie das Geräusch eines schwachen Motors vernahm, der zu einem klapprigen Motorrad gehörte.

Während Claude sie darauf aufmerksam machte, vorsichtshalber rasch ihre Sachen zu packen, es wäre schließlich kurz vor Tagesanbruch des Donnerstags, krakeelte Lilille bereits gereizt herum und faselte Schwachsinn von wegen Geldbörse verstecken und Koffer einbruch- und diebstahlsicher verstauen.

Marie selbst lag währenddessen zusammengerollt auf ihrer blumengesäumten Luftmatratze und harrte der Dinge, die tatsächlich bereits nach kurzer Zeit in Gestalt eines blutjungen, dürren Mädchens sowohl mit Motorradhelm auf dem Kopf als auch unter dem Arm auf sie zukamen.

»Marie Croix?«, fragte sie.

Marie nickte und nahm automatisch den Helm entgegen, den ihr das Mädchen auffordernd hinhielt. Sie zog ihn über den Kopf und war von undurchdringlicher Schwärze umgeben. Verunsichert streckte sie die Arme aus und wurde von dem Mädchen hektisch zu dem Motorrad geschoben, auf dessen Rücksitz sie unbeholfen hinaufkletterte. Das Mädchen startete durch, und in halsbrecherischem Tempo kurvte sie den engen Weg entlang zum Boulevard Henri IV.

Praktisch nach der ersten Kreuzung hatte Marie die Orientierung verloren und gab ihre eifrigen Versuche, gemeinsam mit Claude in Gedanken dem Weg zu folgen, auf. Sie schloss sich daher Lilille an, die mit vergnügtem Kreischen den kühlen Fahrtwind und die unverhoffte, rasante Spritztour genoss, und klammerte sich mit beiden Händen fest an den metallenen Haltegriff hinter ihrem Gesäß.

Sie waren viel schneller an ihrem Ziel angelangt als vor zwei Wochen mit dem indischen Fahrer. In der Tiefgarage riss ihr das Mädchen grob den Helm vom Kopf und brauste mit ohrenbetäubendem Dröhnen wieder davon. Marie sah sich verwirrt um. Niemand erwartete sie, und sie hatte keine Ahnung, was sie zu tun hatte.

»Hand auf die Glasplatte drücken, in den Aufzug steigen, ›eins‹ sagen, zur Kosmetik gehen.« Claude sprach die Worte betont überdeutlich aus, um sicherzustellen, dass ihn Marie wirklich verstand.

Wie eine Marionette führte Marie die Bewegungen aus und tat widerspruchslos, was er ihr befohlen hatte. Der Aufzug glitt nach oben, hielt, Mi Li nahm sie in Empfang und brachte Marie nach nahezu zwei Stunden gelungener Verwandlungskünste wieder zum Fahrstuhl zurück, wo sie abwartend stehen blieb, bis Claude, nun etwas ungehaltener, soufflierte: »Einsteigen, ›zwei‹ sagen.« In der nächsten Etage stieg sie aus und betrachtete grübelnd den strahlend weißen Gang mit den zahlreichen Türen.

»Erste Tür.« Claude, ihr mürrischer Freund und Helfer.

»Alles Gute, meine Liebe! Denk daran, wir sind bei dir!« Lilille, ihre flatterige Betreuerin.


Mondieu saß, einen Rotweinkelch in der Hand schwenkend, entspannt in dem dreh- und fahrbaren Muschelsessel und sah, obgleich der Donnerstag erst wenige Minuten alt war, wie aus dem Ei gepellt aus.

»Madame Croix, wie erfreulich, dass Sie es pünktlich zur Arbeit geschafft haben. In Ihren Kreisen wahrlich eine Seltenheit, um nicht zu sagen eine rare Tugend. Welch angenehme Überraschung zu dieser frühen Stunde.« Ein schmales Lächeln kräuselte sich um seine Lippen, falsch und aufgesetzt, und strafte seinen oberflächlich freundlichen Empfang Lügen.

Die Monitore strahlten kaltes blaues Licht in den gedämpft

beleuchteten Raum. Auf zwei Bildschirmen konnte Marie aus der Entfernung unruhige Bewegungen ausmachen, zu schnell und zu verschwommen glitten die Personen durch die Bilder, als dass sie sie hätte erkennen können.

»Nehmen Sie Platz, Sie werden heute von mir persönlich eingeschult, ein spezieller Service des Hauses.«

Marie setzte sich stumm auf die Couch, das Beistelltischchen schaffte wenigstens räumliche Distanz zu Mondieu.

»Wie Sie erkennen können, erscheinen bereits die ersten der zwölf Damen und Herren des horizontalen Gewerbes, um sich gewissenhaft auf ihre heutigen Dienstleistungen vorzubereiten. Bei meinem Personal handelt es sich ausnahmslos um Drogensüchtige, Obdachlose, Straßenstricher, gestrandete Häftlinge – um gewöhnlichen menschlichen Abschaum also. Sie alle aber zeichnet eine gemeinsame Eigenschaft aus: Sie haben die Hoffnung auf ein auch nur annähernd normales Leben aufgegeben. Das ist für mich von unschätzbarem Vorteil, denn daher nehmen sie mein Angebot dankbar an, weil es ihnen die Illusion vorgaukelt, sie würden in fünf Jahren über genügend Geld verfügen, um der Gosse und ihrem Elend entfliehen zu können.«

Er schüttelte fassungslos den Kopf, als könne er nicht verstehen, wie unsagbar dumm das ganze Gesindel war, auf ihn hereinzufallen. Mit erhobenem Glas deutete er in Richtung der Monitore.

»Für diesen trügerischen Traum würden sie alles tun, wirklich alles. Sie werden es selbst erleben, Marie.«

»Das klingt ja grauenhaft«, ächzte Lilille angeekelt. »Haben wir eine Chance, diesem teuflischen Handel zu entkommen?«, wandte sie sich an Claude.

Claude enthielt sich für den Moment der Stimme, vermutlich dachte er darüber nach.

»Kaum einer von ihnen schafft die fünf Jahre«, fuhr Mondieu in vertraulichem Plauderton fort, »zu verlockend ist die Versuchung, vom süßen Kuchen vorher zu naschen. Leider muss jeder auch geringste Verstöße gegen meine ausgeklügelten Regeln mit dem Leben bezahlen, ohne Ausnahme jeder. Ich kann es mir nicht leisten, dass einer meiner Schützlinge in der Öffentlichkeit einen

Skandal provoziert, weil er plötzlich mit ungeahntem Reichtum prahlt oder sich in einem rührseligen Anfall einem Sozialarbeiter anvertraut.«

Nun konnte sich Claude nicht mehr zurückhalten. »Wer garantiert mir, dass ich nach den fünf Jahren am Leben bleibe? Auch wenn ich mich genauestens an alle Abmachungen halte?«

Marie stimmte ihm mit einem energischen »Völlig richtig!« zu.

Entgeistert warf Mondieu den Kopf herum und fixierte Marie mit zusammengezogenen Augenbrauen.

»Haben Sie Ihre Stimmbänder in den letzten paar Tagen versoffen?«, erkundigte er sich gereizt.

Marie ließ sich nicht beirren. »Welche Garantie geben Sie für mein Leben nach den fünf Jahren?«

»Keine.« Er kicherte plötzlich vergnügt. »Sie werden mir vertrauen müssen.«

»Was, wenn ich es mir anders überlege und Ihr Angebot nicht annehmen möchte?«

»Ihrem Sohn geht es gut?«, vergewisserte er sich zuvorkommend und ließ genüsslich die Gegenfrage in die Stille des Raumes sickern.

Marie blinzelte und stierte beharrlich auf die Monitore, in die immer mehr Leben kam.

»Nun, Marie, die jämmerliche Seite der verkommenen Bagage ist Ihnen ja sattsam bekannt, nicht wahr? Vielleicht interessiert Sie die weitaus lukrativere Klientel, mit der wir es hier zu tun haben, mehr? Wie Sie wahrscheinlich richtig vermutet haben, betreten mein Haus ausschließlich hochrangige Finanziers. Scheichs auf Staatsbesuch, Präsidenten, Bankiers, Ärzte, Polizeipräfekten, Schauspieler, Popstars, Oligarchen, auch Frauen sind darunter …«, er verschluckte sich und hüstelte vornehm in die hohle manikürte Hand, »… ja, ja, die Emanzipation macht vor nichts halt … Menschen eben, die sich keine Skandale leisten können und aufgrund ihrer gesellschaftlichen Stellung ihre intimen Wünsche geheim ausleben müssen. Bis hierher alles klar, Marie?«

Marie nickte, wandte aber den Blick nicht von den Bildschirmen ab, obwohl die Menschen darauf nur als winzige geschäftige Ameisen zu erkennen waren. Sie saß einfach zu weit weg, um die Vorgänge klar erfassen zu können, und es drängte sie einerseits danach, aufzustehen und alles aus der Nähe zu betrachten, andererseits hätte sie am liebsten die Augen fest zugekniffen, um gar nichts sehen zu müssen.

»Das Geheimnis meines Erfolges beruht darauf, dass mein Etablissement nur an zwei Tagen im Monat für vierundzwanzig Stunden zur Verfügung steht. Für das exklusive Privileg, hier einen Termin zu ergattern, müssen exorbitante Summen im Vorhinein auf ein Pseudo-Spendenkonto für einen globalen Katastrophenfonds hinterlegt werden. Im Gegenzug garantiere ich meinen honorigen Gästen absolute Handlungsfreiheit bei der Ausübung ihrer zügellosen Phantasien sowie Sicherheit und Anonymität. Was will ein dekadentes Herz mehr?«

Mondieu stand auf, um sein Glas nachzufüllen.

»Selbstverständlich unterliege auch ich unerbittlichen Kontrollen durch verschiedenste Sicherheitsorganisationen meiner Kunden. Daher filmen die Kameras in den einzelnen Räumlichkeiten ausschließlich in Echtzeit, und es gibt keine wie auch immer gearteten Aufzeichnungen. Dafür stehe ich mit meinem Namen.«

»Sein Werbeslogan für superreiche Perverse«, bemerkte Claude zynisch.

»Ich denke, mehr müssen Sie für den Anfang nicht wissen. Das Geschäft floriert unter anderem auch deshalb, weil niemand die exakten Zusammenhänge kennt. Keiner weiß von den anderen, alle haben sich dem Schweigegelübde unterworfen und werden dafür mehr als fürstlich entlohnt. Der Einzige, der bis ins kleinste Detail informiert ist und die Fäden straff zieht, bin ich, ein bescheidener, autonomer Einzelunternehmer, der sich der Wohltätigkeit gegenüber den Ärmsten der Armen verschrieben hat.«

Marie schwirrte der Kopf, und ein rauschendes Pochen hatte sich in ihren Ohren breitgemacht.

»Ich schlage vor, Sie machen sich erst einmal mit den Protagonisten der zwölf Zimmer vertraut. Jede Dame und jeder

Herr bewohnt stets denselben Raum und ist auch für diesen verantwortlich. Die reibungslose Organisation des Klientenstroms liegt in meinen bewährten Händen, und ich sorge dafür, dass die Besuchszeiten im Minutentakt so aufeinander abgestimmt sind, dass man sich nicht zufällig im Korridor oder in der Tiefgarage begegnet. Sehen Sie?« Er winkte Marie zu sich und schob sie dicht vor die Monitore.

Sie folgte mit den Augen einem gedrungenen, glatzköpfigen Mann in dunklen Hosen und Arztkittel darüber, wie er rasch auf die letzte Nische des Flurs zusteuerte, seine Finger an die Wand neben dem Türstock presste und durch die wie von Geisterhand zurückschwingende Tür trat. Er wurde bereits von einem jungen Mann erwartet, der ebenfalls einen Arztkittel, darunter aber keine Hosen trug, barfuß war und ein Stethoskop wie eine Schlange um seinen feisten Hals baumeln ließ. Ohne viel Federlesens darum zu machen, stürzte sich der ältere Mann auf den Jungen, stieß ihn rücklings auf eine stählerne Operationsliege, warf sich auf ihn und wickelte wie ein Besessener den Stethoskopschlauch um dessen Kehle.

Völlig überrumpelt von dieser unangekündigten Brutalität schrie Marie entsetzt auf und fuhr fassungslos zu Mondieu herum. Er ergötzte sich offensichtlich an ihrer Erschütterung, und sein breites Grinsen drückte beißenden Spott aus.

»Na, na, wer wird denn hier gleich die Nerven verlieren? Das ist erst der Beginn eines sadomasochistischen Spielchens, völlig harmlos! Seien Sie keine Mimose und stellen Sie sich auf Gewalt und Abscheulichkeiten ein. Wir sind hier nicht bei einem Kindergeburtstag, und für die Unsummen, die Sie verdienen, erwarte ich etwas mehr Professionalität. Ihr Job ist es, darauf zu achten, dass während der Vergnügungsstunden nichts völlig aus dem Ruder läuft, und mit »völlig aus dem Ruder« meine ich schwere Verletzungen mit unappetitlichem Blutvergießen, zerstörerischen Vandalismus gegen das Mobiliar oder Notrufe aus den Zimmern. Sollten Sie derartige Vorkommnisse beobachten, haben Sie mich unverzüglich über die rote Taste des Telefons zu informieren.«

Marie warf erneut einen Blick auf die Monitorwand, fokussierte einen schmalen weißen Mauerstreifen zwischen zwei flimmernden Bildschirmen und registrierte, wie alle Formen sich aufzulösen begannen und die einzelnen Szenen hinter einem dunstigen Schleier ihres Gesichtsfeldes verschwammen. Befriedigt stellte sie fest, dass sich der Anblick auf diese Weise durchaus ertragen ließ.

»Sehr gut, Marie, wir werden deine Technik verfeinern, um diesen Wahnsinn hier für dich zu erleichtern.« Claudes Anerkennung tat ihr gut, und mit einem erleichterten Lächeln antwortete sie: »Na …«

Mondieu pflichtete ihr mit knappem Nicken bei.

»Sie werden sich daran gewöhnen. Vielleicht kommen Sie ja auch selbst auf den Geschmack.«

»Nie im Leben!«, plärrte Lilille empört, sodass Marie zusammenzuckte und einen unkontrollierten Schrei ausstieß.

»Ich bitte Sie, hören Sie mit diesem hysterischen Gekreische auf. Benehmen Sie sich in meiner Gegenwart nicht wie ein ordinäres Waschweib! Schließlich habe ich Sie ausgewählt, weil Sie in früheren Jahren ein einigermaßen zivilisiertes Leben geführt haben. Ich gehe davon aus, dass Sie sich an wenigstens einige Grundbegriffe stilvoller Gesprächskultur erinnern können.«

Er musterte sie tadelnd und fuhr mit seiner Rüge fort. »Jedem von euch biete ich alle zwei Wochen ein erstklassiges Hygiene- und Entlausungsprogramm, stelle saubere Kleidung sowie Arbeitsmaterialien zur Verfügung, niemand muss hier Hunger oder Durst leiden, und als Sahnehäubchen hinterlasse ich euch ein spendables Scheinchen als Anerkennung eurer Leistungen. Dafür werde ich doch wohl verlangen dürfen, dass wir höfliche Manieren und einen gewählten Sprachgebrauch pflegen.«

»Natürlich, Monsieur Mondieu«, bestätigte Marie. Die respektvolle Nuance ihrer Intonation musste sie sich mühevoll abringen, was ihr dank Lililles unmerklichem Beistand gar nicht so schlecht gelang.

»Ich werde Sie nun verlassen, ich muss mich um meine Geschäfte kümmern. In und auf dem Kühlschrank finden Sie einen kleinen Imbiss, etwas Obst und Getränke. Scheuen Sie sich nicht, die nächsten Stunden jedes der zwölf Zimmer eingehend zu studieren. Notfälle passieren etwa zwei, drei Mal im Jahr. Wir wollen nicht hoffen, dass es ausgerechnet heute zu einem Zwischenfall kommt. Vor Mitternacht werde ich zurückkehren, um mit Ihnen das Abschlussprozedere sorgfältig durchzugehen. Bis dahin wünsche ich Ihnen einen angenehmen Aufenthalt.«

Charmant verabschiedete er sich von Marie mit einer angedeuteten Verbeugung, stellte sein Weinglas sorgsam in den Geschirrspüler, verkorkte die Weinflasche und ging auf die Tür zu, vor der er kurz innehielt, um sich noch einmal Marie zuzuwenden.

»Ach ja, beinahe hätte ich es vergessen: Dieser Raum ist ab jetzt verschlossen. Und auch hier befindet sich eine Mikrokamera in der Deckenleuchte.«

## Eingewöhnung

Mit einem kaum wahrnehmbaren Klicken schloss sich die Tür hinter ihm.

Von jäher Panik ergriffen, presste Marie ihre Handfläche auf die Glasplatte neben der Tür und zog mit der anderen Hand am Türgriff. Nichts rührte sich, sie war tatsächlich eingeschlossen.

»Um Himmels willen, was machen wir bloß, wenn ein Brand ausbricht? Keine Fenster zum Flüchten und die Tür versperrt. Wir werden hier grausam ersticken.« Lilille konnte Maries Gedanken lesen.

Claude gebot den zügellosen Katastrophenvorstellungen der beiden Frauen vehement Einhalt.

»Ruhe!«, forderte er kategorisch. »Apokalyptischen Horror lasse ich nicht zu. Wir sind am besten damit beraten, uns nach den Gegebenheiten zu richten, Annehmlichkeiten zu genießen und Unvermeidliches wohl oder übel zu akzeptieren.«

»Aber hier geschehen schändliche Gräueltaten, dazu mit unglaublicher Härte«, warf Marie vorsichtig ein.

»Das weiß ich, Marie«, pflichtete ihr Claude bei, »aber Tatsache ist, dass wir mittendrin stecken, und ich sehe augenblicklich keinen anderen Ausweg für uns, als das üble Spiel mitzuspielen. Mondieus Macht lebt von psychischer Erpressung und – wenn die nicht mehr fruchtet – körperlicher Gewalt bis hin zu Ermordung.«

»Somit ist unser Vorhaben, erst nach drei Probe-Donnerstagen eine endgültige Entscheidung zu treffen, gescheitert. Wir haben keine Alternativen, das Urteil wurde von Mondieu gefällt.« Lililles unkomplizierte Anpassungsfähigkeit rang Marie Bewunderung ab.

»Womit soll ich nun beginnen?«, fragte Marie in die Runde.

»Setz dich in den Muschelsessel, roll damit so dicht wie möglich vor die Monitore und tu so, als wenn du sie konzentriert beobachten würdest. Wenn dich die Kamera von oben im Visier hat, kann er nicht sehen, ob du ins Leere starrst oder deinen Job erledigst.« Claude sah den Verlauf der Dinge von der praktischen Seite.

»Wirf zuerst einen Blick in den Kühlschrank, ein gepflegtes Frühstück wäre nicht zu verachten. Es wird ein langer Tag.« Besorgte Mütterlichkeit zählte zu Lililles besonderen Qualitäten, im Besonderen das leibliche Wohl aller, und kam Marie im Moment sehr gelegen. Folgsam öffnete sie den Kühlschrank, entnahm ihm eine Flasche Perrier und griff sich aus der Schale darauf eine Banane und ein Pain au chocolat. Sie machte es sich mit einer über den Knien ausgebreiteten Serviette auf dem Drehstuhl bequem.

Während sie aß, versuchte sie jeden Blick auf die Bildschirme zu vermeiden, doch schon nach kurzer Zeit musste sie erkennen, dass ihr nichts anderes übrig blieb, als den ihr befohlenen Auftrag zu erledigen. Diesmal fixierte sie mit ungeheurem Kraftaufwand eine mikroskopisch kleine Staubfluse, die sanft schwingend vom Rahmen eines der Geräte hing. Das trübe Grau des Fussels ging fließend über in grünlich schimmernde Farbflecken, und es dauerte nicht lange, da sah Marie den verwucherten Garten des ländlichen Grundstücks mit dem verfallenen Holzhäuschen im Languedoc-Roussillon vor sich. Sie tauchte ein in die friedliche Idylle der saftigen Pflanzenwelt, umgeben von Farnen und Kletterefeu ließ sie sich in die wohltuende Ruhe fallen. Stundenlang schlenderte sie in dem vernachlässigten Garten umher, der Natur war hier seit vielen Jahren freier Lauf gelassen worden, und sie ließ den Duft des blühenden Lavendels genießerisch durch ihre Nase strömen.

»Claude, sieh nur, hier in Nummer drei mit dem jungen Pärchen, ist das nicht ein englischer Minister, der mit der ledernen Peitsche in der Hand?« Lililles Stimme kippte beinahe vor Aufregung.

»Ja, du hast recht. Angeblich ist er zu einer Krisenkonferenz nach Paris gekommen. Das ist ja nicht zu fassen.« Auch Claude konnte ein Quäntchen Erregung nicht verbergen. Etwas ruhiger fuhr er fort: »Da hat Mondieu also nicht übertrieben. Seine handverlesene Klientel besteht tatsächlich aus berühmten Persönlichkeiten.«

»Ich denke, dass er generell nicht zu Lügen neigt. Zumindest erschienen mir seine Ausführungen durchaus glaubwürdig und bedrohlich. Er kann es sich leisten, unverhohlen mit offenen Karten zu spielen«, dachte Lilille laut vor sich hin.

»Das sehe ich auch so. Man muss ihn unbedingt ernst nehmen, mehr noch, wir sollten ihn fürchten und keinesfalls seine Drohungen unterschätzen«, bekräftigte Claude.

Marie hatte in der Zwischenzeit begonnen vor sich hin zu summen und wiegte im Takt ihren Oberkörper rhythmisch vor und zurück, manchmal auch zur Seite.

Das grelle Schrillen des Telefons zerstörte mit einem Schlag die heimelig anmutende Atmosphäre.

Marie wurde so ruckartig aus ihrer Trance gerissen, dass sie mit dem Stuhl nach hinten kippte und unsanft auf den harten Marmorfliesen aufschlug. Benommen setzte sie sich auf und betastete behutsam ihren Hinterkopf. Das Telefon auf dem geschwungenen Tischchen läutete unbeirrt weiter.

»Nicht abheben!«, riefen Lilille und Claude wie aus einem Mund.

Marie nickte zustimmend, stand auf, zupfte sich Rock und Jacke ihres Kostüms zurecht und ging zur Küchenzeile, um sich frisches Wasser zu holen. Ihr war schwindelig und ein wenig übel.

Das Telefon verstummte, und gleichzeitig öffnete sich die Tür. Mondieu hielt verärgert ein Mobiltelefon in der Hand und herrschte Marie an: »Warum heben Sie nicht ab? Was wäre, wenn ich einen dringenden Auftrag für Sie gehabt hätte?«

»Sie haben mir nicht mitgeteilt, dass ich das Telefon abheben darf.« Marie kämpfte um einen untertänigen Tonfall.

»Das versteht sich doch von selbst. Wer sollte denn hier anrufen außer mir? Haben Sie immer noch nicht begriffen, dass ich hier der Einzige bin, der uneingeschränkt alles kontrolliert?« Er verzog indigniert die Mundwinkel und schnaubte missbilligend durch die Nase.

Mit hängenden Schultern und gesenktem Blick demonstrierte Marie angemessene Zerknirschung und nahm damit seinem aufbrausenden Zorn den ärgsten Wind aus den Segeln.

»Nun denn, es wird Ihnen hoffentlich in dieser Nacht dämmern, mit wem Sie es hier zu tun haben und wie gewissenhaft Sie Ihre Pflichten zu erfüllen haben.« Er bewegte sich auf den Küchenbereich zu und schenkte sich ein neues Glas Rotwein ein.

»Wie gefällt Ihnen der Betrieb bis jetzt?«, erkundigte er sich leutselig mit verschmitztem Lächeln. »Ganz schön krankhaft zwischendurch, nicht wahr?«

Marie kaute auf ihrer Unterlippe herum, ohne ihm zu antworten.

Mondieu lachte herzlich auf.

»Ich sehe, Ihnen fehlen die Worte. Glauben Sie mir, Sie werden sich daran gewöhnen. Wie fanden Sie den Auftritt des arabischen Harems mit der Pythonschlange in Nummer sieben? Das war wirklich einmal etwas außergewöhnlich Reizvolles.«

Marie hatte nicht die geringste Ahnung, wovon er sprach. Außer dem üppigen Garten rund um das desolate Häuschen hatte sie nichts gesehen.

Gleichgültig zuckte sie mit den Schultern, das kam ihr unverfänglich vor.

»Sie sind nicht leicht zu beeindrucken«, machte er sich über sie lustig. »Im Laufe Ihrer Karriere als Straßenköter haben Sie höchstwahrscheinlich des Öfteren die Bekanntschaft mit Abscheulichkeiten gemacht.«

Marie ließ die Beschimpfung gleichmütig über sich ergehen, blickte aus sicherer Entfernung wieder zu den Monitoren und vergewisserte sich, dass sie nur vage Schemen und keine konkreten Personen sehen konnte.

Er öffnete eine Schublade der Küchenkombination, entnahm ihr einen dünnen Packen Umschläge, legte ihn auf den Couchtisch und ließ sich im Muschelsessel nieder. Mit einer wedelnden Handbewegung bedeutete er Marie, sich ihm gegenüber auf das Sofa zu setzen.

»In wenigen Stunden beginnt Ihre wichtigste Aufgabe, bei der ich Sie heute unterstützen werde. In zwei Wochen erledigen Sie alles alleine, sofern Sie in der Lage dazu sind, den simplen Ablauf zu durchschauen.«

Seine Geringschätzigkeit gegenüber allem, das nicht seinem hochgeschraubten Niveau entsprach, schien angeboren zu sein.

»Dies hier sind Umschläge mit jeweils einem Fünfhundert-Euro-Schein, den Sie in die Ablage an der Rückseite der Fernseher stecken. Meine Wahl fiel auf Fünfhunderter, da diese Scheine aus den Händen von Lumpen nur äußerst selten in Umlauf gebracht werden können und unweigerlich im Verdacht stehen, gestohlen zu sein. Dies ist eine schlaue Vorsichtsmaßnahme, sollte einer aus Ihrer Sippschaft sich anmaßen, klüger als ich zu sein, und den Versuch wagen, das Geld auszugeben. Dasselbe gilt auch für Sie. Sie allerdings erhalten zwei Scheine, Sie tragen ja schließlich hier ab heute die Verantwortung für vierundzwanzig Stunden ohne Komplikationen.« Aus jedem seiner letzten Worte troffen Hohn und Erniedrigung. Sein Selbstbild entsprach tatsächlich dem eines Gottes, erkannte Marie, und es bestand ausnahmslos aus Selbstherrlichkeit gepaart mit unerträglicher Arroganz.

»Achtung, Marie, jetzt geht es ums Geld. Bitte konzentriere dich«, scheuchte Claude sie aus ihren Gedanken auf.

»Sie werden Ihr Geld niemandem anvertrauen, es nicht in ein Geldinstitut bringen oder gar ausgeben. Sie werden es horten und immer bei sich tragen.«

»Wo denn bitte schön? Ist der wahnsinnig? Was ist, wenn wir überfallen werden?«, klagte Lilille.

»Was ist, wenn ich überfallen werde?«, echote Marie einfältig.

Mondieu grinste nur. »Was soll sein? Lagerung und Verwaltung Ihres Lohns ist einzig und allein Ihr Problem.«

»Darüber mache ich mir später Gedanken, mir wird etwas einfallen«, beruhigte Claude zuversichtlich.

Marie hörte nur halb hin, sie hatte schlagartig ein dringenderes Problem. Sie musste pinkeln, und zwar sofort. Unauffällig schielte sie zu den duftig hellen Vorhängen, die an von der Decke hängenden gläsernen Stangen befestigt waren und als Raumteiler für die Toilette fungierten. Schmerzhafte Stiche schnitten durch ihren Unterleib, und unruhig rückte sie auf dem Sofa herum, ohne dass es ihr Erleichterung verschafft hätte.

Mondieu musterte sie fragend.

»Ich müsste zur Toilette«, erklärte Marie.

Stumm deutete er in Richtung der bauschigen Stoffbahnen.

»Würden Sie mich bitte alleine lassen?«, ersuchte sie ihn höflich.

»Nein.«

Hitze stieg in Marie auf, Schweißperlen sammelten sich auf ihrer Stirn, und sie fühlte, wie sich rote Flecken wie dekorative Blütenblätter auf ihrem Hals ausbreiteten. Es war aussichtslos, mit ihm darüber zu diskutieren, sein bestimmter Tonfall hatte keine Zweifel darüber offengelassen, dass er sich nicht von der Stelle rühren würde.

Marie sah keinen anderen Ausweg, als ihre Notdurft in seiner Hörweite zu erledigen, schob den Vorhang zur Seite und zupfte ihn hinter sich wieder sorgfältig zu. Während sie sich verbissen darum bemühte, das Plätschern so leise wie möglich zu halten, und überlegte, ob der Radius der Deckenkamera bis hinter die Vorhänge reichen würde, hörte sie ihn erheitert kichern. Demütigung gehörte ebenso zu seinem Repertoire an Erziehungsmaßnahmen wie Erpressung und Mord.

»Scham steht Ihnen nicht zu, Marie. In Ihrer lausigen Lebenslage haben Sie jeden Anspruch auf Intimität verloren«, stellte er hochmütig fest, um gleich darauf den Faden seiner Ausführungen wieder aufzunehmen. »Die Verriegelung der Tür ist mit den Lichtstreifen der Zimmer gekoppelt. Sobald alle Gäste das Haus verlassen haben, können Sie diesen Raum verlassen, um Ihre Arbeiten zu verrichten.«

»Und wenn es in der Zwischenzeit brennt? Oder ich einen Herzanfall erleide?« Marie winselte beinahe in Lililles Stimmlage.

»… werden Sie sterben.«

## Arbeitsablauf

Nachdem für Mondieu endgültig die grundlegendsten Überlebens- und Machtverhältnisse geklärt waren, wandte er sich den profanen Dingen des Lebens zu.

»Sie haben gegessen?«, fragte er. »Nicht, dass mir Ihr Wohlergehen ein persönliches Anliegen wäre, vielmehr ist es für Ihre dienstliche Leistungsfähigkeit nicht förderlich, wenn Sie hier kollabieren.«

»Ja, vielen Dank, ich habe gegessen«, antwortete Marie artig.

»Sie dürfen für Ihren nächsten Arbeitstag Lebensmittel Ihrer Wahl ordern. Wie Ihnen wahrscheinlich aufgefallen sein wird, ist Nummer eins dabei, die Arbeit zu beenden.«

Ihr war überhaupt nichts aufgefallen, aber nun war Marie gezwungen, ihren Fokus scharf zu stellen und den ersten Monitor aufmerksam zu betrachten. Eine füllige, nicht mehr ganz junge Frau in hautenger Lederkorsage und mit Handschellen an Handgelenken und Knöcheln stützte gerade einen gebrechlichen Greis, der sich mit Krücken zur Tür hantelte. Kaum betrat er den langen Korridor, riss sie sich die schwarze Latexmaske vom Kopf, räumte Peitschen, Gerten, Schlagstöcke und andere Utensilien sorgsam in einen Wandschrank, setzte sich an einen kleinen Tisch, schrieb etwas auf ein Blatt Papier, klemmte dieses hinter den Fernseher, zog einen Geldschein hervor, steckte ihn in ihren Hosenbund und warf einen letzten prüfenden Blick durch das Zimmer, bevor sie ebenfalls zur Tür ging. Dort drückte sie einen Knopf an einer flachen Schalterblende, und zeitgleich leuchtete das grüne Lichterband im Boden außen vor der Tür auf. Die Frau zog die Tür hinter sich sorgsam ins Schloss und entfernte sich ebenfalls über den Korridor aus der Weitwinkellinse der Deckenkamera.

Exakt fünfzehn Minuten später folgten drei stämmige, nackte Männer mit Lendenschurzen aus Zimmer acht ihrem Beispiel, nachdem sie zwei gepflegte Damen in Abendroben mit funkelnden Colliers um den faltigen Hals galant zur Tür begleitet hatten.

Maries Sicht begann sich wieder zu trüben, doch Mondieu

verhinderte mit einem freudigen »Welch ein erfolgreicher Tag!« einen ihrer kurzen Abstecher ins Grüne nach Languedoc-Roussillon.

Als der Lichterstreifen vor jedem Zimmer hell erstrahlte, verkündete Mondieu: »Wohlan zum fröhlichen Schaffen!«, und Maries Handflächen wurden blitzschnell feucht, die kleinen Finger nahmen ihre Zuckungen wieder auf, und Tropfen kalten Schweißes sammelten sich auf ihrer geschürzten Oberlippe. Aufgewühlt durchleuchtete sie das Schwarz in ihrem Gehirn auf der Suche nach einem Hinweis darauf, was sie nun zu tun hatte, was Mondieu von ihr erwartete. Nichts, aber rein gar nichts hatte sie von dem behalten, was ihr Mondieu vor zwei Wochen erklärt hatte.

Hilfreich sprang Lilille ein, die Hauptverantwortliche für Hausfrauenkram.

»Zur Tür gehen, Handfläche an die Glasplatte drücken, erstes Zimmer ...«

»Stopp! Das Geld«, warf Claude ein, und Marie hielt erschrocken inne. Unter den wachsamen Blicken von Mondieu nahm sie den Packen vom Tisch, ging zur Tür, öffnete sie vorschriftsmäßig und steuerte entschlossen auf das erste Zimmer auf der rechten Seite des langen Gangs zu. Dort presste sie wiederum ihre Hand auf die Glasfläche und betrat gemeinsam mit Mondieu den Raum, der hochmodern mit einem überdimensionalen Bett und daunenweichen Teppichen eingerichtet war.

»Was jetzt?«, fragte Marie laut.

»Wie bitte?« Monsieur Mondieu ließ seiner Entrüstung freien Lauf. »Was soll das heißen? Wissen Sie etwa nicht, was Sie zu tun haben?« Er schrie seine Empörung Marie ins Gesicht. Feine Speichelfäden hingen einen Wimpernschlag lang in der Luft, bevor sie sich an Maries Kostümjacke hefteten.

»Ins Bad, Hygieneartikel checken«, flüsterte Lilille panisch.

»Natürlich weiß ich, was ich zu tun habe, Monsieur. Ich wusste nur nicht, ob ich nun hier alleine bin oder ob Sie bleiben. Ich werde mit dem Badzimmer beginnen.« Eine dürftige Ausrede, Marie wusste es, aber auf die Schnelle war ihr nichts Besseres eingefallen.

»Ach so. Aha«, räusperte er sich misstrauisch. »Ja also … in Zukunft werden Sie alles alleine erledigen, aber beim ersten Mal möchte ich mich persönlich davon überzeugen und sichergehen, dass Ihnen keine Fehler unterlaufen.«

Marie nickte. Sie betrat das luxuriöse Badezimmer, geblendet von weißem Marmor und blitzenden Chromarmaturen schloss sie kurz die Augen. Ein widerlich süßer Geruch hing in dem Raum, ein wenig säuerlich wie von feuchten Füßen und verschwitzten Tennissocken. Bedächtig musterte sie die Muschelwanne, Duschgels, Seifen, Handtücher, Kleenex-Packungen, Zahnbürsten und eine Muschelschale mit bunten Kondomen. In einer bunt gemusterten Stofftasche fand sie Make-up sowie Lippenstifte, die offensichtlich Eigentum der Nutzerin dieses Zimmers waren. Hinter einer gläsernen Trennwand stand eine kompakte Waschmaschine mit integriertem Wäschetrockner, darauf ein Sterilisationsgerät, wie sie es aus der Praxis ihres verstorbenen Mannes in Erinnerung hatte. Das Gerät surrte brummend vor sich hin, und neugierig spähte Marie durch den durchsichtigen Deckel. Eigenartige bunte Kugeln, verbogene Gummiwülste und die stachelige Silikonhülle eines Vibrators schwammen in einer milchigen Lösung, um von eventuellen Bakterien oder Keimen befreit und für den nächsten Einsatz gereinigt zu werden.

»Das Massageöl geht zur Neige«, stellte sie trocken fest.

Mondieu zuckte gleichgültig die Schultern.

»Notieren«, war sein knapper Kommentar.

»Wir haben den Notizblock vergessen«, entschuldigte sich Claude, »Lilille, du merkst dir die ungeraden Zimmer, ich diejenigen mit den geraden Nummern, in Ordnung?«

»Alles klar«, gab Lilille angestrengt zurück.

»Ich danke euch«, stieß Marie erleichtert hervor.

Mondieu sah sie perplex an.

»Ich meinte, ich danke Ihnen für den Hinweis, dass ich mir die fehlenden Dinge notieren soll«, verbesserte sich Marie schwach.

»Gebrauchte Badetücher und Bettwäsche vor die Tür legen, Nachttischchen kontrollieren«, kommandierte Lilille.

Marie tat wie ihr geheißen, verrichtete die deutlichen Anweisungen langsam, aber gründlich, beinahe pingelig.

»Keine Kondome mehr im Nachttisch, Gleitgel verklebt und unbrauchbar«, diktierte sie Lilille.

»Glühbirnen, Leuchtstoffröhren, LEDs, Halogenleuchten überprüfen.«

Marie kippte alle Schalter in Bad und Wohnraum, bis auch der letzte Winkel dieser ebenso wie ihr Büro fensterlosen Stätte hell erleuchtet war. Nirgends schien ein Lämpchen kaputt gegangen und erloschen zu sein.

»Teller, Besteck, Kristallgläser, leere Champagnerflaschen auf den Servierwagen stellen, Müll in einem Sack sammeln und vor die Tür stellen.« Lilille klang mittlerweile wie die stereotype Ansage eines Tonbandes der Stromgesellschaft, und Marie erwartete halb, dass sie ein »Wenn Sie den Tisch abgeräumt haben, drücken Sie die Zwei. Wenn Sie mit einem Kundenberater verbunden werden möchten, drücken Sie die Raute-Taste« zu hören bekam. Darüber musste sie schmunzeln.

»Schön zu sehen, dass Ihnen die Arbeit Freude macht«, bemerkte Mondieu.

»Welke Blumen abzupfen und frisches Wasser in die Vase gießen.«

»Hier gibt es keine Blumen«, widersprach Marie kopfschüttelnd.

»Na und, was kümmert Sie das?« Monsieur gab sich indigniert ob der ungebetenen Kritik.

»Oh Gottchen, das tut mir aber leid, meine Liebe! Darauf hab ich nicht geachtet. Ich hatte nur die Liste seiner Befehle im Kopf«, zwitscherte Lilille entschuldigend.

»Monsieur, Sie sagten damals, ich hätte auch die Blumen zu versorgen, und nun dachte ich, sie wären möglicherweise gestohlen worden«, verteidigte sich Marie.

»Unsinn«, murmelte er.

Marie würdigte ihn keines Blicks und streifte stattdessen ein letztes Mal durch die Räume, pedantisch darauf achtend, nichts zu übersehen, auch nicht das kleinste Detail aus den Augen zu verlieren.

»Zettel hinter dem Fernseher aus der Halterung nehmen, Geldschein an dessen Platz stecken.« Claude übernahm die Führung.

Dieser Hinweis war ebenfalls dringend vonnöten, Marie hatte in ihrer geistigen Abwesenheit auch die letzten Maßnahmen vor Verlassen eines Zimmers nicht mitbekommen.

»Klimaanlage auf ›Entlüftung‹ stellen. Schalter mit Display unter der Glasplatte rechts neben Türstock.«

»Hab ich was vergessen?«, wollte Marie wissen.

Kurzes Schweigen schlug ihr von allen Fronten entgegen, bevor drei Stimmen gleichzeitig über sie herfielen.

»Ich habe auf meiner Liste alles abgehakt.« Lilille klang trotzdem ein wenig verunsichert.

»Alles erledigt, was er dir vor zwei Wochen diktiert hat.« Claude war überzeugt.

»Fürs Erste gar nicht mal so übel, etwas langsam und trödelig vielleicht, aber Sie werden mit der Zeit in die Gänge kommen. Außerdem spielt es keine Rolle, wie lange Sie für jedes Zimmer benötigen; wichtig ist, dass Sie alles perfekt zu Ende führen. Wenn Sie fertig sind, gehen Sie ins Büro, geben die Bestellungen durch und rufen Ihr Taxi.«

Marie bestätigte mit einem abgehackten Nicken, dass sie ihn verstanden hatte.

Sie steckte den Zettel aus Nummer eins in ihre Jackentasche und verließ mit Mondieu das Zimmer, um sich Nummer zwei vorzunehmen.

Bei Nummer zwölf hatte Marie nicht die geringste Vorstellung davon, wie spät es war und wie viel Zeit sie insgesamt in den Räumen verbracht hatte. Nummer sieben war ziemlich verwüstet gewesen, und sie hatte alle Hände voll zu tun gehabt, für den Wartungsservice eine separate Aufstellung der Dinge zu verfassen, die repariert oder erneuert werden mussten: die Glasplatte des Tisches war in Tausende Scherben zersplittert, zwei Stehlampen waren umgefallen und am Marmorboden zerschellt, der Fernseher lag am Boden, und überall im Zimmer war teilweise zerbrochenes Geschirr von einem opulenten Festgelage verteilt.

»Warum bloß bin ich für die ungeraden Zimmer zuständig, das kann ich mir ja unmöglich alles merken«, stöhnte Lilille.

»Das nächste Mal haben wir den Block mit, das verspreche ich«, versuchte Claude sie zu beruhigen.

»Was kauen Sie da eigentlich immer auf Ihren Lippen herum, Marie? Sprechen Sie klar und deutlich mit mir, wenn Sie etwas zu sagen haben! Oder sind Sie schon so tief gesunken, dass ihr verrottetes Gehirn nicht mehr zwischen Realität und Wahnsinn unterscheiden kann? Das täte mir sehr leid, dann wären Sie nutzlos für mich.« Die Beiläufigkeit seiner Bemerkung und das kalte Desinteresse, das darin enthalten war, ließen ihren Magen brennen.

Für Mondieu war damit alles gesagt, und wider Erwarten war er über den Zustand von Zimmer sieben weder verärgert noch gereizt; im Gegenteil, er machte es sich mit einer Rotweinflasche und einer Zigarre auf dem geschwungenen Sofa bequem, genoss die Pause und verfolgte jede von Maries Bewegungen mit Argusaugen. Dumpf konnte sie sich daran erinnern, dass er über Nummer sieben etwas von einer Schlange erzählte hatte. Argwöhnisch beäugte sie jeden Winkel genauestens und war erleichtert, als sie mit den Aufräumarbeiten endlich fertig war.

Mondieu schien mit ihr einigermaßen zufrieden zu sein, zumindest hatte er nichts Wesentliches auszusetzen, als sie wieder ins Büro zurückkehrten.

Maries Finger begannen wieder zu zittern, als ihr klar wurde, dass von ihr ein letzter Arbeitsschritt erwartet wurde, sie aber keinen blassen Schimmer davon hatte, worum es sich dabei handelte.

»Telefon, Taste 1, Bestellungen von den Zetteln aufgeben.« Claude und Lilille waren wirklich eine unschätzbare Hilfe.

Ohne einen Blick auf Mondieu zu werfen, nahm sie den Telefonhörer ab, drückte die richtige Taste, lauschte einen Moment einem durchgehenden Piepston, der von einer automatischen Stimme unterbrochen wurde, die sie aufforderte, jetzt zu sprechen. Sie las die einzelnen Posten langsam und deutlich von den Zetteln ab, wobei sie die Schrift aus Nummer elf kaum entziffern konnte und die meisten Dinge eher erraten musste. Es war erstaunlich, wie unterschiedlich die Wünsche und Bedürfnisse der einzelnen Zimmer ausfielen. Während Nummer sieben hauptsächlich Menüabfolgen von feinsten Meeresfrüchten, mehrere Weinsorten, Nougatpralinen und fünfzehn Baguettes orderte, benötigte Nummer vier in zwei Wochen lediglich einen Satz neuer Batterien für einen Joystick.

Aus der Höhle hinter dem linken Schläfenbein machten sich Lilille und Claude feixend über besonders ausgefallene Begehren wie eine Stechpalme oder lebende Forellen lustig, vergaßen dabei aber keineswegs die Dinge, die sie sich an Maries statt zusätzlich gemerkt hatten. Claude gab die Mängel der geraden, Lilille die der ungeraden Zimmernummern durch. Marie fand daran weder etwas komisch noch tragisch; sobald sie die Worte gesprochen hatte, hatte sie sie auch schon vergessen.

»Sie haben Ihre Sache nicht so schlecht gemacht, Marie. Mit der Routine kommt auch etwas mehr Schwung in das Ganze. Beachtlich, wie Sie die Einzelheiten der verschiedenen Zimmer im Gedächtnis behalten haben. Meinetwegen können Sie Ihre Listen auch lautstark herunterbeten, wenn es nur dazu dient, dass Sie nichts vergessen. Hören Sie aber in Gottes Namen damit auf, Ihre Stimme andauernd unterschiedlich zu modulieren! Das ist ja anstrengend. Sie können jetzt gehen.«

Marie wandte sich zur Tür.

»Haben Sie nicht etwas vergessen?«, tadelte er.

Verständnislos sah sie ins Leere.

»Geldscheine nehmen, Taxi Taste 2«, unterbrach Claude seine heitere Unterhaltung mit Lilille.

Marie kehrte zurück zum Telefon, drückte die Taste, hörte wiederum eine Computerstimme, die sie in fünfzehn Minuten in die Tiefgarage zitierte, nahm die beiden Geldscheine, faltete sie mehrfach zusammen und schob sie in die Jackentasche.

»Eines noch«, hielt Mondieus Stimme sie zurück, »mit der Null auf dem Telefon lösen Sie einen Sperralarm aus. Das bedeutet, dass der Lichterstreifen vor den Türen rot aufleuchtet und sämtliche Schlösser automatisch verriegelt werden, sodass niemand sein Zimmer verlassen kann. Diesen Alarm werden Sie äußerst selten betätigen müssen, aber es kann vorkommen, dass sich einer unserer Gäste nicht mehr unter Kontrolle hat und das Geschehen hier in diesen heiligen Hallen eskaliert. Sie werden wissen, dass es so weit ist, wenn Sie es sehen.«

## Die Lebensweise

Marie hätte nie im Leben daran gedacht, die Kosmetikabteilung aufzusuchen, bevor sie in die Tiefgarage ging, um sich in die verdreckte Asoziale zurück zu verwandeln. Aber dank Claude, der ihr die passenden Worte in den Mund legte, hielt der Aufzug genau im richtigen Stockwerk, und Mi Li erwartete sie bereits mit ausdrucksloser Miene.

Direkt bei der Tür in der Tiefgarage knatterte wieder das Mofa des jungen Mädchens, und auf der Fahrt zurück zur Pont de Sully konnte Marie durch den hauchdünnen Lüftungsschlitz an der Unterseite des ansonsten blickdichten Helms bereits helles Tageslicht erkennen.

Marie überprüfte auf dem Mauervorsprung sofort ihre Siebensachen, wie durch ein Wunder lag der Koffer unbeschädigt immer noch unter ihrer Regenjacke. Sie stellte ihn auf, rollte sich dahinter am staubigen Erdboden zusammen und schlief trotz der unbarmherzigen Sonne, der sie ungeschützt ausgesetzt war, traumlos ein, die Hände vor der Brust zu Fäusten geballt, in denen sie je einen zerknitterten Geldschein verbarg.

Sie erwachte vom erregten Summen einiger Bienen, die zu ihren Füßen in einer weggeworfenen Coladose einen besonderen Leckerbissen für sich entdeckt hatten. Ruhig und vorsichtig öffnete Marie ihre Fäuste und steckte die Scheine in die linke vordere Hosentasche, jene, die nicht zerrissen war. Sie schob den Koffer vom Mauervorsprung auf den Kai, verrieb Erde auf Gesicht, Armen und Beinen und machte sich auf den Weg zur Pont d'Austerlitz.

Claude und Lilille verhielten sich ungewöhnlich schweigsam, und Marie selbst verspürte keine Lust, sich mit ihnen zu unterhalten oder gar die gestrigen Vorkommnisse durchzukauen. Sie hatte Durst und kein Geld. Das heißt, sie hatte mehr Geld, als sie in den letzten Jahren zu Gesicht bekommen hatte, getraute sich aber nicht, es in der Hosentasche auch nur anzutasten.

Im Schatten eines Hauseinganges kramte sie in ihrem Koffer nach dem Lächelplakat und setzte sich damit am Fuße einer steinernen Skulptur in der Nähe des belebten Eingangs der Metrostation Gare d'Austerlitz auf den heißen Asphalt. Der dunkle Schlund des Stiegenabgangs verschlang Menschenmassen jeden Alters und Geschlechts, jeder Rasse und gesellschaftlicher Stellung. Geschäftsleute in einheitlich dunklen Anzügen oder schicken Kostümen, die einander glichen wie Klone, eilten ebenso an Marie vorbei wie schlampige Hausfrauen, junge Mütter oder zahnlose Greise.

Der sonnige Tag verleitete zahlreiche Menschen zu einem wohlwollenden Lächeln nach einem flüchtigen Blick im Vorbeigehen auf Maries Bild, auch die Münzen saßen ein wenig lockerer, als es an einem regnerischen oder eiskalten Nachmittag der Fall gewesen wäre. Zusätzlich stimmte die Aussicht auf ein erholsames Wochenende die Menschen froh und großzügig.

Zwei Polizisten näherten sich Marie. Der eine mittleren Alters mit grauem Schnurrbart, bierbäuchig und gemächlich schlendernd, der andere jung, braun gebrannt, mit geschwellter Brust um einen kraft seines Amtes autoritären Auftritt bemüht. Marie blieb gelassen sitzen und hielt sich die Hand wie ein Schild gegen die Sonne abschirmend vor die Augen, als sie zu den beiden aufsah.

»Bonjour, Madame«, grüßte der Ältere höflich, während der Junge sie harsch mit einem »Betteln verboten!« anfuhr und anklagend mit ausgestrecktem Zeigefinger auf ihr Körbchen deutete.

»Ich bettle nicht, Monsieur, oder entnehmen Sie meinem Plakat einen Hinweis auf eine Bitte? Außerdem verkaufe ich auch keine gestohlenen Waren, im Gegenteil, ich verschenke etwas.«

Der Ältere schmunzelte, der Junge hingegen las den kunstvoll gemalten Text unter dem Bild sehr aufmerksam. Vielleicht auch eine Spur zu langsam, als dass man einen versierten Leser in ihm hätte vermuten können.

»Aber Sie sammeln hier unerlaubt Geld.«

»Nicht nur Geld«, bestätigte Marie, »auch für Wasser oder ein Stück Brot bin ich sehr dankbar.« Sie lächelte von unten freundlich zu ihm auf.

Nun wurde er doch etwas verlegen, wollte aber diese herrliche Gelegenheit, seine Macht als Ordnungsorgan unter Beweis zu stellen, nicht so ohne Weiteres verstreichen lassen.

»Haben Sie einen Ausweis?« Er hielt ihr seine ausgestreckte Hand hin. Marie zog ein verblichenes, in Folie verschweißtes Kärtchen aus ihrem Lederbeutel, der an einem Band von ihrem verschwitzen Hals hing. Der scheckkartengroße Ausweis der Association caritative bescheinigte ihr, dass sie Marie Croix hieß, am 1. August 1961 geboren war und keinen festen Wohnsitz hatte.

Der junge Polizist studierte die Karte, als wolle er sie auswendig lernen.

»Warum arbeiten Sie nicht?«, fragte er.

»Weil es keine Arbeit gibt.«

»Haben Sie denn versucht, Arbeit zu finden, oder sind Sie sich vielleicht für bestimmte Arbeiten zu schade?«, setzte er süffisant nach.

»Lass es gut sein, Pierre. Sie hat nichts verbrochen«, versuchte der Ältere seinen ihm anvertrauten Heißsporn zu besänftigen.

Der Junge hatte sich aber verbissen und war fest entschlossen, Marie zumindest von ihrem Platz zu vertreiben, wenn er ihr schon keinen Verstoß gegen die städtischen Gesetze nachweisen und sie deshalb nicht verhaften konnte. Mit ihr hätte er einen winzigen Pluspunkt in seiner an diesem strahlenden Tag mageren Tagesquote verzeichnen können.

Marie gönnte ihm den Triumph nicht, ihr vorzuschreiben, was sie seiner Meinung nach zu tun hätte: Sie stand auf, ließ die Münzen aus dem Körbchen klimpernd in ihre linke Hosentasche gleiten, packte es gemeinsam mit Koffer und Plakat zusammen, nahm ihm sanft ihren Ausweis aus der Hand, verstaute ihn wieder im Lederbeutel, der ihr nun feucht an der Brust klebte, und lächelte betont herzlich.

»Ich wünsche Ihnen ein sattes, geruhsames Wochenende, Monsieur, und bleiben Sie gesund!«, sagte sie und ging auf den Abgang zur Metrostation zu. Dass er bis zu den Haarwurzeln errötete, konnte sie weniger sehen als spüren.

»Begegne deinem Feind mit einem Lächeln, und er ist besiegt!«, lautete ein chinesisches Sprichwort, das in zierlichem

Goldrahmen auf sündteurem Pergamentpapier gedruckt im Eingangsbereich der feudalen Klinik ihres Mannes gehangen hatte. Diese Lebensweise hatte sie schon unzählige Male aus brenzligen Situationen nicht nur mit übereifrigen Ordnungshütern gerettet.

In der muffigen Unterwelt des Pariser Verkehrsnetzes ging sie zielstrebig auf einen Verkaufsstand zu, der auf farbenprächtigen Werbetafeln mit den knusprigsten Baguettes und leckersten Pains au chocolat mit vollbiologischen Zutaten warb. Ihre vage Hoffnung, dass an diesem Freitag der übergewichtige Praktikant hinter dem Tresen stehen würde, wurde erfüllt. Wenngleich auch mit hässlicher Knollennase, eitriger Pubertätsakne und nassen Schweißflecken auf dem roten Firmen-T-Shirt gestraft, so war der Junge ein herzensguter, mitfühlender Mensch, der Marie jeweils heimlich ein altbackenes Brötchen oder eine angebrochene Wasserflasche zusteckte.

Stolz legte sie etwas Kleingeld in die blecherne Tasse auf der Vitrinenablage und verlangte einen wohlgeformten Laib dunklen Brotes.

Der Junge musterte sie überrascht, steckte das Brot in eine Papiertüte, zählte die Münzen ab, übersah dabei absichtlich, dass es einige zu wenig waren, und fragte beflissen: »Sonst noch etwas?«

Bedauernd schüttelte Marie den Kopf. »Nein danke, kein Geld mehr für heute.«

Verständnisvoll betrachtete er sie eine Sekunde lang, griff in einen schwarzen Müllsack hinter sich und zog daraus eine zu mindestens zwei Dritteln gefüllte Wasserflasche, die er schnell über die Ablage Marie zuschob.

»Gehörte mir«, erklärte er kurz und wandte sich rasch der nächsten Kundin zu, bevor die zweite Angestellte des Verkaufsstandes auf ihn aufmerksam werden konnte.

»Dank dir, mein Junge«, wisperte Marie und machte sich schleunigst davon.

Noch vor einigen Jahren in ihrer Luxuswelt in St. Tropez hätte Marie um keinen Preis der Welt aus einer benutzten Wasserflasche getrunken. Es bestand ja auch keine Notwendigkeit, schlanke, hauchdünne Wassergläser mit gefärbtem Zuckerrand gegen eine zerknautschte Plastikflasche einzutauschen. Eine der ersten Lektionen, die sie ihrem Dasein auf Straßen, in Unterführungen und Notschlafstellen oder Hauseingängen verdankte, war, dass im nackten Überlebenskampf Ekel keinen Platz hatte. Es ging nicht darum, ob möglicherweise ein Fremder in die Flasche gespuckt oder seinen bakterienverseuchten Speichel an einem angebissenen Croissant hinterlassen hatte. Es ging ausschließlich darum, die letzten Wassertropfen oder Krümel zu ergattern, da elementare Körperfunktionen ansonsten versagten und man im wahrsten Sinne des Wortes in der Gosse verrecken würde. Sie hatte sich tapfer durchgeschlagen während des tiefen Falls auf der gesellschaftlichen Skala, hatte sich daran gewöhnt, einer Randgruppe anzugehören, die keinerlei politisch oder sozial korrekten Normen entsprach.

Marie verließ den stickigen Eingangsbereich der Metrostation über die Rolltreppe, das Brot fest unter einen Arm geklemmt, mit der anderen Hand zog sie den Koffer hinter sich her. Sie überquerte den Boulevard de l'Hôpital, auf dem sich Autos und Lastwagen Stoßstange an Stoßstange durch den dichten Freitagnachmittags-Verkehr quälten. Ohne Rücksicht auf Autofahrer oder andere Verkehrsteilnehmer trat sie auf die Straße, wissend, dass jeder lieber fluchend für die Irre bremsen würde, als sich mit einem lästigen Unfall eine Menge Umständlichkeiten einzuhandeln, wenn er sie über den Haufen fahren würde. Ihr Ziel war der Jardin des Plantes, den sie über die Rue Buffon erreichen konnte. Direkt gegenüber der Bibliothèque Buffon wusste sie von einem Loch im Maschendrahtzaun hinter den Gebüschen, der den Botanischen Garten säumte. Zwar musste man für das Hauptareal keinen Eintritt bezahlen, doch das Wachpersonal hatte kein Erbarmen mit Menschen, die stanken, verschmutzt waren und ganz offensichtlich nicht zur großen Touristenschar gehörten. Sie wurden verscheucht, verjagt und notfalls auch verfolgt. Marie zog es daher vor, sich unauffällig und versteckt unter einem ausladenden Pflaumenbaum im hintersten Winkel der riesigen Anlage niederzulassen. Der Platz war sehr günstig, bei Gefahr im Verzug konnte sie in wenigen Sekunden durch den Maschendraht zurück auf die Rue Buffon flüchten, aber das war, seit sie dieses Eckchen für sich entdeckt hatte, noch nie notwendig gewesen. Selten verirrten sich Touristen oder Aufseher in diesen abgelegenen Teil. Nur an bestimmten Tagen im Jahr, wenn eine Heerschar an Gärtnern auch unter dem Pflaumenbaum dem Unkraut mit Harken, Rechen und Scheren den Garaus machte, wanderte Marie weiter in den Süden bis zur Allée de Magasin.

Heute schien rund um den schattenspendenden Pflaumenbaum alles verlassen zu sein, und Marie ließ sich dicht am Stamm nieder, um zu trinken und ein wenig von dem frischen Brot zu essen. Sie genoss das Zwitschern der Vögel und die Sonnenstrahlen, die sich durch die dichten violetten Blätter des wild verzweigten Geästs brachen, während sie genießerisch den weichen Teig kaute.

»Möchtest du darüber sprechen?«, platzte Lilille heraus.

»Nein«, lehnte Marie schroff ab. Sorgfältig höhlte sie mit dem Finger den Brotlaib aus, bis nur mehr die harte Kruste übrig blieb, und ließ die flaumige Masse im Mund zu einem würzigen Brei zergehen. Hin und wieder trank sie dazwischen winzige Schlucke aus der Wasserflasche. Aufmerksam beobachtete sie ihre Umgebung, achtete auf jedes Geräusch, das ein menschliches Wesen in ihrer näheren Umgebung ankündigen mochte.

Den letzten Klumpen Teig legte sie beiseite, breitete eine leere, knisternde Plastiktüte, die einstmals kleine bunte Gummibärchen beherbergt hatte, auf ihren Oberschenkeln aus und strich sie penibel glatt. Sie streckte sich, um die beiden Geldscheine aus ihrer Hosentasche zu ziehen, wobei sie ständig den Kopf nach allen Richtungen wandte, um eventuelle unwillkommene Besucher zu orten.

Alles war ruhig, sogar die Vögel hatten ihre Gesänge eingestellt, als ob sie atemlos mitverfolgten, womit Marie zugange war.

»Was soll das werden, Marie?«, erkundigte sich Claude besorgt.

Marie verzichtete auf eine Erklärung, steckte die Scheine in die Plastiktüte, faltete auch diese so oft zusammen, bis sie am Ende nur mehr die Größe einer Zündholzschachtel hatte. Sie drückte das Päckchen in die Öffnung des Brotlaibes und stopfte diese mit dem restlichen Teig fest zu. Sie klopfte und bog den Brotlaib ein wenig zurecht, schob ihn wieder zurück in den Papiersack und lehnte sich zufrieden an den knorrigen Baumstamm.

»Dir ist klar, dass dieses Versteck nicht besonders originell ist?« Die rhetorische Frage kam annähernd einer Beleidigung gleich.

»Natürlich, mein Lieber«, gab Marie ihm hochnäsig recht, »aber für die ersten Tage muss es reichen, bis mir etwas Besseres eingefallen ist.«

»Du darfst das Geld auf keinen Fall bei dir tragen, Marie! Du weißt, dass sie dir bei einem Überfall alles wegnehmen, alles!« Lilille war wie immer ein wenig außer Atem, sie machte stets den Eindruck, dass das Leben eine aufregende Angelegenheit war, bei der man nicht genug auf der Hut vor allen möglichen und auch unmöglichen Gefahren sein konnte.

»Macht euch keine Sorgen, ein spärlicher Rest an Verstand ist mir zum Glück ja geblieben, und ich denke ihn in nächster Zeit mit eurer tatkräftigen Hilfe wieder auf Vordermann zu bringen. Aber jetzt möchte ich mich ausruhen, lasst mich schlafen.«

»Das sind ja ganz neue Töne«, schnappte Lilille beleidigt.

»Madame Croix nimmt ihr Leben in die Hand«, stellte Claude feierlich fest. Es klang beinahe, aber nur beinahe, bewundernd.

## Bankgeheimnis

Kurz vor dem fünften Donnerstag hatte sie das perfekte Versteck für ihr Geld in einem Altglascontainer nahe der Pont Notre-Dame gefunden: Eine unversehrte Rotweinflasche aus dunkelgrünem Glas mit Drehverschluss aus schwarz lackiertem Metall. Sie rollte die verdienten Geldscheine eng zusammen, steckte sie in den Flaschenhals und vergrub die Flasche auf der Île de la Cité. Hinter der gepflegten Parkanlage der Notre-Dame-Kathedrale, am äußersten Zipfel der Insel, gab es vor dem Mémorial des Martyrs de la Déportation eine kleine Grünfläche mit Büschen und Bäumen, die nicht von Zäunen umgeben und nur durch den Quai de l'Archevêché vom belebten Gelände rund um die Kathedrale getrennt war.

Der Herbst hatte auch vor Paris nicht haltgemacht, und die brütende Hitze wurde von einer nicht unangenehmen Kühle abgelöst. Noch war es nicht so kalt, dass Marie ernsthaft fror, doch eine erste Ahnung des bevorstehenden Winters lag bereits in der Luft. Die Erde rund um die sich verfärbenden Sträucher war nicht mehr steinhart und ausgetrocknet, sondern ließ sich durch die nächtliche Feuchtigkeit problemlos mit einem verbogenen Suppenlöffel aus der Armenspeisung so weit aufgraben, dass Marie die Flasche darin aufrecht versenken konnte. Der Gedanke, dass sie nun ihre eigene Insel hatte, auf der sie ihren Schatz vergrub, hatte etwas Romantisches, verborgen Abenteuerliches an sich und ließ triste und hoffnungslose Tage etwas leichter ertragen. Lilille fand die Idee »genial«, während Claude eine Reihe von Sicherheitsbedenken vom Stapel ließ und über der kindlich überschwänglichen Schwärmerei der beiden Frauen nur verständnislos klein beigab.

Im Laufe der nächsten drei Jahre, zwei Monate und fünf Tage sollte Marie insgesamt fünfundzwanzig solcher Flaschen innerhalb der gesamten Pariser Innenstadt nahe ihrer Seine-Brücken vergraben, um ihr wachsendes Vermögen aufzuteilen, damit sie bei Diebstahl oder unvorhergesehenen Ausgrabungsarbeiten nicht auf einen Schlag ihren gesamten Besitz verlor. Dabei war sie stets sorgsam darauf bedacht, von niemandem gesehen zu werden. Denn dass sie beobachtet wurde, war so sicher wie das Amen in Pater François' Gebeten.

Wie sonst war es möglich, dass sie alle zwei Wochen pünktlich zwei Stunden vor Mitternacht von hellen oder dunklen Lieferwägen, Motorrädern oder Taxis genau dort aufgelesen wurde, wo sie Unterschlupf suchte, auch wenn sie ihre Route geändert hatte?

## Wolle und Nadeln

Mitte November, es war der achte Donnerstag und Marie versah ihren Dienst mittlerweile routiniert und gewissenhaft, wurde sie in ihrem Büro von einem vergnügten, entspannten Mondieu erwartet, der auf dem Sofa lümmelte und gerade an einem Korken schnüffelte, den er kurz zuvor aus einer frischen Rotweinflasche gezogen hatte.

»Marie, Sie weilen ja noch unter den Lebenden! Das bedeutet, dass Sie bis jetzt ein braves Mädchen waren und sich mir unterworfen haben. Das können nicht alle von sich behaupten.« Er zwinkerte ihr verschwörerisch zu.

»Widerlich«, konnte sich Lilille nicht verkneifen.

»Sag ihm von jetzt an alles, was du denkst, Marie. Du hast nichts zu verlieren«, riet Claude nachdrücklich.

»Ich habe mich damit abgefunden, dass mir nichts anderes übrig bleibt, als mich Ihnen zu unterwerfen, Monsieur«, befolgte Marie Claudes Strategie. Um jeden Preis versuchte sie dabei zu vermeiden, das Wort »Mondieu« auch nur zu denken, geschweige denn laut auszusprechen.

»Sehr scharfsinnig, Marie. Es ist tatsächlich Ihre einzige Chance, am Leben zu bleiben. Natürlich kann man nie genau sagen, wie lange.« Seine offene Drohung verpuffte bei Marie ins Leere.

Nach ihrem ersten Arbeitstag mit Mondieu hatte sie ihn bis jetzt nie mehr zu Gesicht bekommen, war sich aber Tag für Tag und Nacht für Nacht bewusst gewesen, dass sie jederzeit aus dem Hinterhalt erschlagen, erschossen oder auf eine andere Weise ums Leben gebracht werden konnte. Nur durch stundenlange Streitgespräche mit Claude und Lilille war es ihr gelungen, sich von den lähmenden Angstgedanken abzulenken und sich darauf zu konzentrieren, das Beste aus ihrer Zwangslage zu machen. Claude behielt glücklicherweise in solchen Disputen die Oberhand und stand ihr mit konstruktiven Ratschlägen zur Seite, während Lilille meist verängstigt und verwirrt reagierte.

»Du solltest deinen Job besser als alle anderen erledigen, Marie. Du musst dich unentbehrlich bei ihm machen, sodass er darauf Wert legt, dich in seiner obskuren Firma zu behalten. Auch für Mondieu kann es nicht erfreulich sein, ständig neues Personal zu akquirieren und einzuschulen. Jeder neue Bedienstete stellt ein potenzielles Risiko für ihn dar.«

»Werden wir jemals ein Schlupfloch finden, um aus dieser Misere herauszukommen?«, hatte Lilille verzagt gefragt.

»Das kann ich jetzt nicht sagen, wir müssen abwarten, wie sich die Dinge entwickeln, und wachsam sein. Nützlich wäre sicher, wenn wir so viele Informationen wie möglich über dieses Haus, die Klienten und Mondieu selbst sammeln könnten«, antwortete Claude.

Marie hatte sich wohl oder übel gefügt, letzlich waren ihr Claudes taktische Überlegungen sogar vernünftig erschienen. Auch Lilille hatte am Ende eingewilligt, ihr Bestes zu geben, um Marie in dieser prekären, ja sogar lebensgefährlichen Situation beizustehen.

»Ich muss gestehen, Ihre letzte private Bestellung hat mich einigermaßen verblüfft, Marie«, wechselte Mondieu übergangslos das unerfreuliche Thema von Maries Überlebenschancen. »Wolle und Stricknadeln statt Wasser und Brot hat keine meiner Hausdamen gewünscht. Langweilen Sie sich, Marie?« Der gefährlich leise Tonfall brachte deutlich Missfallen und Unmut zum Ausdruck.

»Keineswegs, Monsieur. Doch es ist nun schon bitterkalt in den Nächten im Freien. Ich möchte einen dicken Winterpullover für mich stricken, und das wäre möglich, während ich die Monitore im Auge behalte, ohne dass ich meine Pflichten vernachlässige. So möchte ich einer Lungenentzündung vorbeugen.« Marie fixierte seine stechend blauen Augen. »Natürlich nur, wenn Sie es erlauben«, fügte sie beiläufig hinzu.

»Es soll mir recht sein, Marie, ich weiß davon, dass Sie dem Sensenmann schon einmal von der Schippe gesprungen sind, aber die kleinste Unaufmerksamkeit während Ihrer altbackenen Handarbeit – und Sie verlieren blitzschnell Ihren Arbeitsplatz.« Er wackelte mahnend mit dem Zeigefinger, und allen war klar, dass er damit nicht nur ihren Arbeitsplatz meinte. »Wolle und

Nadeln bleiben aber hier, Sie wissen ja, dass sie weder Dinge herein- noch hinausschaffen dürfen«, stellte er zum wiederholten Male klar.

»Natürlich, Monsieur«, antwortete Marie folgsam und lugte nach dem geflochtenen Weidenkorb, der am Boden neben ihrem Muschelsessel stand und bunte, dicke Wollknäuel enthielt, aus denen zwei hölzerne Nadeln ragten.

»Ich habe dafür gesorgt, dass trotz Ihres ungewöhnlichen Wunsches dennoch Wasser, Brot und Obst da sind. Ihre Bescheidenheit, nicht zu viel auf einmal zu ordern oder maßlos zu übertreiben, gefällt mir. Respekt, Marie. Sie haben sich ein halbwegs gutes Benehmen auch unter Ihren vulgären Kumpels erhalten können.«

»Ich danke Ihnen, Monsieur.« Marie fand, dass ein einfacher Dank für seine unendliche Güte ausreichend sein musste, auch wenn er sich vermutlich einen kriecherischen Kniefall erwartet hätte.

Offensichtlich war er in gesprächiger Laune, denn er machte keinerlei Anstalten, ihr kleines Reich, das ihr so vertraut geworden war, zu verlassen. Vielleicht war er aber auch nur gekommen, um sie zu kontrollieren. Marie ging daher zum Telefon und betätigte beiläufig die gelbe Taste, die dafür sorgte, dass die Bilderwände lautlos zur Seite rollten, um einen ungehinderten Blick auf die Monitore freizugeben.

Mondieu veränderte seine Position auf dem Sofa, und Marie rollte mit ihrem Stuhl direkt vor die Wand, sodass sie beide den Eindruck eines langjährigen Ehepaares vermittelten, das sich in trauter Zweisamkeit auf einen gemütlichen Fernsehabend vorbereitete.

Die Bildschirme erwachten nacheinander zum Leben, der Vierundzwanzig-Stunden-Marathon hatte begonnen.

»Konnten Sie schon bekannte Gesichter entdecken, Marie? Der eine oder andere Prominente, der Ihnen ins Auge gestochen wäre? Oder sollte ich besser sagen, der eine oder andere Straßenkumpan von Ihnen, der sich hier für das Trugbild eines besseren Lebens abschuftet?« Mondieu grinste übermütig wie ein kleiner Junge, dem es gelungen war, im Pausenhof einen Knallfrosch zu zünden.

Maries wortloses Schulterzucken brachte ihn zum Lachen.

»Wie diplomatisch, Marie! Sie lassen sich nicht in die Karten schauen. Mir gegenüber können Sie aber unbedarft Ihre Verschwiegenheitspflicht brechen.«

Marie lächelte vorsichtig, blieb aber weiterhin stumm.

Was hätte sie auch darauf antworten können? Dass sie keinen Einzigen der Männer und Frauen erkannt hatte, weil sie sie gar nicht sah? Dass sie ihre Stunden damit verbrachte, in die Idylle von Lunel abzudriften? Dass sie dort imaginäre Dachschindeln getauscht, tropfende Wasserhähne repariert, Veilchenstöcke gepflanzt und den Holzboden der Scheune geschliffen hatte? Dass es ihr nicht aufgefallen wäre, wenn ein Unglück in einem der Zimmer geschehen wäre? Und dass es ihr im Grunde völlig egal war, welche menschlichen Abgründe sich hinter den Monitoren auftaten, weil sie nur davorsaß, um das Leben ihres Sohnes nicht aufs Spiel zu setzen? Dass sie auch in naher Zukunft nicht vorhatte, ihre rosarote Garten-Häuschen-Scheinwelt zugunsten der brutalen Realität aufzugeben?

»Sie können sich entspannen, Marie. Heute sind laut meinen Anmeldungen keine gröberen Vorfälle zu erwarten. Es wird eine angenehme Schicht werden.« Sie konnte ihn hinter sich hören, wie er der zierlichen Vitrine einen weiteren Weinkelch entnahm, und mit ein paar Schritten stand er hinter ihr, legte sanft eine Hand auf ihre Schulter und reichte ihr das gut gefüllte Glas. Ihre kleinen Finger schnellten wie unter Strom auf und nieder, sodass sie Mühe hatte, das Glas unauffällig entgegenzunehmen. Bittere Gallenflüssigkeit wurde aus den Tiefen ihrer leeren Magenwände bis in die Mundhöhle gepresst, und nur Claudes gebieterisches »Trink!« brachte sie dazu, an dem Wein zu nippen.

»Santé, meine Liebe, auf gute Zusammenarbeit für weitere einhundertzweiundzwanzig Donnerstage!« Gut gelaunt ließ er den Wein in seinem Mund kreisen.

»Wie finden Sie mein phantastisches System hier? Hervorragend, nicht wahr? Wenn Sie dieses Haus von außen sehen könnten, würden Sie nicht mehr als einen langweiligen Bürokomplex dahinter vermuten. Niemand käme auf die Idee, dass sich hier hochkarätigste Persönlichkeiten die Türklinke in die

Hand geben, um ihren geheimen und manchmal sogar sträflichen Hobbys zu frönen. Und dabei gibt es nicht einmal Türklinken.« Er lachte hell auf und schlug sich mit einer Hand vor Freude auf den Oberschenkel. Marie lächelte pflichtschuldig ein wenig mit.

»Das Einzigartige an meinem Geschäft ist, dass sich niemals Menschen in diesen Räumen über den Weg laufen. Die Bediensteten haben mit ihrem Handabdruck nur Zugang zur Hygienestation und ihren jeweiligen Räumen, und die Gäste kommen und gehen nach einem raffinierten Zeitplan ebenfalls ausschließlich in die von ihnen reservierten Zimmer. Zusätzlich schließen und öffnen sich die Türen automatisch ebenfalls nach einem strikten Zeitplan, sodass unangenehme Überraschungen völlig ausgeschlossen sind. Mein Elektrotechnikstudium hat sich bei der diffizilen Planung mehr als ein Mal als sehr hilfreich erwiesen.«

Marie strich gerade eine verwitterte Gartenbank in einem satten, sonnigen Gelbton, der sich in zwei großen Sonnenblumen entlang eines Steinweges widerspiegelte.

»Sie sind ja sehr intensiv mit den sexuellen Praktiken unserer Geldgeber beschäftigt«, bemerkte Mondieu amüsiert. »Möchten Sie dazulernen, oder genießen Sie still und leise?«

»Ich arbeite, Monsieur«, flüsterte ihr Lilille ein.

»Sehr lobenswert, meine Liebe. Aber Sie werden doch nicht auf meine kostbare Gesellschaft verzichten wollen?«

Claude musste eingreifen, bevor Mondieu zu aufmerksam oder womöglich ärgerlich wurde. Marie drehte ihren Sessel in Mondieus Richtung und blinzelte leicht. Ihr Weinglas hielt sie bedenklich schief mit beiden Händen fest.

»Sie werden den erlesenen Tropfen noch verschütten, wenn Sie nicht achtgeben. Trinken Sie lieber mit mir auf unsere spendable Kundschaft.«

Marie tat wie ihr geheißen, diesmal ohne sauren Geschmack im Mund und mit weniger Ekel.

»Wie Sie in der Gosse gelandet sind, ist mir bereits bekannt, Marie. Warum Sie allerdings bisher keine ernsthaften Versuche unternommen haben, sich daraus zu befreien, ist mir schleierhaft. Sie sind einigermaßen intelligent, nicht wirklich hässlich, haben über viele Jahre einen als durchaus wohlhabend zu bezeichnenden Lebensstil gepflegt, sind körperlich zwar nicht besonders fit, aber auch nicht gebrechlich. Was also hindert Sie bis heute daran, diesem primitiven Zustand mit ein wenig Selbstdisziplin ein Ende zu setzen?«

»Sie wissen nicht, wie es ist, der hilfsbereiten Anteilnahme anderer ausgeliefert zu sein, Monsieur Mondieu.« Marie war von ihrer Gartenarbeit wieder zurückgekehrt, was allen Anwesenden alleine deshalb auffiel, weil sie die Silbe »dieu« derart sarkastisch betonte, dass es nicht einmal Monsieur selbst entgangen sein konnte.

»Nein, das weiß ich nicht, Gott sei Dank«, konterte er, seinerseits mit Betonung auf »Gott«. Der harmlose Schlagabtausch machte ihm sichtlich Spaß.

»Monsieur«, stieß Marie aus heiterem Himmel und ohne Rücksprache mit den beiden anderen Mitgliedern ihrer Ménage à trois hervor. »Ich flehe Sie an, fügen Sie meinem Jungen und seiner Familie kein Leid zu. Egal, welche Verfehlungen ich begehen mag, egal, wie böse Sie mir vielleicht einmal sein mögen – ich bitte Sie, verschonen Sie ihn. Er kann nicht für meine Fehler, für mein gottverdammt desolates Leben verantwortlich gemacht werden.« Sie endete in einem hilflosen Schluchzen mit salzigen Tränen, die ihre Mundwinkel benetzten und tröpfchenweise dunkle Kreise auf der hellen Seidenbluse hinterließen.

»Das kann ich nicht, Marie«, wandte er milde, beinahe zärtlich ein und reichte ihr ein gestärktes, mit gesticktem Monogramm versehenes Taschentuch aus feinst gewebtem Leinen. »Er ist der einzige Pfeil im Köcher, den ich gegen Sie habe.«

## Angst

Das Stadtgebiet rund um die auffällige Pont de Bir-Hakeim war einer von Maries bevorzugten Aufenthaltsorten. Es war zu jeder Jahreszeit belebt, alleine wegen der unmittelbaren Nähe zum Eiffelturm, aber auch die künstlich mitten in der Seine angelegte Île aux Cygnes zog gleichsam Touristen wie Einheimische an.

Marie genoss ihre Spaziergänge entlang der Allée des Cygnes, auch wenn diese nicht besonders lang und meist heillos überlaufen war, sodass sich die Menschen dicht an dicht drängten. Am besten aber gefiel ihr die verkleinerte Kopie der amerikanischen Freiheitsstatue, die vom westlichen Ende der Schwaneninsel aus erhaben über die Stadt blickte. An klaren, kalten Tagen, wenn sich der Dunst über der Stadt verflüchtigt hatte, stellte sich Marie manchmal vor, dass ihr die Statue mit der Fackel in der erhobenen Hand den Weg in ihre Zukunft wies und die Metro, die eine Etage über der Brücke fuhr, sie an ihr Ziel führen würde.

Das Allerbeste an dieser Brücke aber war, dass sich an deren vom Eiffelturm abgewandten Ende in der Rue des Eaux, einer schmalen Querstraße der breiten Avenue du Président Kennedy, das Café Aza befand, das von einem älteren afrikanischen Paar geführt wurde.

Marie hatte die beiden näher kennengelernt, als es ihr vor einigen Jahren in einem besonders heißen Sommer nicht gelungen war, bis zum späten Nachmittag ausreichend Wasser zu trinken. Mit letzter Kraft war sie vor dem Café zu Boden gesunken und war nicht mehr dazu in der Lage gewesen, ihr Lächelplakat so aufzustellen, dass es die vorbeigehenden Passanten auch sehen konnten; es war mit der Vorderseite umgekippt, sodass das Lächeln dem klebrigen Asphalt galt.

Aza, die massige schwarze Besitzerin, gehüllt in kunstvoll gebundene Tücher in wunderschönen grellen Farben, war in der Absicht aus dem Café gestürzt, die Bettlerin zu vertreiben. Als sie aber erkannte, in welch bedrohlichem Zustand Marie sich befand, rief sie nach ihrem Mann, und gemeinsam hoben sie Marie auf einen Stuhl und gaben ihr zu trinken.

Im Laufe der Jahre hatte Marie zu Aza eine Art ungezwungener, loser Freundschaft entwickelt, die davon lebte, dass Marie ungefähr alle sechs Wochen auf ihrer Tour vorbeischaute und von Aza mit Fladenbrot und Getränken bewirtet wurde.

Aza hatte Maries Entwicklung mit tiefem Kummer verfolgt. Seit mehr als einem Jahr ging mit Marie eine schleichende, besorgniserregende Veränderung vor sich. Früher war sie eine zwar obdachlose, manchmal streng riechende, verschmutzte Frau gewesen, deren Ausstrahlung, Sprache und Verhalten allerdings darauf schließen ließ, dass sie keineswegs ungebildet war. Nie hatte Aza sie betrunken oder aggressiv erlebt, nie vulgär sprechen oder gar fluchen gehört.

Nun aber schlurfte Marie gebückt dahin, starrte mit ihren Augen Löcher in die Luft, gestikulierte mit ruckartigen Bewegungen, schien mit sich selbst zu sprechen, runzelte ständig die Stirn und verdrehte bisweilen die Augen, sodass darin nur mehr das Weiße zu sehen war. Ein gemütlicher Plausch mit ihr war zu einer mühsamen Angelegenheit geworden. Marie wechselte Höhe und Lautstärke ihrer Stimme, gab hin und wieder völlig sinnlose Antworten oder stellte Fragen, die mit dem aktuellen Gesprächsthema nicht das Mindeste zu tun hatten, und blickte sich andauernd rastlos um, als ob sie hinter sich etwas Bedrohliches befürchten würde. Alles in allem entsprach sie mehr und mehr dem Bild einer verwahrlosten Verrückten, die im Delirium vor sich hin brabbelte.

Aza hatte Marie direkt darauf angesprochen, sich erkundigt, ob sie vielleicht krank sei, ob sie sich wohlfühle, ob sie Hilfe bräuchte oder etwas Schreckliches passiert sei, das sie aus der Bahn geworfen habe? Marie hatte erstaunt reagiert und energisch den Kopf geschüttelt. Alles in Ordnung, alles im grünen Bereich, alles bestens.

Aza sah Marie zum letzten Mal bei einem ihrer gemeinsamen Treffen an dem Mittwoch vor dem zweiunddreißigsten Donnerstag, den Marie mittlerweile nun für Mondieu funktionierte. Die beiden Frauen saßen in der engen Kochnische hinter dem

Tresen und unterhielten sich gerade darüber, ob Marie in diesem Jahr genügend Geld zusammenkratzen könnte, um sich die heiß ersehnte Bahnkarte für die weihnachtliche Fahrt nach Amsterdam leisten zu können, als ein durchtrainierter junger Mann mit kurz geschorenen Haaren und Springerstiefeln das Café betrat. Kundschaft wie diese betreute grundsätzlich Azas Mann, der mit gut gerundeten zweihundert Pfund Körpergewicht signalisierte, dass er nicht so ganz unkompliziert zu überfallen wäre und sich im Falle eines Angriffs durchaus zu wehren wüsste. Auch an diesem Tag zwängte er sich an Aza und Marie vorbei, um sich weiter gemächlich in den Gastraum nach vorne zu wälzen. Der junge Mann klimperte auffällig mit seinen Münzen in der Hand, warf einige davon nachlässig auf den Tresen und verlangte mit kaum verhohlener Aggression: »Niggerlein, her mit einem Bierchen!« Azas Mann schob bedächtig die Münzen zurück und antwortete ruhig, aber bestimmt: »Wir verkaufen nichts an Rassisten.«

»Oho! Du schwarzer Fettsack, bist dir zu fein für mein weißes Geld«, höhnte der Mann und schlug donnernd mit der Faust auf die Holzplatte.

Aza zog in Zeitlupentempo geräuschlos eine Küchenschublade auf und griff darin nach einem Pfefferspray, den sie in der Hand behielt. Mit der anderen Hand holte sie aus den Tiefen ihrer duftigen Tücher ein kleines Mobiltelefon. Marie senkte den Kopf und versuchte sich unsichtbar zu machen.

»Junge«, sprach Azas Mann geduldig auf den kräftigen Burschen ein, »möchtest du dich mit mir schlagen? Oder wäre es nicht vernünftiger, wenn wir uns in diesem Leben nicht mehr begegnen?«

Zornesadern schlängelten sich wie dunkelviolette Regenwürmer den Hals des Jungen entlang, und er knirschte mit den Zähnen, unschlüssig, ob er gehen und damit klein beigeben oder bleiben und die Sache durchkämpfen sollte.

Aza spähte vorsichtig durch den Perlenvorhang in den Gastraum, beunruhigt darüber, wie die Entscheidung ausfallen würde. Auch auf Marie übertrug sich die knisternde Spannung, und atemlos linste auch sie am massigen Rücken von Azas Mann vorbei zu dem Kerl, der sich dazu entschlossen hatte, sein weißes

Geld nicht auf den Tresen eines Schwarzen zu werfen und auf eine Prügelei zumindest für den heutigen Tag zu verzichten. Er wandte sich um und verließ das Café.

Begleitet von Lililles verstörtem Stöhnen raffte Marie Hals über Kopf ihren Koffer an sich und stürmte grußlos davon.

Sie durfte nie mehr hierherkommen, niemals, sie durfte auf keinen Fall ihre Freunde weiterhin gefährden. Sie musste sich von ihnen fernhalten, um keinen von Mondieus Handlangern mit tätowierten Pentagrammen an der linken Halsseite in ihre Nähe zu locken.

## Routine

Mondieu hatte es sich zur Gewohnheit gemacht, Marie in regelmäßigen Abständen mit seiner Gesellschaft zu beehren. Ihre Begeisterung hielt sich in Grenzen, da er ihre ungeteilte Aufmerksamkeit einforderte und sie auch zwang, sich an den oberflächlichen Unterhaltungen zu beteiligen. Am schlimmsten aber empfand sie an seiner Anwesenheit nicht seine egozentrischen Selbstdarstellungen oder immer wiederkehrenden Drohgebärden, sondern die Tatsache, dass sie während seiner Visitationen keine Sekunde die Möglichkeit hatte, in die Abgeschiedenheit von Lunel auszubüchsen. Wohl oder übel registrierte sie dadurch gezwungenermaßen Ausschnitte der Geschehnisse, die sich in den Zimmern Nummer eins bis zwölf zutrugen. Sie experimentierte mit den unterschiedlichsten Funktionen ihrer Augenmuskeln, bis es ihr gelang, über den ausgerichteten Fokus nach Belieben einen gnädigen Weichzeichner zu legen.

Claude und Lilille zum Schweigen zu bringen war eine weit größere Herausforderung und schier unmöglich. Vor allem Lilille musste ihrem maßlosen Entsetzen über die abstoßenden und zum Teil von körperlicher Gewalt getragenen Vorgänge Ausdruck verleihen, lamentierte, weinte und keifte. Claude hingegen pickte sich absurde, komisch anmutende oder besonders außergewöhnliche Szenen aus dem breiten Angebot, die er mit scharfzüngigen Kommentaren untermalte und so mitunter zur allgemeinen Erheiterung beitrug.

Obwohl Marie, Claude und Lilille gemeinsam die Herrschaft über sechs Ohren und sechs Augen innehatten, waren die Informationen, die sie über Mondieu oder das Gebäude in Erfahrung bringen konnten, äußerst spärlich.

Claude war es bislang erst ein einziges Mal gelungen, den Weg von der Pont de la Concorde über den weitläufigen Place de la Concorde weiter durch die Rue Royale bis hin zum Boulevard des Italiens mitzuverfolgen. An der Kreuzung zum Boulevard Montmartre verlor er die Orientierung, als die verdunkelte

Stretchlimousine, die an diesem Donnerstag als Taxi fungierte, zwei, vielleicht auch drei Runden im Kreisverkehr drehte, bevor sie ihren Weg zu Mondieus Nobelbordell fortsetzte. Einstimmig waren sie erst zu der Überzeugung gelangt, dass das Unterfangen, den genauen Standort des Gebäudes herauszufinden, völlig sinnlos war, dann aber hatte Claudes Ehrgeiz gesiegt, und er weigerte sich aufzugeben.

Lililles größter Erfolg war es bis jetzt gewesen, im Zuge des Zimmerservice in Nummer drei anhand eines verlorenen Ohrsteckers die Besitzerin zu identifizieren. Es war Amélie, eine blutjunge Herumtreiberin, die vorwiegend rund um den Montmartre auf der Suche nach zahlungswilligen Kunden war, um ihre Sucht nach Speed zu finanzieren. Sie machte sich unter den strikten Machthierarchien unterworfenen Zuhältern dadurch unbeliebt, dass sie hundert Meter vor den unter den Prostituierten aufgeteilten Zonen potenzielle Kandidaten mit Dumpingpreisen köderte und abfing, bevor sie das eigentliche Revier erreichten. Eigentlich waren ihre Tage gezählt, aber weil sie für Mondieu arbeitete, genoss sie höchstwahrscheinlich auch besonderen Schutz. Das Wissen um die Identität Amélies war zwar durchaus interessant, diente aber den gemeinschaftlichen Bestrebungen um bahnbrechende Erkenntnisse in keiner Weise. Ein behutsamer Versuch, mit Amélie Kontakt aufzunehmen, wurde von dieser mit den Worten »Scher dich zum Teufel« im Keim erstickt. Marie hatte die maßlose Angst hinter ihren tellergroßen Pupillen erkannt und Bescheid gewusst. Auch Amélie musste Angehörige haben, die sie um jeden Preis schützen wollte.

Unabhängig von Claudes und Lililles unermüdlichen Anstrengungen um Einblicke und Wissen – Claudes Lieblingszitat lautete »Wissen ist Macht.« – perfektionierte Marie die ihr aufgetragenen Dienste und beherrschte jeden Handgriff in und vor den Zimmern sowie in ihrem Büro im Schlaf. Es kam nie vor, dass sie etwas vergaß, ganz im Gegenteil, sie kümmerte sich auch um die Neueinführung innovativer Feinheiten wie Trüffelpralinen auf den Kopfpolstern oder Wirtschaftszeitschriften in Designerständern neben der Toilettenschüssel. Mondieu war nicht gerade angetan von den zusätzlichen Unkosten, mit denen er konfrontiert wurde, hatte aber Maries Argumenten, dass genau an diesen Kleinigkeiten Raffinesse und Stil gemessen wurden, nichts entgegenzusetzen.

Wenn er sich die Freiheit nahm, Marie in ihrem Büro zu erwarten, war er stets gut gelaunt, gesprächig und trinkfreudig, ohne jemals betrunken zu sein. So wie er sein Imperium kontrollierte, schien er auch sich selbst unter Kontrolle zu haben.

Von Zeit zu Zeit ließ er sich dazu herab, Marie an seinen Vorhaben wie zum Beispiel der Aufstockung auf zwanzig Zimmer zur Abdeckung des rapide steigenden Bedarfs teilhaben zu lassen, oder beschrieb ihr sein eigenes Büro, das direkt ihrem gegenüber lag, aber weit weniger komfortabel ausgestattet war, sondern quasi nur aus Bildschirmen bestand, da er den alleinigen Überblick über sämtliche Räumlichkeiten behalten musste, und dazu zählten auch Kosmetikräume, Tiefgarage, Check-in-Zone und nicht zu vergessen Maries Aufenthaltsraum. Als sie auf den Tag genau zwei Jahre von ihm abhängig war, schenkte er ihr zu diesem Dienstjubiläum, wie er es lächelnd nannte, eine Bahnfahrkarte nach Amsterdam. Zuckerbrot und Peitsche, das waren seine Zauberstäbe, mit denen er sich selbst jeden Wunsch erfüllen konnte.

Abseits ihrer Arbeitstage achtete Marie peinlich genau darauf, in keinster Weise gegen eines der Mondieu'schen Gebote zu verstoßen. Lilille und Claude hatten angedeutet, dass ihnen aufgefallen sei, wie häufig Mondieu sein Personal austauschen würde, und beide äußerten sich besorgt darüber, was den ersetzten Männern und Frauen wohl zugestoßen sein könnte. Marie tat solche Hinweise als reine Spekulation ab, hielt sich die Ohren zu oder begann laut zu singen, um die beiden zu übertönen.

Sie zog von Brücke zu Brücke, lebte nach wie vor von Müll oder Almosen, beteiligte sich regelmäßig an Aktionen des Sozialamtes und mied so gut es ging die Église américaine, um eine Begegnung mit Pater François zu verhindern. Er hatte sie in diese ausweglose Situation gebracht, und sie konnte sein scheinheiliges Gesicht einfach nicht mehr ertragen. Je nachdem, an welcher Brücke sie sich gerade befand, lagerte sie ihre Geldscheine in den vergrabenen Rotweinflaschen, wo sie geschützt vor Nässe, Tieren und den Augen der Welt ergeben darauf warteten, eines Tages geborgen und in Sicherheit gebracht zu werden.

Außer Marie wurde vor diesem Tag ausgetauscht.

## Ein Malheur

Auf den Tag genau zwei Jahre und einen Monat, nachdem Pater François Marie in ihrem Unterschlupf an der Pont de l'Alma aufgesucht hatte und als ihr persönlicher Arbeitsvermittler aufgetreten war, saß sie vor den Monitoren, strickte an einer dunkelblauen Wintermütze für Nicolaas und kittete daneben eine zerborstene Fensterscheibe der Hütte im Languedoc-Roussillon.

»Donnerstag vierundfünfzig«, hatte Claude ihr im Morgengrauen mitgeteilt, und darauf konnte sie sich verlassen. Wenn es um Zahlen ging, war niemand so korrekt wie Claude. Er verwaltete auch ihre Flaschenpost und konnte zu jeder Tages- und Nachtzeit den exakten Kontostand herunterrasseln.

Ein kehliges Wimmern riss Marie aus ihren handwerklichen Träumen, und sie legte die halb fertige Strickmütze in den Weidekorb neben sich am Boden.

»Was ist?«, fragte sie, plötzlich hellwach und alarmiert. So aufgewühlt hatte sie Lilille noch nie erlebt.

»Marie, Nummer neun …«, stammelte Lilille erschüttert und so leise, dass Marie sich anstrengen musste, um die Worte zu verstehen.

Instinktiv schloss Marie so fest die Augen, dass silberne Blitze hinter den Lidern hin und her schossen. Zusätzlich presste sie ihre Handballen über die Ohrmuscheln und schaukelte mit dem Oberkörper vor und zurück, während ihr Kopf unablässig nach links und rechts wackelte.

»Marie, du musst jetzt hinsehen. Bitte!«, nötigte sie Claude mit erstickter Stimme. Dass Claude ebenfalls schockiert darauf drängte, dass sie sich unverzüglich am Geschehen beteiligte, führte ihr den Ernst der Lage noch deutlicher vor Augen und brachte ihren Herzschlag zum Galoppieren.

Sie wollte nichts hören und nichts sehen, und bis jetzt hatte ihre Methode, sich ins Languedoc-Roussillon zurückzuziehen, einigermaßen zufriedenstellend funktioniert. Sobald die ekelhaften Vorgänge in den Zimmern in ihr Bewusstsein dringen würden, wäre sie nicht länger in der Lage, ihre Arbeit für Mondieu zu erledigen. Das wusste sie mit Sicherheit. Mit derselben Gewissheit wusste sie aber auch, dass ihre Überlebenschancen in diesem Fall gleich null wären und die Hoffnung, dass Mondieu Jaan und seine Familie in Ruhe lassen würde, verschwindend klein.

»Marie!«, schrie Claude rasend vor Zorn. »Hör auf dich zu verstecken. Wir brauchen dich hier. Mach die Augen auf!« Von Lilille war nur mehr ein klägliches Fiepen zu hören, als würde ein verirrtes Kätzchen von einem zu hohen Baum um Hilfe maunzen.

»Was passiert mit mir, wenn ich es nicht ertragen kann? Was passiert dann mit Jaan?« Marie wollte Sicherheiten.

Claude nahm ihre Bedenken sehr ernst. »Wir können für nichts garantieren, Marie. Aber wir sind für dich da.« Er versuchte nicht, die Umstände zu beschönigen.

Marie warf ein paarmal den Kopf zur Seite, bevor sie damit aufhörte, sich zu wiegen. Sie nahm die Hände von den Ohren, verschränkte die Finger, bis die Knöchel weiß wurden, und öffnete Millimeter für Millimeter die Augen. Grelles Licht traf auf ihre Hornhaut, und im ersten Augenblick erkannte sie nur dunkle Rechtecke vor einem weißen Hintergrund.

»Nummer neun«, rief ihr Lilille wispernd in Erinnerung.

Marie kniff die Augen zusammen, um ihren Blick zu schärfen. Außer sich vor Entsetzen schlug sie beide Hände vor den Mund und starrte mit aufgerissenen Augen auf den ersten Bildschirm in der untersten Reihe.

Die Kamera war von der Wohnzimmer- auf die Badezimmersicht umgeschaltet worden, und Xavier saß an eine Rückwand gelehnt in dem halbrunden Whirlpool, in dem schäumendes Wasser sprudelte.

Marie stockte der Atem. Xavier, ihr junger, sensibler Kunststudent und Freund, der mit Hingabe ihr Lächeln-Plakat bemalt hatte, war offensichtlich ebenfalls ein hilfloses Rädchen in Mondieus teuflischem Mahlwerk.

Sie konnte flüchtig seine an einen Handtuchhaken gefesselten

Arme erkennen, sein restlicher Körper befand sich unter Wasser. Ein stämmiger, untersetzter Mann ging auf die Wanne zu, stieg ein, stand mit gespreizten Beinen nackt im Wasser und beugte sich gerade über Xavier, sodass Marie nur seinen Rücken und dünne, schwarze Haare, die sich nass in seinem Nacken kräuselten, sehen konnte. Die Vogelperspektive der Kamera ließ die Absicht des Mannes, seine Hände um den dürren Hals des Kunststudenten zu legen, nur erahnen, der breite Rücken des Freiers verdeckte Xavier zur Gänze. Gebeugte Haltung und eindeutige Bewegungen ließen allerdings nur einen einzigen Schluss zu: Er begann Xavier zu würgen, der wehrlos in seinen Fesseln hing.

»Eines dieser perversen Spielchen?«, flüsterte Marie fragend.

»Ich habe ein komisches Gefühl«, antwortete Claude. »Das sieht zu gefährlich aus, als dass es ein Spiel sein könnte, und …«

»Nein! Seht hin!« Lililles Kreischen machte allen Spekulationen ein Ende.

Xaviers Beine strampelten wie wild im Wasser, tauchten auf, versanken wieder, schlugen und traten, wanden sich, verschwanden wieder im spritzenden Schaum. Der Mann schien keine Mühe zu haben, in der rutschigen Wanne seine Balance beizubehalten, nur daran, dass seine Muskeln an Oberschenkeln und Rücken deutlicher hervortraten, erkannte man, dass ihn seine Tat einige Anstrengung kostete.

»Sperralarm, Null-Taste! Sperralarm, Null-Taste!«, brüllten Claude und Lilille wie von Sinnen.

In einem unwillkürlichen Reflex riss Marie den rechten Arm nach hinten, und ohne den Blick von den Aufnahmen abzuwenden, hieb sie blind auf die Tastatur des Telefons ein. Sofort blinkten rote Leuchtstreifen unter sämtlichen Zimmertüren auf. Zwei Sekunden später schrillte das Telefon. Marie sprang auf, packte den Hörer, hörte nicht auf Mondieus »Was ist los?«, schrie hysterisch in den Hörer: »Nummer neun! Schnell! Hilfe!«, ließ den Hörer fallen und lief zurück zur Wand. Dort stellte sie sich so dicht vor den Bildschirm, dass sie ihn beinahe mit der Nasenspitze berührte.

Xavier verließen bereits die Kräfte, seine Beine zuckten nur sporadisch, die Bewegungen wurden langsamer und hörten schließlich ganz auf. Die Oberfläche des Wassers beruhigte sich.

Die Arme des Mörders fielen wie leblos in die Schaumkronen und hinterließen dunkle Krater. Am ganzen Körper bebend sank er im Wasser auf die Knie, und sein Kopf sackte in den Nacken, sodass er einem in sich versunkenen Gottesanbeter ähnelte. Die Kamera hatte ihre Linse unbeirrt auf seine geschlossenen Augen gerichtet.

Lilille erkannte den Mann aus den skandalösen Schlagzeilen einschlägiger Klatschblätter. Es war ein privater Sekretär des Vatikans. Sie ließ Marie verstohlen wispernd an ihrer schockierenden Entdeckung teilhaben.

Das bunte Treiben in den anderen Zimmern war ungestört weitergegangen, niemand hatte sich durch die rot blinkenden Streifen unter den Türen von seinen eigenen intimen Aktivitäten ablenken lassen.

Xaviers Gesicht war nun erbarmungslos deutlich sichtbar. Es war aufgedunsen und purpurfarben angelaufen. Sein Mund hatte sich im Todeskampf verzerrt und war weit geöffnet, die dunkelblau verfärbte Zungenspitze war in einem Mundwinkel hängen geblieben.

Marie legte ihre Hände an den Monitor und strich über Xaviers Gesicht.

»Xavier, mein Junge. Wach auf! Hilfe ist unterwegs«, beschwor sie ihn, und Tränen rannen still über ihre Wangen.

Aus den unergründlichen Tiefen ihres Inneren vernahm sie Lililles hemmungsloses Schluchzen, Claude hatte seine Stimme verloren.

Marie hörte nicht auf, Xaviers Gesicht entlang der kalten Glasoberfläche zu streicheln, und immer wieder spornte sie ihn dazu an, zu atmen, nicht aufzugeben, die Augen aufzuschlagen, sie anzusehen – so lange, bis plötzlich drei schwarz gekleidete Männer im Badezimmer erschienen. Sie trugen schwarze Overalls, Handschuhe, Gummistiefel sowie eine Sturmmütze mit Augen- und Mundschlitzen. Trotz dieser finsteren Verkleidung erkannte Marie in einem der Männer Mondieu sofort; er war kleiner und nicht so kräftig gebaut wie die beiden anderen, und seine für ihn typische kerzengerade Körperhaltung und der stramme Gang waren ihr unangenehm vertraut. Er trat zu dem willenlosen Mann in der Wanne, um ihm beim Heraussteigen behilflich zu sein, ihn wie ein Baby abzutrocknen und in einen Bademantel zu hüllen. Fürsorglich legte er einen Arm um dessen Schultern und führte ihn aus dem Badezimmer und damit aus Maries Gesichtsfeld.

Einer der beiden Lakaien schlug Xavier einige Male kräftig ins Gesicht. Der Kopf des jungen Kunststudenten pendelte locker hin und her.

Sie waren zu spät gekommen. Xavier war tot.

In Katatonie verfolgte Marie, wie Mondieus Schergen Xavier von seinen Fesseln befreiten, aus dem Whirlpool hoben und ihn in einem Leichensack verstauten, den sie scheinbar aus dem Nichts hervorgezaubert hatten. Was nicht sein konnte; es war bestimmt nicht das erste Mal, dass sie einen Entsorgungsauftrag dieser Art zu erledigen hatten, und sie waren gut vorbereitet gekommen.

Grob schoben und zerrten sie den Sack durch das geräumige Bad zur Tür und entschwanden an den schwarzen Rändern des Monitorgehäuses.

Maries Knie zitterten, die Muskeln der kleinen Finger spielten verrückt, und ein penetrantes Surren in den Ohren kündigte eine nahende Ohnmacht an. Das musste sie unbedingt verhindern, und sie stolperte zur Spüle, um Handgelenke und Gesicht unter einen eiskalten Wasserstrahl zu halten. Ihre dichten Haare lösten sich aus dem kunstvollen Knoten, zu dem Mi Li höchstpersönlich sie in dieser Nacht geschlungen hatte, die Seidenbluse war von Tränenflecken gesprenkelt, und die sorgfältig aufgetragene Wimperntusche war in schmierigen Schlieren bis unter das Kinn geronnen.

Nass, wie sie war, legte sie sich flach auf das Sofa und stellte die Beine auf.

Sie registrierte kaum, wie Mondieu, befreit von Overall und Mütze und wieder in gepflegte Schale geworfen, das Büro betrat, rasch zum Telefon ging und ein paar Tasten drückte, um den Sperralarm aufzuheben. Die roten Lichterbänder unter den Türen erloschen, die Krise war überwunden.

»Marie, sind Sie wahnsinnig?«, fuhr er sie an. »Stehen Sie sofort auf! Wie sehen Sie denn aus. Reißen Sie sich am Riemen!« Er rüttelte an ihrer Schulter und war kurz davor, ihr eine Ohrfeige zu verpassen.

»Machen Sie kein Drama draus. Solche Missgeschicke passieren hin und wieder. Wenn Sie das aus der Bahn wirft, sollten wir unsere Arbeitsbeziehung neu überdenken, meinen Sie nicht auch?«

Maries Herz hämmerte in ihrem Brustkorb, und sie fürchtete, sie würde von innen explodieren.

»Waschen Sie sich das Gesicht, ein neues Make-up ist heute nicht mehr vonnöten. Wir schließen in zwei Stunden. Sammeln Sie sich, Sie sehen ja grauenerregend aus!« Mondieu war nicht nur verärgert über ihren Zustand, er war ausgesprochen wütend, und in dieser Stimmung neigte er zu jähzornigen Gemeinheiten und bösartigen Entscheidungen.

Marie benutzte einen kleinen Spiegel über dem Waschbecken neben der Toilette hinter den Volants, um ihr Gesicht zu reinigen und Claudes leise gemurmelten Rat zu befolgen: »Atme ruhig ein und so lange du kannst wieder aus. Ein und aus … Ja, so ist es gut. Du musst dich beruhigen. Dein Herz schlägt viel zu schnell, atme, zähle beim Ausatmen bis acht, atme …«

Sie hörte, wie Mondieu die unvermeidliche Rotweinflasche entkorkte und zwei Gläser füllte.

»Oh nein, jetzt bleibt er auch noch hier«, entrüstete sich Lilille.

»Er muss den Schaden begrenzen, muss Marie beschwichtigen. Wenn ihm das nicht gelingt, wird er sich um Ersatz kümmern, denn eine nervenschwache Concierge kann er sich nicht leisten«, vermutete Claude.

Wie sich herausstellen sollte, hatte Claude den Nagel auf den Kopf getroffen.

»Setzen Sie sich zu mir, Marie«, forderte Mondieu sie etwas

gemessener auf. »Trinken Sie einen Schluck, das wird Ihnen helfen, sich zu entspannen.«

»Tu, was er verlangt!«, beharrte Claude auf seiner Theorie.

Marie setzte sich wieder in ihren Stuhl, und die wohlbekannte Zeremonie nahm ihren Lauf.

»Sie dürfen unter keinen Umständen die Contenance verlieren, wenn Sie hier weiter arbeiten wollen. Ist Ihnen das klar?«

»Ja, Monsieur«, piepste Marie.

»Ein unglückseliges Malheur wie dieses bedeutet einen finanziellen Zugewinn, den Sie sich nicht einmal in Ihren kühnsten Träumen ausmalen können. Auch Sie erhalten genau wie meine pflichtbewussten Helfer einen Sonderbonus aus dem unerschöpflichen Topf des tollpatschigen Kunden, der seit heute zu meinen treuesten Anhängern gehört. Von nun an liegt sein Schicksal in meiner Hand, und er ist willig, ja sogar glücklich, über diese Hand sein Füllhorn auszuschütten. Möglicherweise sehen wir ihn aber auch nie wieder, was kein herber Verlust wäre, denn die Warteschlange für freie Plätze reißt nicht ab.« Hochmütig lächelte er Marie an.

»Das war kein Malheur oder Missgeschick, das war Mord, Monsieur«, widersprach Marie zaghaft.

»So derb würde ich das Unglück nicht bezeichnen, Marie«, entgegnete er belehrend. »Es passierte aus zügelloser Leidenschaft, und der Verstorbene schlägt nicht unbedingt in der Minusspalte der Pariser Schandflecke zu Buche. Er war ein unbedeutender Stricher, den niemand vermissen wird, glauben Sie mir.« Er machte eine wegwerfende Handbewegung und ließ eine Trüffelpraline genüsslich im Mund zergehen.

»Er war kein Stricher, er hieß Xavier und studierte Kunst und Malerei an der École nationale supérieure des Beaux-Arts. Er war ein guter Junge.« Marie hätte sich auf die Zunge beißen können, dass sie ihre Bekanntschaft mit Xavier zu erkennen gab.

»Ah, Madames Mutterinstinkt wurde geweckt.« Mit hochgezogenen Augenbrauen und maliziösem Lächeln musterte er sie interessiert. »Sie kannten ihn, daran lässt sich nun mal nichts ändern. Aber das ist Ihr Problem, nicht meines. Die Stadt wimmelt nur so von verabscheuungswürdigem Gesocks, und ich biete einigen wenigen von ihnen die einmalige Chance, etwas Sinnvolles in ihrem Leben zu tun. Xaviers Nachfolger wird sein Glück kaum fassen können, dass nun endlich er an der Reihe ist.«

»Das ist alles so unfassbar schrecklich«, beklagte Lilille.

»Ich verstehe«, sagte Marie kühl.

»Volkswirtschaftlich gesehen könnte Vater Staat etwas von uns lernen. Hier wäscht eine Hand die andere. Ich habe alles, was ihr ›Losen‹ nicht habt: einen satten Bauch, ein Dach über dem Kopf, warme Kleidung und zu allem Überfluss so viel Geld, dass ich langsam nicht mehr weiß, wohin damit. Daher teile ich es gerne mit euch. Im Gegenzug dazu habt ihr Obdachlosen etwas, das ich nicht habe: die aus Verzweiflung geborene Bereitschaft, für eine bescheidene Spende euer Leben zu opfern. Was daran ist also verwerflich?« Er erwartete nicht wirklich eine Antwort auf seine philosophischen Ergüsse und war umso erstaunter, dass Marie sich unaufgefordert zu Wort meldete.

»Sie treten nach Menschen, die ohnehin gebrochen am Boden liegen, und bedrohen ihr und das Leben ihrer Angehörigen, um sie gefügig zu machen. Das ist nicht nur verbrecherisch, sondern vor allem unmenschlich.«

Claude zog scharf die Luft zwischen den Zähnen ein. »Marie, lehn dich nicht zu weit aus dem Fenster. Wir kennen die Konsequenzen, wenn du bei ihm in Ungnade fällst.«

»Wärst du bloß still gewesen, wer weiß, was er jetzt mit uns vorhat. Du bringst uns in Teufels Küche mit deinem losen Mundwerk«, schoss Lilille ihre Tiraden ab.

Mondieu beugte sich aufmerksam nach vorn und konstatierte belustigt: »Werden Sie nicht frech, Marie. Auch wenn wir uns etwas besser kennen, sind wir nicht intim genug miteinander, dass Sie mich kritisieren dürften. Selbstverständlich bin ich kein nächstenliebender Menschenfreund im herkömmlichen Sinn, doch die üblichen niederen Mordmotive wie Habgier oder Eifersucht liegen mir fern, das wissen Sie ja. Ich töte ausschließlich zum Schutz meiner eigenen Familie.« Mit bezeichnender Geste hob er beide Arme und schwenkte sie in Richtung der flimmernden Monitore.

Marie nickte verstehend.

Ich töte dich auch ausschließlich zum Schutz meiner eigenen Familie, dachte sie.

# Trauerarbeit

Den alten Stadtplan besaß sie schon lange nicht mehr, benötigte ihn auch nicht, um ohne sich hoffnungslos zu verirren zum Montmartre zu kommen. Das in Reiseführern und Filmen romantisch verherrlichte Künstlerviertel gehörte keinesfalls zu Maries Lieblingsplätzen. Einerseits lag es fernab einer Brücke, andererseits waren die Möglichkeiten, in Gassen oder Hinterhöfen Unterschlupf zu finden, vollkommen erschöpft. Aus allen Ecken und Enden quollen Clochards, die sich auf Brosamen von Touristen stürzten und ihr Terrain notfalls auch mit dem Messer verteidigten.

Marie fühlte sich hier zwischen Taschendieben, Zuhältern und Prostituierten nicht wohl, trieb sich aber dennoch drei Tage am Fuße des Hügels und in der Nähe des Sacré-Cœur herum, in der irrwitzigen Hoffnung, auf Xavier zu stoßen, der sich stets mit der Begeisterung eines jungen Welpen unter die Maler und selbst ernannten Genies gemischt hatte. Sie gab sich dem Irrglauben hin, ihr Verstand hätte ihr einen Streich gespielt, und der erwürgte Junge wäre nicht Xavier, sondern ein anderer bedauernswerter Kerl gewesen, der Mondieus zerstörerischen Machenschaften zum Opfer gefallen wäre.

Claude und Lilille gaben ihr Bestes, um Marie von diesem fatalen Trugschluss abzubringen, doch sie weigerte sich standhaft, das Erlebte zur Kenntnis zu nehmen. Sie brachte es auch nicht über sich, ihr Lächelplakat mit Xaviers geschwungenen Buchstaben aufzustellen, und so verlor sie ihre Tageseinnahmen. Am Montmartre zu betteln war ein Ding der Unmöglichkeit, zu viele angestammte Leidgenossen verjagten sie, und die Mülltonnen waren von Plünderern gut bewacht. Sie hatte nichts zu trinken und zu essen, was sie aber erst bemerkte, als sie am Morgen des vierten Tages zu schwach war, um von ihrem Kartonlager unter einem Heckenstrauch aufzustehen. Auch Claude und Lilille fehlte inzwischen die Energie, um Marie zum Aufstehen zu bewegen, und erst als ein kleines, zerlumptes Mädchen zu ihr unter den

Strauch gekrochen kam und ihr einen Zettel vor die Augen hielt, auf dem »Du fällst auf. Jaan und Nicolaas werden nicht erfreut sein.« stand, klärte sich Maries Denkfähigkeit zumindest so weit, dass sie sich mit letzter Kraft zur Église américaine schleppen konnte, wo sie auf der vorletzten Steinstufe zum Seitenportal erschöpft liegen blieb. Pater François gewährte ihr zwei Tage geheimen Unterschlupf in einem abgelegenen Abstellraum, um sein schlechtes Gewissen zu beruhigen, und versorgte sie mit Nahrung, damit sie so schnell wie möglich wieder auf die Straße zurückkonnte.

Allein in der kühlen Kammer und mit Hilfe von Wasser, Brot und Gemüseeintopf fand Marie wieder zu sich selbst, auch Claude und Lilille hatten sich einigermaßen erholt, und gemeinsam trauerten sie um Xavier.

Die schlimmsten Stunden erlebte Marie im Schlaf, wenn zuckende Beine und verzerrte Münder zu Bildern verschmolzen, die ihr den Schweiß auf die Stirn und den Puls in schwindelerregende Höhen trieben. Marie und Lilille übermannte in solchen Momenten häufig namenlose Panik, die ihnen die Luft abschnürte, sie nur keuchend atmen ließ oder mit vehementer Heftigkeit den Brustkorb zusammenzog. Claude rettete sie von Mal zu Mal aus dem Alptraum mit beruhigenden Floskeln, konkreten Anweisungen zu Atemübungen oder körperlichen Ablenkungsmanövern wie Kniebeugen und Liegestütze.

Marie nahm ihren Alltag entlang der Brücken wieder auf, und die nächsten Wochen verliefen ohne besondere Vorkommnisse, bis Claude sich eines Tages unschuldig erkundigte: »Wolltest du ihn nicht töten?«

Von da an zerbrachen sie sich jede Minute des Tages den Kopf darüber, wie sie Mondieu aus dem Weg räumen konnten, drehten sich in ihren kampflustigen Debatten aber bald im Kreis.

Es war schlicht und einfach unmöglich, eine Mordwaffe in das Höllenparadies – ein treffender Name, den Claude in einer hyperaktiven Nacht kreiert hatte: Mondieus Haus war gleichzeitig Hölle für die Diener und Paradies für deren Herren – einzuschmuggeln, vorausgesetzt, sie kämen überhaupt zu einer Waffe.

Marie musste sich vollständig entkleiden, wenn sie ihre Arbeit begann, um gebadet zu werden. Bevor sie das Gebäude wieder verließ, musste sie erneut in den Kosmetikraum, um sich ihre Lumpen anzuziehen. Dabei war sie stets umgeben von den Asiatinnen, und über allem wachte Mi Lis strenges Auge, dem nicht einmal der winzigste Pickel auf einer Pobacke entging.

In Maries Büro selbst befanden sich keine geeigneten Instrumente wie scharfe Messer oder Scheren, und ihre Stricknadeln waren zu stumpf, um ernsthaften Schaden anzurichten. Mondieu war mit allen Wassern gewaschen. Es war auszuschließen, dass er nicht damit rechnete, angegriffen zu werden, und vielleicht eine scharfe Klinge oder handliche Pistole in einem der Küchenschränke übersehen würde.

Ihn zu erwürgen war absolut ausgeschlossen, dazu war Marie ihm körperlich eindeutig unterlegen. Dasselbe galt für eine Attacke, ihm zum Beispiel den Kopf gegen eine Tischkante zu stoßen; außerdem war diese Idee viel zu unsicher: dass mit einem dezenten Knacken sein Genick brach, entsprang eher innigem Wunschdenken oder der Phantasie eines Hollywood-Regisseurs.

Mutlosigkeit machte sich mit jeder Variante, die sich als undurchführbar herausstellte, schleichend breit.

Lilille beteiligte sich nicht mit jenem Feuereifer an den Diskussionen, wie zu erwarten gewesen wäre. Ihre angeborene Ängstlichkeit kristallisierte sich im Laufe der allgemeinen Überlegungen als handfeste Feigheit heraus, hatte aber den durchaus unschätzbaren Vorteil, dass sie Maries und Claudes Enthusiasmus bremste, wenn sich wieder einmal eine Mordtechnik als utopisch erwies. Lililles Furcht sprach also aus ihr, als sie schüchtern in die Runde fragte: »Müssen wir ihn wirklich töten?«

Sprachlose Entrüstung schlug ihr entgegen, und allen war klar: Mondieu musste sterben, auch wenn keiner wusste, wie.

## Herzattacke

Laut Claude war es der sechzigste Donnerstag. Je viertausend Euro in vierzehn Flaschen vergraben, in der fünfzehnten dreitausend Euro und in der sechzehnten Flasche viertausend Euro aus dem Bonus anlässlich Xaviers Ermordung.

Maries Holzhaus in Lunel erstrahlte in frisch gestrichenem Glanz, Büsche und Bäume hatten ihre bunt gefärbten Blätter verloren. Es galt, das Laub zu rechen und den Baumschnitt auf einen Haufen zu stapeln. Sie selbst saß während dieser Gedankengänge strickend vor den Monitoren und kaute an einem Stück Rohschinken, den ihr Mondieu freundlicherweise im Kühlschrank hinterlassen hatte. Alles war ruhig, und sie streifte durch den kühlen Nebeldunst, der sich über ihren Garten gelegt hatte. Claude und Lilille hatten sich mit der Überzeugung, im Moment nicht gebraucht zu werden, zu einem erholsamen Nickerchen zurückgezogen. Die Stricknadeln klapperten leise.

Marie hatte es sich zur Aufgabe gemacht, allen drei Männern ihrer Familie an Weihnachten einen schicken Pullover zu schenken, und sie hatte Spaß daran, aus derselben Wolle drei unterschiedlich große Modelle anzufertigen. Der dunkelblaue Wollknäuel hatte sich verheddert und ließ den Faden nicht mehr zügig durch Maries Finger gleiten. Sie beugte sich zu dem Weidenkorb, um das Durcheinander zu entwirren, als ihr ein brennender Schmerz durch den Brustkorb schoss und ihr Puls zu jagen begann. In ihrem Kopf dröhnte es, die zitternden Hände ließen die Wolle fallen, sie versuchte sich aufzurichten, während ihr Herz in immer schnellerem Rhythmus schlug und zu zerbersten drohte. Marie bekam kaum Luft, und sie krümmte sich schmerzverzerrt zusammen, beide Hände an die linke Brust gepresst. In ihren Lippen und unter der Haut schienen Millionen von Nervenzellen zu vibrieren.

»Sie hat einen Herzanfall!«, schrie Lilille auf.

»Atmen, Marie, atmen, eins, zwei, drei, und aus, zwei, drei, und wieder ein …«, fuhr Claude eindringlich dazwischen.

»Telefon, rote Taste!« Lilille hatte ihre Panik zwar kaum mehr unter Kontrolle, dachte aber an das Nächstliegende: Hilfe zu holen.

Hechelnd drehte sich Marie mit dem Stuhl nach dem Telefon um, versuchte es zu erreichen, verfehlte es aber und zerrte nur die Schnur des Hörers zu sich. Das Telefon fiel scheppernd auf den Boden, der Hörer lag daneben, und sie tapste mit der Schuhsohle auf den Apparat. Eine Taste würde sie wohl aktiviert haben.

»Hilfe … bitte … ich … Arzt … Herz …«, stammelte sie wirr.

Niemand meldete sich. Nur auf den Monitoren waren die roten blinkenden Lichtstreifen unter den Zimmertüren zu sehen.

Die Tür flog auf, und Mondieu hetzte mit einer jungen Blondine in dunklem Wollkleid und Turnschuhen auf Marie zu.

»Marie, machen Sie mir hier keine Umstände!«, fluchte er, während die junge Frau gelassen aus ihrer voluminösen Tasche ein Stethoskop nahm und es Marie an die Brust drückte. Sie wich Maries angsterfülltem Blick gekonnt aus, konzentrierte sich ganz auf die pumpenden Geräusche aus dem Stethoskop, fühlte anschließend den Puls und maß mit einer Manschette den Blutdruck.

Mondieu, Claude und Lilille schwiegen, um sie nicht zu stören.

Stirnrunzelnd zog die blonde Frau eine Spritze auf, stach sie in Maries Armbeuge und verkündete ihr Urteil: »Es ist kein Herzanfall, der Herzschlag ist regelmäßig, aber viel zu schnell. Das kann gefährlich werden. Sie sollten sich im Krankenhaus untersuchen lassen.« Sie musterte Marie. »Haben Sie sich über etwas aufgeregt? Sind Sie schon länger Belastungen ausgesetzt?«, hakte sie nach.

»Hören Sie auf mit dem Psychogewäsch, Madame le Docteur! Sie soll mir hier nicht während der Geschäftszeiten unter den Händen wegsterben, alles andere ist mir egal«, fuhr Mondieu dazwischen, der das Telefon wieder an seinen Platz gestellt und den Sperralarm deaktiviert hatte.

Die Ärztin zuckte zusammen. »Natürlich, Monsieur. Ich gebe Ihnen für sie ein paar Tabletten, falls ein solcher Anfall erneut auftreten sollte.« Sie zog aus einem Seitenfach ihrer Tasche ein

Päckchen und legte es auf den Tisch. »Wenn Sie spüren, dass sich Ihr Puls beschleunigt, nehmen Sie sofort eine Tablette, Madame. Aber unter keinen Umständen mehr als drei Tabletten innerhalb von vierundzwanzig Stunden«, warnte sie Marie abschließend, räumte ihre Instrumente wieder ein und verließ mit einem kurzen Nicken in Mondieus Richtung den Raum.

Mondieu ging, wie konnte es anders sein, zur Küchenkombination, und Marie hörte die obligaten Geräusche, mit denen er sich ein Glas Wein einschenkte. Ihr Puls hatte sich merklich beruhigt, und sie konnte auch wieder tief Luft einatmen, ohne das Gefühl zu haben, der lebensnotwendige Sauerstoff würde sich seinen Weg nicht durch die verengten Blutgefäße bahnen können und niemals in ihren Lungen ankommen.

Sie rollte mit ihrem Stuhl näher zum Sofa, auf dem Mondieu es sich bequem gemacht hatte und sie nachdenklich betrachtete.

»Sie hatten Glück, dass ich zufällig in meinem Büro war und Sie am Bildschirm vom Sessel kippen sah. Sie haben trotz Ihres Zustandes richtig reagiert und den Sperralarm ausgelöst. Wären Sie gestorben, hätten wir Sie fortschaffen müssen. Trotzdem, Marie, ich kann mir kein krankes Personal leisten, das verstehen Sie doch?«

»Monsieur, es geht mir gut, wirklich, ich bin nicht krank. Ich verstehe selbst nicht, was eben geschehen ist. Außerdem habe ich ja jetzt Tabletten für den Notfall, und ich verspreche Ihnen –«

»Schon gut«, schnitt er ihr ungehalten das Wort ab. »Regen Sie sich nicht auf. Ich bin ja auch nicht gerade begeistert davon, eine neue Bedienerin suchen und einschulen zu müssen. Sie haben Ihre Sache bisher gut gemacht. Ich hatte bis jetzt keinen Grund, zu klagen. Aber es geht nicht an, dass ich mich um Sie kümmern muss, wenn Sie hier schlappmachen.«

»Monsieur, es wird nie wieder vorkommen, das verspreche ich. Sie haben ja selbst gehört, was die Ärztin gesagt hat, mit den Tabletten habe ich alles im Griff.« Maries Nerven lagen blank.

Mondieu seufzte gequält. »Meinetwegen, Sie können einstweilen bleiben. Aber beim nächsten auch noch so belanglosen Zwischenfall kenne ich kein Pardon mehr.«

»Vielen Dank, Monsieur«, wisperte Marie.

»Die Tabletten werden Sie hier aufbewahren, ist das klar? Ich verbiete Ihnen, sie mit nach draußen zu nehmen. Sollte Sie mitten in Paris ein solcher Anfall ereilen, werden Sie ohne viel Aufhebens darum zu machen sterben. Aber hier drinnen schlucken Sie das Zeug, und die Welt ist wieder in Ordnung.«

»Jawohl, Monsieur.«

»Er ist ein Monster«, regte sich Lilille auf, »ein kaltblütiges Monster.«

»Merk dir den Namen der Tabletten«, trug Claude ihr auf und besiegelte damit Mondieus Schicksal.

## Recherche

Von der Rue Bonaparte kommend befand sich direkt im Eckhaus zur Rue du Four eine große Apotheke, die insgesamt über drei Eingänge verfügte, sodass man von jeder Seite der Straßen in das Innere gelangen konnte.

Marie hatte keine Lust, sich den weiten Weg von der Pont Neuf durch die engen Gassen bis zum Boulevard St. Germain durchzuarbeiten, doch Claude bestand darauf, dass sie so schnell wie möglich die Pharmacie aufsuchten, um sich schlauzumachen, um welche Art von Medizin es sich bei den Tabletten handelte, die Marie nachts zuvor von der Ärztin verabreicht bekommen hatte.

Marie fühlte sich wie erschlagen nach dem anstrengenden Tag bei Mondieu. Ihre Glieder waren schwer, und sie schleppte sich müde dahin. Wahrscheinlich hielt auch die Wirkung der Tablette noch an, denn Maries Puls quälte sich von einem Schlag zum anderen.

Claude war es nur mit dem verlockenden Versprechen, dass sie nach der Pharmacie auf einen Sprung bei den Schaufenstern der Agence Naveau vorbeischauen würden, gelungen, sie in Gang zu bringen. Vielleicht hing dort ja die bebilderte Anzeige des baufälligen Häuschens im Languedoc-Roussillon, und man konnte ein klein wenig davor verweilen, um den idyllischen Traum am Leben zu erhalten.

Marie trat vor einen unauffälligen Seiteneingang zur Apotheke, der versperrt und nur durch Schiebefenster mit den Geschäftsräumen verbunden war. Sie klopfte an die Scheibe, eine ältere, grau gelockte Dame in weißem Kittel näherte sich mit freundlichem Lächeln und schob das Fenster zur Seite.

»Ihren Programmpass bitte, Madame?«, forderte sie Marie auf und streckte ihr die Hand zuvorkommend entgegen.

»Ich bin nicht wegen des Methadons hier, Madame. Ich brauche eine Auskunft.«

»Warum kommen Sie nicht von vorne herein, damit wir uns

besser unterhalten können?«, schlug die Apothekerin einladend vor.

»Nein, danke, Madame. Ich bin daran gewöhnt, vor der Tür zu stehen, aber haben Sie vielen Dank.« Marie lächelte nun auch.

»Was möchten Sie wissen?«

»Wie heißen die Tabletten noch mal?«, wandte sich Marie an Lilille.

Ein mitleidiger Ausdruck überschattete das Gesicht der Apothekerin.

»Corsilcor«, antwortete Lilille nach kurzem Zögern, und Marie wiederholte es laut.

»Ja? Was ist damit?«, fragte die Apothekerin.

»Welche Wirkung haben diese Tabletten?«

»Sie senken den Blutdruck und die Ruhefrequenz des Herzschlages. Außerdem haben sie eine hemmende Wirkung auf Stresshormone, sodass der Körper allgemein zur Ruhe kommt. Bei vereinzelten Patienten werden sie auch zur Therapie von Herzkrankheiten verschrieben.«

»Ich hätte gerne zehn Stück davon, geht das?« Marie holte aus ihrem Lederbeutel einige Münzen.

»Das tut mir sehr leid, aber dafür brauchen Sie ein Rezept. Ohne Rezept darf ich Ihnen keine einzige Tablette aushändigen.« Bedauernd schüttelte die Frau den Kopf.

Claude hatte Bedenken wegen Maries Gesundheit.

»Sind die denn so gefährlich?«, fragte Marie.

»Nicht, wenn man sich genau an die Verordnungen des Arztes hält. Aber wenn man eine zu hohe Dosis erwischt, kann das durchaus schlimme Folgen haben.«

Claude horchte interessiert auf.

»Welche?«, fragte Marie.

»Wenn Sie zu viele davon einnehmen, bleibt Ihr Herz stehen.«

## Pläne

Vor den beiden auf Hochglanz polierten Glasfenstern der Immobilienagentur stand eine Gruppe schick gekleideter Männer und Frauen, die in einen heiteren Schwatz vertieft waren, dessen Gesprächsfetzen Marie entnehmen konnte, dass es sich dabei um die Vorzüge eines soeben besichtigten Appartements im 7. Arrondissement drehte.

Die Werbeanzeige für das Objekt im Languedoc-Roussillon war aus der Auslage entfernt worden, und Marie traten Tränen der Enttäuschung in die Augen.

»Was hast du erwartet? Dass sie es für dich reservieren?« Claudes nüchterner Realismus versetzte Marie den nächsten Schlag.

»Ich weiß nicht, was ich erwartet habe«, antwortete sie geknickt und griff nach der schmiedeeisernen Stange an der Eingangstür.

»Moment, Marie, du kannst da nicht hinein. Wie du aussiehst! Und du riechst auch!« Lililles Aufregung prallte an Marie ab, und sie betrat die altehrwürdige Agentur.

Dezente Hintergrundbeleuchtung, der Geruch nach Leder und Teppichschaum, fein geschwungene Ziertischchen, die mit Sicherheit aus antiquarischen Beständen stammten, und ein distinguierter Mann um die siebzig, an dessen altmodischem Anzug eine Uhrkette hing und der sich nahtlos in das malerische Bild von Reichtum und Eleganz einfügte – all das schreckte Marie nicht davon ab, ihren auberginefarbenen Koffer über die Eingangsstufe zu ruckeln und entschlossen auf den entgeisterten Inhaber zuzugehen.

»Wir haben keine Toilette«, sagte er automatisch und erhob sich hinter seinem wuchtigen Schreibtisch halb aus einem mit rotem Samt gepolsterten Ohrensessel.

»Marie Croix«, stellte sich Marie vor und hielt ihm ihre Hand hin, die er geflissentlich ignorierte. »Das Häuschen und der wilde Garten im Languedoc-Roussillon, das Sie so lange im Fenster hatten – ist es verkauft?«

Der Makler schob seine Brille auf der Nase zurecht und sah Marie skeptisch an.

»Nein, wir haben es aus der Auslage genommen, weil es niemand haben will«, erklärte er. Seine Stimme war kratzig und rau und er räusperte sich.

»Ich will es haben«, verkündete Marie wie ein trotziges Kind, das mit seiner Mutter an der Supermarktkasse um Süßigkeiten kämpfte.

»Madame, das Objekt wird mit über sechzigtausend Euro gehandelt. Dies ist natürlich ein sehr günstiger Preis, bedenkt man die Sehnsucht der Städter nach Ruhe und Abgeschiedenheit. Doch für Ihre Verhältnisse …«, ließ er den Satz unvollendet im Raum stehen.

»Kann ich das Foto noch einmal sehen … bitte.« Die Dringlichkeit und verhaltene Leidenschaft, mit der Marie ihren Wunsch vortrug, ließen den Alten aufhorchen.

»Madame, ich glaube nicht, dass …«

»Monsieur, ich bitte Sie nur darum, einen Blick auf das Foto werfen zu dürfen. Diese Hütte und der Garten sind mein einziges Ziel, für das es sich zu leben lohnt. Sie tragen mich durch Hoffnungslosigkeit und Verzweiflung, durch Kälte und Hunger und begleiten mich durch meine Träume.« Marie setzte alles daran, den greisen Mann von ihrem Anliegen zu überzeugen, und es gelang ihr.

Nachdenklich zog er aus einem Regal einen dicken Ordner, blätterte mit verkrümmten Fingern darin herum und schob ihn ihr schließlich über den Tisch zu.

Marie beugte sich über die ein wenig ausgebleichte Aufnahme und betrachtete sie intensiv. Alles sah genauso aus, wie sie es im Gedächtnis hatte, jedes Detail stimmte mit ihren Bildern im Kopf überein.

Erleichtert lächelte sie und blickte zu dem Immobilienmakler auf.

»Hier links, sehen Sie, diese Gartenbank werde ich abschleifen und in einem wunderschönen Sonnengelb streichen. Die Büsche dahinten müssen dringend gestutzt werden. Für das Dach werde ich mir etwas einfallen lassen müssen, vielleicht gibt es ja in der Gegend einen Handwerker, der mir dabei behilflich sein kann. Ich vermute, dass man auch Wasseranschlüsse oder

Stromkabel erneuern muss, aber das werde ich ja sehen …« Sie verstummte.

Verlegen zog der Makler an seiner Krawatte. »Warten Sie einen Moment«, sagte er, nahm den Ordner und verschwand damit in einem Hinterzimmer.

»Sechzigtausend ist durchaus machbar«, rechnete Claude, »die haben wir jetzt schon. Fehlen aber noch einige tausend zum Renovieren. Außerdem brauchen wir Rücklagen für die ersten Jahre, bis wir uns überlegt haben, wovon wir leben sollen. Vielleicht sollten wir einen Teil des Geldes anlegen, damit wir von Zinsen profitieren können …« Claude schwelgte in Zukunftsplänen.

»Claude, bleib am Boden«, rief ihn Lilille zur Ordnung. »Wir müssen noch siebzig Donnerstage für Mondieu abarbeiten, und die eigentliche Frage ist, ob Marie diese Zeit überleben wird. Und ob Mondieu sie auch nach den fünf Jahren am Leben lassen wird.«

»Ich werde in diesem Häuschen leben, und zwar nicht nur in meiner Phantasie«, beendete Marie die Diskussion ein für alle Mal.

Der alte Mann kam ohne Ordner aus seinem Hinterzimmer zurück, in der Hand ein Blatt Papier, das er Marie reichte.

»Ich habe Ihnen eine Kopie gemacht«, sagte er, »vielleicht hilft es Ihnen dabei, Ihre Tage zu überstehen. Ich habe das Gefühl, dass Sie Ihren Traum nicht aufgeben werden.«

Rührung und Freude ließen Marie erröten, und behutsam faltete sie das Blatt zusammen, um es in ihrem Lederbeutel zu verstauen.

»Ich danke Ihnen, Monsieur«, flüsterte sie mit belegter Stimme und wandte sich zum Gehen.

»Madame Croix, wir sehen uns wieder«, sagte er hinter ihrem Rücken mit derselben Bestimmtheit, mit der sie Augenblicke vorher Claude und Lilille mitgeteilt hatte, dass sie in diesem Häuschen leben werde.

Marie drehte sich noch einmal um und nickte ihm ernst zu.

»Komm jetzt«, forderte Claude sie auf. »Es geht los, wir brauchen die Tabletten.«

## Erpressung

»Du erpresst mich, Marie?« Fassungslos stierte Pater François sie von seiner Seite des Trennfensters durch das Holzgitter an.

»Pst, schreien Sie nicht so. Wir sind in einer Kirche, und dazu in der verschwiegensten Beichtkammer, die Sie zu bieten haben.« Marie konnte nicht anders, sie musste kichern.

»Was fällt dir ein?«, entrüstete sich der Pater mit gesenkter Stimme.

»Ich frage mich, warum mir das nicht schon früher eingefallen ist«, antwortete Marie ruhig. »Sie schulden mir was, finden Sie nicht? Mondieu hat uns alle in der Hand; er lässt uns umbringen, wann immer ihm der Sinn danach steht. Das wissen Sie genauso gut wie ich. Er verbietet mir, die Tabletten mitzunehmen. Ich habe weder Geld für einen Arzt noch für Medikamente. Ohne Tabletten spielt mein Herz verrückt, und ich werde sterben, wenn Sie mir nicht helfen. Aber nicht ohne einen Brief zu hinterlassen, in dem ich eine Auflistung all Ihrer Sünden hier auf Erden verfasse. Wollen Sie das?«

»Das ist infam, Marie, du versündigst dich«, ächzte er nervös.

»Das ist momentan meine geringste Sorge, glauben Sie mir. Hurtig drei Vaterunser gebetet, und der Fall ist erledigt. Legen Sie die Tabletten in ein Gesangbuch in der zweiten Reihe, linke Gangseite. Ich hole sie morgen bei der Frühmesse ab. Beten Sie für mich, dass ich die Nacht überlebe, damit das Briefchen nicht auf Reisen geht.« Marie drückte die schiefe Holztür auf, verließ den Beichtstuhl und ratterte mit ihrem Koffer aus der Kirche.

Auf der Pont des Arts zu sitzen war strengstens verboten, die Polizei verstand in diesem Gebiet keinen Spaß. Man wollte nicht mit unappetitlichen Pennern die zahlenden Touristen vergrämen, die auf dieser Brücke nach einem alten Brauch ihre Liebe besiegelten und ein kleines Schloss am Eisengitter befestigten. Die Schlüssel dieser Tausenden von Miniaturschlössern wurden zum Zeichen der ewigen Liebe in die Seine geworfen. Würde nicht die Stadtverwaltung in regelmäßigen Abständen einen Großteil der Schlösser entfernen lassen, wären die Gitter schon längst gebrochen oder hätten Schäden wegen des zu schweren Gewichts genommen.

Marie stand am Quai du Louvre, etwas abseits des Brückenzugangs, und vor ihr lag nach langer Zeit wieder das Lächelplakat, ihre verlässlichste und sicherste Einnahmequelle.

Automatisch lächelte sie jeden an, der nahe genug an ihr vorbeiging, um das Plakat zu betrachten, das zu keinem Ort besser passte als zu dieser Brücke mit den Symbolen Abertausender Liebesschwüre.

Claude war begeistert von ihrer Nummer im Beichtstuhl, Lilille wie immer eingeschnappt, weil sie darüber nicht informiert worden war.

»Es wäre nett, wenn du deine Alleingänge wenigstens ankündigen würdest«, zischte sie patzig.

»Wozu?«, gab Marie mutig zurück. »Ich werde doch noch tun und lassen können, was ich will, ohne dich ständig um dein Einverständnis bitten zu müssen.«

»Bitte, wenn du unbedingt willst …! Dann wirst du aber auch auf unsere Hilfe in Zukunft verzichten müssen, wenn du −«

»Könntet ihr bitte euren Streit auf morgen früh verlegen, wenn wir die Tabletten haben?«, erkundigte sich Claude genervt. »Hast du noch weitere Erpressungen für Pater François geplant?«, versuchte er Marie aus der Reserve zu locken.

Sie zuckte die Achseln. »Eigentlich nicht, ich brauche nicht mehr, als ich habe. Das Medikament ist mir wichtig. Ich möchte so eine Herzattacke nicht noch einmal erleben müssen. Da schlucke ich lieber die Tabletten.«

»Vielleicht könnten wir ein paar davon für Mondieu aufsparen?« Niemand konnte hinterher mehr genau sagen, von wem dieser Vorschlag eigentlich stammte.

## Strategien

Natürlich lag das blau-weiß gestreifte Päckchen mit der Aufschrift »Corsilcor« flach zusammengepresst im abgegriffenen Gesangbuch in der zweiten Reihe, linke Gangseite, als Marie vor Beginn der Frühmesse in die Kirche eilte. Sie drückte im Hinausgehen eine Tablette aus der silbernen Folie, schluckte sie ohne Wasser und würgte sie durch ihre ausgetrocknete Kehle, dankbar, dass das trommelnde Pochen in ihrem zu engen Brustkorb bald ein Ende haben würde.

Ängstlich hatte sie in der Nacht, die sie in ihrem Verschlag unter der Pont de l'Alma verbrachte, dem rhythmischen Klopfen ihres Herzens gelauscht, und prompt hatte es nach Mitternacht damit begonnen, in nagelnden Schlägen das Blut durch ihre Adern zu pressen. Vor Kälte schlotternd war sie ins Freie gekrochen, die Enge ihres Schachts empfand sie als unerträglich, ihr Mund war ausgetrocknet, und sie flüchtete mit raschen Schritten den Kai entlang Richtung Cours Albert, lief zwischen hupenden Autos mitten auf der Fahrbahn, immer darauf bedacht, sich zwischen Menschen aufzuhalten, die ihr zu Hilfe kommen würden, sollte sie bewusstlos zusammenbrechen. Dies war aber nicht der Fall gewesen, im Gegenteil, ihr Herz schien sich dem Rhythmus ihrer Schritte anzupassen und seine Schläge zu verlangsamen. An der Pont des Invalides hatte sie schließlich die Seine wieder überquert und war auf den Beinen geblieben, bis zwei zerfurchte Messdiener endlich die Tore der Kirche aufschlossen.

Nun nestelte sie an einem Mülleimer vor einem Marché auf der Suche nach Wasser herum, fand eine angefaulte Orange und gab sich zufrieden. Sie warf die Verpackung der Tabletten in den Eimer, steckte die zwei Blister sorgfältig zwischen die Kopie ihres zusammengefalteten Traumes im Lederbeutel und spazierte gemächlich zurück zur Pont de l'Alma, um den Schlaf nachzuholen, den ihr die Ängste um ihr Leben nachts geraubt hatten.

Matt, aber ruhig und entspannt erwachte sie einige Stunden später und packte ihre Siebensachen, um das Brückenleben wieder wie gewohnt aufzunehmen.

Am Donnerstag darauf wurde sie von einem ausrangierten Rettungswagen zu Mondieu gebracht, ein geschmackloser Scherz seinerseits, den sie hinnehmen musste, weil ihr nichts anderes übrig blieb.

Mondieu selbst erwartete sie mit zwei Gläsern Rotwein und verzog den Mund zu der Andeutung eines Lächelns.

»Es freut mich, dass Sie wohlauf sind, Marie. Ich hoffe, Sie haben Ihre Tabletten bei Mi Li abgegeben?«

»Natürlich, Monsieur.«

»Sehr clever von Ihnen, den alten Pater zu erpressen.« Er lachte schadenfroh. »Da haben Sie ihn nun ganz schön an der Kandare, was?«

»Ich war in Not. Was hätte ich tun sollen?« Marie erwartete keine Antwort.

»Werden Sie ihm nun weiterhin die Verantwortung für Ihre Bedürfnisse übertragen?« Mondieu lachte nun herzlich.

»Nein. Ich bin zufrieden mit dem, was ich habe«, antwortete Marie schlicht.

»Nun, das freut mich zu hören. Ich habe mich ein wenig schlaugemacht, und es wird Sie beruhigen, zu hören, dass Sie nicht an einer unbedingt lebensbedrohlichen Krankheit leiden, vorausgesetzt, Sie haben keinen akuten Herzfehler. Dennoch lege ich großen Wert darauf, dass Sie einen solchen Anfall hier in meinem Hoheitsgebiet zu verhindern wissen. Die Tabletten liegen in der Schublade neben der Spüle. Außerdem soll Rotwein angeblich gut fürs Herz sein«, schloss er spöttisch und reichte ihr ein Glas.

»Vielen Dank, Monsieur.« Marie nahm einen großen Schluck.

»Sie hätten sich Ihr Leben schon längst erleichtern können, wenn Sie den Pater früher aufs Korn genommen hätten«, begann er die Unterhaltung.

»Oje, heute wieder der nette Onkel von nebenan«, bemerkte Lilille.

126

Während er sprach, traf Marie unverdrossen ihre Vorbereitungen: Bilderwände per Knopfdruck zur Seite schieben, Monitore und Schärfeeinstellungen überprüfen, Muschelsessel in die passende Position rücken, ein Glas Wasser neben der Spüle bereitstellen, eine Tablette aus dem Blister drücken und neben das Wasserglas legen, Strickarbeit aus dem Korb holen und sich schließlich auf dem Stuhl niederlassen.

»Ich könnte einige Menschen mit dem erpressen, was ich von ihnen weiß«, antwortete ihm Marie, ohne von ihrer Handarbeit aufzublicken, »aber ich habe mir noch nie etwas zuschulden kommen lassen, und das wird auch so bleiben.«

»Wie rechtschaffen und ehrbar, Marie. Aber so werden Sie es nie zu etwas bringen. Sehen Sie sich an, wie weit Sie mit Ehre und Moral gekommen sind.«

Marie zählte standhaft ihr Maschengewirr, warf zwischendurch flüchtige Blicke auf die Monitore ohne etwas zu erkennen und schwieg zu seinen Kommentaren.

»Nehmen Sie zum Beispiel mich«, setzte er seinen Monolog fort. »Zwar hatte ich das Glück, mit einem goldenen Löffel im Munde geboren worden zu sein, aber mehr als ein durchschnittlich begabter Geschäftsmann, der ein wenig mit seinem Erbe herumspielt, wäre nicht aus mir geworden. Heute führe ich völlig alleine dieses von mir geschaffene Imperium und verfüge über immense Konten überall auf der Welt.« Verzückt von seinen eigenen Worten strich er sich affektiert über den akkurat gezogenen Scheitel.

»Was passiert mit uns, wenn Sie sterben?«, hörte Marie Claude aus ihrem Mund fragen. Erschrocken hielt sie die Luft an.

Mondieu lachte wiehernd.

»Du meine Güte, wie feinfühlig Sie heute sind! Machen Sie sich um meine Gesundheit oder Ihren Job Sorgen?«, mokierte er sich.

»In erster Linie um meine Arbeit. Aber auch darum, wie ich hier hinauskomme, sollte Ihnen etwas zustoßen.« Claude wollte es nun genau wissen, koste es, was es wolle.

»Ich habe nicht vor, hier zu sterben, Marie. Mir schwebt für meine letzten Tage eher ein weißer Strand in der Karibik vor, an dem ich mich in meinem Strandpavillon mit heißblütigen dunkelhäutigen Schönheiten umgebe, die mir Wünsche erfüllen, von denen ich nicht einmal wusste, dass ich sie hatte.«

»Und wir?«

»Sollte ich wider Erwarten innerhalb dieser Gemäuer das Zeitliche segnen, werden Sie es gar nicht bemerken. Sie müssen nur warten, bis sich Ihre Tür automatisch nach den programmierten Zeitplänen öffnet. Sie gehen wie immer nach Hause und werden konsterniert feststellen, dass Sie nach zwei Wochen niemand abholt und hierherbringt. Dasselbe gilt für das restliche Gesinde, aber auch für meine Gäste. Sie sehen also, es wird nichts Aufregendes passieren. Niemand wird mich ersetzen, weil ich nicht ersetzbar bin.« Selbstgefällig lehnte er sich zurück.

Marie entgegnete nichts, hielt sich weiter an ihren Stricknadeln fest.

»Sind Sie nun beruhigt? Ihr erhöhter Puls hat Sie ziemlich aufgewühlt, oder warum sonst machen Sie sich plötzlich Gedanken über Leben und Sterben des Monsieur Mondieu?« Spitzbübisch zwinkerte er ihr mit einem Auge zu.

»Ja, der Kollaps hat mir sehr zugesetzt, und ich mache mir seither über alles Mögliche Gedanken, vor allem über das Sterben«, gab Marie zu.

»Sie sind sehr ehrlich, Marie, und ziemlich naiv. Das schätze ich an Ihnen. Sie sind außerdem leicht lenkbar und zu lethargisch, um selbstständig zu denken. Diese Eigenschaften erleichtern die Zusammenarbeit mit Ihnen erheblich, und wenn es keine weiteren Komplikationen mit Ihnen gibt, werden nicht nur Sie, sondern auch Ihr Sohn bis zum Ende der fünf Jahre problemlos überleben. Wenn Sie Glück haben, werden Sie auch Ihre Flaschen noch in ihren Gräbern finden. Ich jedenfalls sehe keinen Grund, warum ich sie Ihnen wegnehmen sollte.« Das diabolische Grinsen in seinem hochmütigen Gesicht trieb Marie aus ihrem Stuhl.

Sie ging zur Küchenzeile, nahm die Tablette in die Hand, steckte sie mit einem Seitenblick auf Mondieu, der sie aus halb geschlossenen Lidern beobachtete, in den Mund, nahm das Wasserglas, nippte daran, drehte ihm den Rücken zu, spülte das Glas unter dem laufenden Wasserhahn, ließ die Tablette vorsichtig aus der Wangenhöhle in das feuchte Glas gleiten, stellte es wie automatisch in den Hängeschrank und ging wieder zu ihrem Stuhl zurück.

Sie brauchte keine von Mondieus Tabletten, sie hatte eine ihrer eigenen geschluckt, bevor sie ihren Dienst im Höllenparadies antrat.

## Die Verwöhnung

Claude hatte sich im Geiste in die Weitwinkelkamera der Deckenleuchte versetzt und befunden, dass von oben Maries Aktion mit den Tabletten nicht erkennbar sein konnte. Außerdem konnte sie gefahrlos bei geöffneter Hängeschranktür die Tablette vom durchsichtigen Wasserglas in eine Kaffeetasse aus weißem Porzellan befördern.

Ein gewisses Restrisiko mussten sie in Kauf nehmen wie etwa, dass sich Mondieu einen Kaffee zubereiten wollte und dafür ausgerechnet zu dieser einen Kaffeetasse greifen würde. Oder dass er in seiner Schaltzentrale entgegen seinen Versicherungen die Videos speicherte, sie überprüfte, Maries Körperhaltung und Bewegungen eigenartig fand und beschloss, im Küchenschrank nachzusehen.

Seit sie beschlossen hatte, sich von Mondieu zu trennen, benötigte sie kaum noch ihre Pillen. Ihr Herz schlug die meiste Zeit regelmäßig und ruhig. Dennoch nahm sie aus Sicherheitsgründen jeden zweiten Donnerstag vor Arbeitsbeginn eine der von Pater François besorgten Tabletten ein, sie fühlte sich damit einfach entspannter und gelöster. In ihrem Büro gab sie ebenso jeden zweiten Donnerstag vor, ihr Medikament dringend zu benötigen, um es in der Kaffeetasse verschwinden zu lassen. Und ebenso jeden zweiten Donnerstag wartete Marie darauf, dass Mondieu ihr die Tasse anklagend ins Gesicht schleudern würde, um sie anschließend beseitigen zu lassen.

Marie hatte sich mit Claude und Lilille auf zwanzig geeinigt. Zwanzig Donnerstage – das war ein erträglicher, überschaubarer Zeitrahmen, zehn Monate, die sie mit einem lohnenden Ziel vor Augen leicht durchhalten würden. Zwanzig Tabletten – diese Menge würde reichen, um sein Herz stillstehen zu lassen.

Sie begann damit, am Ende ihrer Arbeitstage exquisite Rotweine zu bestellen – die Namen las sie von Speisekarten bekannter Gourmetrestaurants ab, und Claude hatte den Auftrag, sie sich zu merken –, und ab dem vierundsechzigsten Donnerstag orderte sie auch passende Horsd'œuvres dazu – ein geeigneter Auftrag für Lilille.

Auf den vorprogrammierten Disput mit Mondieu hatte sie sich in stundenlangen Rollenspielen mit Claude als Mondieu und Lilille als Marie intensiv vorbereitet.

»Sind Sie größenwahnsinnig geworden?«, polterte er aufgebracht los. »Wissen Sie, was dieser Wein kostet, den Sie da auffahren lassen?«

»Nein, Monsieur, das weiß ich nicht. Es tut mir leid, wenn er für Sie zu teuer ist«, entschuldigte sich Marie aufrichtig.

»Was haben Sie sich dabei gedacht? Wollen Sie sich auf meine Kosten nobel betrinken?«, polterte er weiter.

»Ich habe den Wein nicht für mich bestellt, Monsieur, sondern für Sie«, rechtfertigte sich Marie, und ganz nebenbei entkorkte sie die Flasche und goss für ihn ein.

Verdutzt hielt er inne. »Für mich?«

»Ja, Monsieur. Ich dachte, wenn ich mich um alle anderen kümmere, sollte ich eigentlich auch dafür sorgen, dass es Ihnen an nichts fehlt, wenn Sie hin und wieder zu mir kommen.« Unschuldig lächelnd blickte sie ihn an.

»Das ist sehr aufmerksam von Ihnen, Marie.« Er war sichtlich durcheinander und darum bemüht, es sich nicht anmerken zu lassen.

»Wenn Sie erlauben, würde ich gerne einen Dekanter anschaffen, um den Wein ein wenig atmen zu lassen«, wagte Marie einen nächsten Vorstoß.

»Tun Sie das, Marie, tun Sie das. Ich sollte tatsächlich auch mir selbst Gutes tun«, bestätigte er indirekt Maries Anregung.

»Was halten Sie von einigen Canapés zum Wein?« Marie wusste die Antwort, bevor er sie gedacht hatte.

»Eine nette Idee, Marie. Bestellen Sie ruhig für sich selbst auch ein, zwei Stück. Aber übertreiben Sie nicht.«

»Vielen Dank, Monsieur. Das nächste Mal werde ich Sie mit einem kleinen, aber feinen Imbiss überraschen«, lächelte sie erfreut.

»… den ich mir selbst finanziere …«, setzte er lakonisch fort. Darüber mussten sie beide lachen. Mondieu geziert, Marie leicht hysterisch.

Zwei Wochen später war der Couchtisch reizend gedeckt, sogar eine Rosenblüte schwamm dekorativ in einer Glasschale inmitten einer Platte köstlich verzierter Canapés, mit zwei gefüllten Weingläsern und einem kunstvoll geschwungenen Kristalldekanter.

Mondieu fand Gefallen daran, auch wenn er anfangs misstrauisch am Wein schnüffelte, Marie zuerst davon trinken ließ und in letzter Sekunde sein Canapé ihr aufdrängte.

»Zeigen Sie mir Ihren Tablettenstreifen«, verlangte er schließlich, als er offenbar immer noch nicht überzeugt war. Marie zog die Schublade auf, nahm den ersten angebrochenen Blisterstreifen heraus und reichte ihn Mondieu. Es fehlten vier Stück. Wortlos gab er ihn ihr zurück.

»Er fürchtet, dass du ihn irgendwie vergiften könntest, und die Tabletten waren das Einzige, was ihm eingefallen ist«, mutmaßte Claude.

»Womit er nicht ganz falschliegt«, bestätigte Lilille.

»Was er aber nicht verhindern kann«, stellte Marie fest.

Mit Donnerstag fünfundsechzig machte Mondieu es sich zur Gewohnheit, für ein, zwei Stunden bei Marie vorbeizuschauen. Er schien es zu genießen, ihr immer und immer wieder von seiner genialen Geschäftsidee zu erzählen, Vorträge über die Weltwirtschaftskrise zu halten, intime Geheimnisse seiner Kunden auszuposaunen oder über die Unzuverlässigkeit der Obdachlosen zu jammern. Dabei leerte er peu à peu die Flasche Wein, ohne auch nur das leiseste Zeichen von Trunkenheit zu zeigen.

In Marie hatte er ein dankbares Publikum gefunden: Sie lauschte ergeben, widersprach nicht und bestätigte seine Ansichten mit zustimmendem Nicken.

Manchmal – nicht zu häufig, um keinen Verdacht zu erregen, aber auch nicht so selten, dass er denken konnte, sie würde kein Medikament mehr brauchen, und ihr womöglich die Pillen wegnehmen – stand sie dazwischen auf, um ihre Tablette einzunehmen. Mondieu registrierte es, wie er auch registrierte, dass sie die benutzten Teller abräumte – kommentarlos.

Mit Donnerstag einundsiebzig hörte er auf, den Blister zu kontrollieren, am Wein zu schnüffeln oder die Canapés skeptisch zu beäugen. Er betrat das Büro, setzte sich, nahm das vorbereitete Glas Rotwein und begann zu essen und zu schwafeln.

Marie begann die Donnerstage zu zählen.

## Feinschliff

Claude hatte Marie, kurz nachdem sie ihr Mordkomplott in groben Zügen ausgeheckt hatten, empfohlen, von ihrer eingefleischten Alltagsroutine abzuweichen und vor allem ihre Brückentour zu ändern. Er begründete dies damit, dass sie an die Zeit nach Mondieus Tod denken mussten und einen sicheren Spielraum benötigten, um die Rotweinflaschen, die sich tatsächlich noch alle an ihren Plätzen befanden, einzusammeln.

»Die wird er sicher entfernen lassen«, gab sich Lilille skeptisch. »Ich verstehe nicht, warum ihr euch nicht um ein besseres Versteck bemüht.«

»Das wäre zu auffällig, Lilille«, erklärte ihr Claude geduldig. »Mondieu würde sofort vermuten, dass Marie etwas im Schilde führt.«

»Außerdem glaube ich nicht, dass er die Flaschen ausgraben lässt; er hätte keinen echten Vorteil davon, solange ich noch nützlich für ihn bin. Wenn ich tot bin, wird sich wahrscheinlich einer seiner Spitzel die Flaschen krallen«, meinte Marie.

»Ja, das ist auch meine Meinung. Darum kann es nicht schaden, unter seinen Spionen und Helfershelfern ein wenig Verwirrung zu stiften, indem wir uns nicht mehr an deine strikte Route halten. Ich schätze, dass wir ungefähr zwei Tage haben, bis die anderen merken, dass etwas nicht stimmt. Mondieu liegt tot in deinem Büro, nach Dienstschluss verlassen alle das Gebäude, du bist wahrscheinlich die Letzte, nachdem du alle Zimmer gecheckt und die Bestellungen aufgegeben hast.« Claude spielte zum hundertsten Mal gedanklich den minutiösen Ablauf durch.

»Soll sie wirklich noch alles bestellen, ist das nicht Verschwendung?« Lilille mangelte es deutlich an kriminalistischem Verständnis.

Marie verdrehte die Augen. »Wir müssen die Regeln bis zur bitteren Neige einhalten. Alles soll so ablaufen wie immer. Nur so erregen wir kein Aufsehen.«

Lilille schwieg, sie fühlte sich wieder einmal zu Unrecht auf den Schlips getreten.

»Mondieu muss ja irgendwie Kontakt zu seinen Komplizen aufnehmen, um sie zu instruieren und zu befehligen. Vor allem zu den Fahrern der Wagen und den Spähern, die uns beobachten und vielleicht verfolgen werden. Möglicherweise haben wir auch drei Tage, aber lieber wäre mir, wenn wir schnellstens verschwinden könnten.«

»Es sind nur noch zwei Donnerstage bis dahin«, raunte Lilille, als hätte sie einen Kloß im Hals.

»Exakt. Wir müssen noch einige Male alles genauestens durchgehen, damit uns kein Fehler unterläuft. Aber einstweilen konzentrieren wir uns darauf, so weiterzumachen wie bisher. Marie, du solltest anfangen, dich gedanklich von allem zu verabschieden, was dir in Paris lieb geworden ist«, regte Claude an. In weiser Voraussicht wollte er verhindern, dass Marie in Lunel eventuell von Heimweh befallen wurde.

Marie lachte bitter auf. »Soll das ein Witz sein? Was soll mir hier lieb geworden sein? Der Eiffelturm mit seinen rostigen Stahlträgern? Die Brückenbogen mit den bemoosten Schimmelflecken? Oder etwa die Armenausspeisung mit den abgeschabten Plastiktellern?«

Die Aufzählung der Dinge, die Marie an Paris hasste, ließ sich endlos weiterführen, obwohl ihr klar war, dass es nicht an Paris lag. Ihre Abscheu bezog sich auf ihr verkorkstes Leben und nicht auf die Stadt, in der sie gestrandet war.

»Könnt ihr mir einmal erklären, wie das mit Languedoc-Roussillon und der Hütte funktionieren soll?«, verhinderte Lilille geschickt einen hemmungslosen Ausbruch an aufgestauter Verbitterung, die sich in Marie über all die Jahre angesammelt hatte.

»Sofort nach Dienstschluss beginnen wir damit, das Geld einzusammeln, und hoffen, dass es insgesamt über achtzigtausend Euro für achtzig Donnerstage inklusive aller Boni sind. Sollten ein, zwei Flaschen fehlen, werden wir es überleben. Unsere letzte Station ist die Pont Charles de Gaulle. Die fünfundzwanzigste Flasche ist am linken Seine-Ufer unter dem Brückenpfeiler vergraben, der mit den rechtsradikalen Graffitis besprüht ist. Von dort ist es nur ein Katzensprung bis zum Gare de Lyon. Am nächsten oder übernächsten Tag, je nachdem, wie wir mit den Flaschen über die Runden kommen, nehmen wir den Abendzug nach Nîmes. Dort kommen wir, wenn alles planmäßig läuft, circa um Mitternacht an und fahren am frühen Morgen weiter mit dem Regionalzug Richtung Perpignan, der hält nämlich für einen Zwischenstopp in Lunel.«

»Und wie kommen wir zu dem Grundstück?« Lilille war nicht restlos glücklich mit den Lösungsvorschlägen.

»Wir nehmen ein Taxi, zeigen dem Fahrer Maries kopierten Zettel mit der Adresse und lassen uns dorthin chauffieren«, erklärte Claude großspurig.

Lilille war nicht zu beeindrucken. »Und weiter?«

»Wir werden die ersten Tage in dem Häuschen verbringen. Es ist warm genug, und ich bin weitaus Schlimmeres gewöhnt. Von Lunel aus regeln wir alles mit der Agence Naveau. Die Telefonnummer steht auch auf der Kopie«, übernahm Marie die Erklärungen.

»Glaubt ihr nicht, dass das alles zu riskant ist? Was ist, wenn Mondieu uns findet?«

»Lilille!«, schimpften Claude und Marie gleichzeitig. »Mondieu ist zu diesem Zeitpunkt tot!«

»Was ist mit seinen Kumpanen?«, fuhr Lilille stur fort.

»Die werden mit sich selbst beschäftigt sein und kein Interesse daran haben, uns auf der Pelle zu sitzen und zu verfolgen. Außerdem gehe ich davon aus, dass sie ziemlich durcheinander sein werden, wenn sie nichts von Mondieu hören. Dieses Chaos machen wir uns zunutze, und bis sich in Paris die Verwirrungen lichten, haben wir die Gartenbank sonnengelb bemalt.« Claude war es zwar nicht gelungen, die letzten Zweifel in Lilille zu zerstreuen, aber sie gab sich fürs Erste mit seinen einleuchtenden Belehrungen zufrieden.

Trotzdem beschlich Marie das mulmige Gefühl, dass ihr gefinkelter Plan von gravierenden Schwachstellen und Lücken nur so strotzte. Was, wenn Mondieu log und er nicht der alleinige Herrscher über sein Haus und die geschäftlichen Kontakte war? Was, wenn es noch jemanden gab, der Zugang zu allen Räumen und den Videoaufnahmen hatte? Wie sollte sie in zwei Tagen beinahe ganz Paris umrunden und ihre Flaschen so heimlich zerschlagen, dass es niemand hören oder sehen konnte? Wenn sie mit dem Packen Geld überfallen oder von der Polizei kontrolliert wurde, was war dann? Wer garantierte ihr, dass sich in der Hütte im Languedoc-Roussillon nicht bereits neue Besitzer breitgemacht hatten? Würde der alte Immobilienmakler sich dazu überreden lassen, das Geschäft mit telefonischen Vereinbarungen und Barzahlung auf dem Postweg über die Bühne zu bringen?

Marie schwirrte der Kopf, und sie rieb sich mit beiden Fäusten die Schläfen, während sie durch den Jardin des Tuileries torkelte. Ihr dreibeiniger Koffer polterte über die gepflegt angelegten Kieswege, und sie verschwendete keinen Blick an die kunstvoll beschnittenen Buxbäumchen oder steinernen Skulpturen, zu sehr war sie mit ihren Problemen und dem ausführlichen Gedankenaustausch mit Lilille und Claude beschäftigt. Sie gestikulierte vor sich hin, murmelte leise oder schimpfte laut, schüttelte ungehalten den Kopf oder nickte zustimmend. Passanten machten ihr Platz, wollten nicht von ihr angerempelt oder berührt werden, Kinder blickten ängstlich zu ihr auf oder zeigten ungeniert mit dem Finger auf sie.

Nichts davon nahm sie wahr, denn Claude wischte mit einer einzigen Bemerkung ihre Bedenken vom Tisch. »Er muss sterben, Marie, er wird uns nicht am Leben lassen.«

## Perspektiven

Am letzten Donnerstag vor Mondieus geplantem Ableben bemerkte Marie eine ungewohnte Unruhe in dem Hygiene- und Kosmetiksaal. Mi Li und die drei Asiatinnen huschten rastlos von einer Ecke zur anderen, griffen nach Tiegeln, stellten sie wieder ab, kauten an ihren Nägeln und warfen sich bedeutsame Blicke zu.

Normalerweise erledigten sie die Prozedur schweigend, bewegten sich wie über dem Boden schwebend von einer Kabine zur anderen, die durch weiße Stoffbahnen voneinander getrennt waren. Marie wusste aus Erfahrung, dass meistens zwei oder drei andere Frauen gleichzeitig hinter den Vorhängen behandelt wurden. Da ausnahmslos allen von Mondieu ein absolutes Redeverbot auferlegt worden war, war es nicht weiter verwunderlich, dass sich auch ausnahmslos alle daran hielten. Mi Lis geschicktes Management verhinderte außerdem, dass sich die Frauen begegnen konnten. In den letzten drei Jahren hatte Marie Bewegungen aus den Augenwinkeln nur dann wahrnehmen können, wenn die Stoffe durch die Zugluft sanft zum Schwingen gebracht wurden. Andere Töne als das Brummen des Föhns oder das Plätschern des Badewassers hatte sie niemals vernommen; kein menschlicher Laut war jemals an ihre Ohren gedrungen.

Marie ließ sich von der düsteren Atmosphäre und gedrückten Stimmung anstecken und grübelte darüber, was der Grund für die unbehagliche, beinahe betrübliche Stimmung, die Mondieus Assistentinnen ausstrahlten, sein mochte. So kurz vor dem alles entscheidenden Donnerstag konnte sie keine wie auch immer gearteten Veränderungen im Tagesablauf gebrauchen, das machte sie nervöser, als sie ohnehin war.

Das klägliche Wimmern eines jungen Kindes wurde jäh von einer Hand erstickt, die sich fest über seinen Mund legte. Es brauchte nicht viel Phantasie dazu, um sich diese Szenerie in Maries Nebenkabine vorzustellen, die eindeutigen Geräusche sprachen für sich.

Marie starrte entsetzt in den Spiegel vor sich und sah Mi Li, die hinter ihr stand und sich fahrig mit Maries dickem Haarknoten abmühte, traurig ihren Blick erwidern.

»Ein Kind …«, setzte Marie fassungslos an, und Mi Li riss im Spiegel kopfschüttelnd ihren Zeigefinger an die Lippen, um Marie zu signalisieren, dass sie auf der Hut sein und besser schweigen sollte. Marie traten die Tränen in die Augen, und auch Mi Li senkte betroffen den Kopf. Im Spiegel sah Marie glitzernde Tropfen über Mi Lis Nasenspitze auf den blanken Marmor fallen.

Marie war außer sich, hilfesuchend drehte sie den Kopf hin und her, aber Mi Li umklammerte ihn fest und vollendete die Frisur. Kraftvoll und bestimmt schob sie Marie durch den langen Gang auf den Aufzug zu. Marie stolperte in ihren zierlichen Sandalen, strauchelte, spürte einen stechenden Schmerz im Knöchel und ließ sich dennoch von Mi Li mitzerren.

»Marie, reiß dich zusammen«, herrschte Claude sie an, während der Lift sie in die zweite Etage trug, »ein Grund mehr, dass er sterben muss. Du musst dich jetzt benehmen, als wäre dies nichts Außergewöhnliches, sonst gefährdest du unseren Plan!«

»Können wir ihn nicht heute schon umbringen? Wir haben doch genügend Tabletten gesammelt«, schluchzte Lilille.

»Keine gute Idee. Wir stehen unter Schock, sind anfällig für Fehler. Wir brauchen ein ruhiges Händchen, damit alles wie am Schnürchen läuft«, verwarf Claude Lililles verzweifelten Vorstoß.

»Marie, hörst du mich?«, drängte er.

Marie neigte den Kopf zur Seite, als ob sie angestrengt lauschen würde.

Sie presste ihre Handfläche auf die Glasplatte vor ihrem Büro, humpelte hinein und machte sich eilig daran, aus dem Korb des Lieferservice die erlesenen Köstlichkeiten zu entnehmen, die sie für Mondieu in Auftrag gegeben hatte. Sie füllte Wein in den Dekanter, dekorierte den Tisch mit bordeauxroten Stoffservietten, unterdrückte mit aller Macht den vehementen Würgereiz, der sie befiel, als sie eine Rose köpfte und die Blüte in die Wasserschale fallen ließ, und ordnete die Kaviarhäppchen sternförmig auf einem ovalen Silbertablett an.

Dann verrichtete sie ihre üblichen Tätigkeiten, und als sie kurz davor war, sich mit ihrem Strickzeug in ihren Muschelsessel zu setzen, überlegte sie es sich anders und holte aus der Schublade den Blisterstreifen, in dem sich nur noch zwei Tabletten befanden. Mit zitternden Fingern drückte sie eine Tablette aus der Schutzfolie, schob sie in den Mund und erlag beinahe der fiebrigen Versuchung, sie zu schlucken. Nur der Gedanke daran, dass es vielleicht gerade diese eine Tablette war, die die tödliche Dosis für Mondieu ausmachen würde, hielt sie davon ab, und sie beugte sich geübt über das Wasserglas, um sie aus ihrer Wangenhöhle rutschen zu lassen.

Mit pumpendem Herzen sank sie auf ihren Stuhl und glotzte mit stierem Blick auf die Monitore.

Die Tür zu Zimmer Nummer fünf schwang lautlos auf, und eine in ein Krankenschwesterkostüm gekleidete Frau führte ein etwa fünfjähriges Mädchen in rosafarbenem Rüschenkleid in den Raum. Sie setzte das Mädchen auf das Bett und drapierte die blonden Locken, die mit bunten Schmetterlingsspangen aus dem unglücklichen Gesicht gehalten wurden, um die zarten Schultern und zupfte Kleidchen und Spitzensöckchen zurecht. Ein junger Mann in Trainingshosen und Turnschuhen betrat mit nacktem Oberkörper den Raum, und die Krankenschwester schickte sich an, ihn zu verlassen. Das kleine Mädchen begann herzzerreißend zu weinen und hob in einer anrührend flehenden Geste beide Ärmchen weit ausgestreckt nach oben. Der junge Mann kniete nieder, streichelte mit einer Hand über die blonden Locken, mit der anderen die runden Knie.

Ein gnädiger Schleier senkte sich über Maries Augen, und sie trieb in grauen Schwaden der Blumenwiese hinter der Kate in Lunel entgegen. Dort pflückte sie einen Korb voll wilden Löwenzahns und setzte sich damit auf die goldgelbe Gartenbank vor dem Haus. Sie flocht in einem komplizierten Muster einen Blumenkranz, aus dem die gelben Blüten wie leuchtende Sonnen hervorstachen. Ein kleines Mädchen kam aus der Hütte gelaufen, ein beschlagenes Glas Zitronenlimonade stolz in der Hand schwenkend, und rief: »Marie, sieh nur, ich erreiche schon den Wasserhahn!« Lachend drückte ihr Marie den Blumenkranz aufs Haar. »Nun scheinen hunderte Babysonnen auf dich herab«, freute sich Marie, und das Mädchen drehte sich tanzend im Kreis und hielt sich dabei am Saum ihres Kleidchens fest.

»Er ist da«, zerstörte Claude die träumerische Illusion, und im nächsten Augenblick hörte sie Mondieu in auffallend ernstem Ton sagen: »Wir haben einen neuen Lehrling, weiblich, minderjährig, wie Sie sehen.«

Marie nickte desinteressiert und rollte mit ihrem Stuhl auf den Couchtisch zu.

»Ich habe sie auf Zimmer fünf untergebracht, ihrem Alter entsprechend«, ergänzte er.

Marie reichte ihm den Weinkelch.

»Zu meiner Verteidigung muss ich sagen, dass ich kein fanatischer Anhänger praktizierter Pädophilie bin. Aber die Nachfrage ist enorm, und marktwirtschaftlich gesehen kann ich mich diesem Trend nicht verschließen. Die Konkurrenz schläft nicht, und ich muss mich nach den Kundenbedürfnissen richten, um nicht den Anschluss zu verpassen. In diesem Metier muss man am Puls der Zeit bleiben, um mithalten zu können.«

Marie nickte wissend.

»Wie sich die Dinge entwickeln, werden wir expandieren müssen, Marie. Ich plane, über den Winter vier andere Räume zu adaptieren. Sie sollen der Jugend vorbehalten sein. Ich werde mich auch um ein entsprechendes Design und die passende Ausstattung kümmern. Ich dachte, vielleicht könnten Sie mir dabei mit Rat und Tat zur Seite stehen? Als Mutter und Großmutter haben Sie doch mehr Einfühlungsvermögen dafür, was Kindern gefällt und was sie brauchen, um sich wohlzufühlen. Ich selbst bin von penetranter Nachkommenschaft glücklicherweise verschont geblieben.«

»Natürlich, Monsieur«, pflichtete ihm Marie bei. Sie konzentrierte sich darauf, krampfhaft die aufsteigende Gallensäure entlang der Speiseröhre wieder nach unten in den Magen zu zwingen.

»Na, Ihre Stimme klingt ja heute wieder wie ein eingetrocknetes Reibeisen, Marie. Sie sollten mehr trinken.«

Und genau das tat Marie.

Zum ersten Mal, seit sie voll Hoffnung und Zuversicht in Paris angekommen war, betrank sie sich.

## Neue Ideen

Es dauerte zwei Tage, bis Marie wieder einigermaßen in der Lage war, klar zu denken.

Sie hatte sich unter einem Stiegenaufgang seitlich an der Pont Neuf verkrochen, der in einem miserablen baulichen Zustand war und von dem immer wieder Mauertrümmer abbröckelten. Zusätzlich gab es weder einen Handlauf noch ein Geländer, die die steile Treppe sichern würden, und daher wagten sich kaum Touristen oder betrunkene Landstreicher so tief nach unten, dass sie Marie entdecken konnten. Es war einer der raren Plätze in Paris, an denen sich Marie vor aller Augen, Ohren und Hände geschützt glaubte.

Ohnmächtig vor Wut und Trauer hatte sie stundenlang geweint, konnte das schluchzende Mädchen hören, seine Angst auf der Zunge schmecken. Sie hatte vergessen zu essen und zu trinken und ignorierte Claude und Lilille, die abwechselnd versuchten, sie aus ihrem Schmerz zu reißen und dazu zu bewegen, oben auf der Pont um Wasser zu schnorren.

Die heftigen Wogen ebbten schließlich ab, und Maries Blick klärte sich. In ihrem Inneren spürte sie eine nicht näher greifbare Veränderung; sie konnte nicht beschreiben, worin genau dieser Wandel bestand oder wann er stattgefunden hatte, sie hatte nur eine vage Ahnung davon, dass etwas anders war als sonst. Sie war wegen des Mädchens deprimiert und schwermütig, aber nicht dermaßen am Boden zerstört, dass sie handlungsunfähig geworden wäre. Anders als sonst, wenn sich die dunklen Schatten ihrer bemächtigten, fühlte sie sich kribbelig und ruhelos. Es drängte sie plötzlich, aus dem feuchten Mief des Stiegenaufgangs hinauszustürmen ins Freie und ihr Lächelplakat aufzustellen, nein, den Menschen direkt vors Gesicht zu halten, damit sie ihre Sorgen, ihren Kummer, ihre Schmerzen weglachen konnten.

»Warum nicht?«, bestätigte sie Lilille in ihrem Entschluss, da ihr ein Stein vom Herzen fiel, dass Marie ihrer Trübsal entkommen war und ihre Lebensgeister wieder zurückkehrten.

»Du sagst es«, antwortete Marie und schnüffelte kritisch an ihrem Parka. Er roch nicht nur, er stank, aber was machte das? Dieser ranzige, vergammelte Geruch haftete nunmehr elf Jahre an ihr. Er passte viel besser zu ihr als der blumige Seifenduft aus Mi Lis Tuben und Döschen, der sich ohnehin nach wenigen Stunden auf den Straßen schnell verflüchtigte.

In Gedanken versunken lehnte sie sich an das steinerne Brückengeländer der Pont Neuf und dankte mit einem gespielten Lächeln den Menschen, die eine Münze in ihr Körbchen fallen ließen und ihre Großherzigkeit unter Beweis stellten.

Bestimmt konnte das Mädchen genauso bezaubernd lächeln wie ihr Sohn auf dem Foto. Die Frage war nur, ob sie es nach der Nacht bei Mondieu jemals wieder erlernen würde. Zorn schwappte in Wellen über Marie, zog sich schmierig zurück, um sie umso gewaltiger wieder zu überschwemmen.

Was ihr am meisten zu schaffen machte, war die Tatsache, dass sie diesem Kind nicht helfen konnte, weil sie selbst Mondieus Gutdünken ausgeliefert war, zumindest bis zum nächsten und mit Sicherheit letzten Mal. Auch wollte ihr keine Möglichkeit einfallen, wie sie dieses Mädchen aus seinen oder den Fängen der Kunden befreien konnte.

»Du kannst sie nicht retten, Marie«, versuchte Claude ihr klarzumachen. »Selbst wenn du sie vor Gefahren bewahren könntest, gibt es an ihrer statt Tausende, die du nicht beschützen kannst. Es ist ein Fass ohne Boden.«

»Mit Mondieus Tod hat sie eine Chance, sofern niemand das Etablissement übernimmt«, sagte Marie.

»Das ist ein naiver Kinderglaube, Marie. Wenn es Mondieu und sein Unternehmen nicht mehr gibt, wird sie eben in ein anderes Bordell gebracht. Du hast Mondieu gehört, der Bedarf steigt ins Unermessliche.«

»Da kannst du nichts dagegen tun, Marie«, bestätigte Lilille niedergeschlagen.

»Man müsste dieser erlesenen Klientel, die Mondieu ihr Geld in den Rachen wirft, das Handwerk legen«, stieß Marie heftig hervor.

»Ja, da sind wir alle einer Meinung. Aber du kennst die Berichte aus den Tageszeitungen. Kaum ein Tag vergeht, an dem nicht ein solcher oder ähnlicher Fall ruchbar wird. Diese elenden Ratten sterben nicht aus, nur ihre Methoden werden raffinierter und undurchsichtiger«, führte Claude ihr vor Augen, »und niemand kann ihnen Einhalt gebieten.«

Marie schwieg. In ihrem Kopf überstürzten sich die Gedanken, wirre Bruchstücke, die sie wie ein Puzzle ordnen musste, damit sich daraus ein Bild formte, das auch Sinn ergab.

Claude war hellhörig geworden. »Marie, was ist mit dir? Wo bist du mit deinen Gedanken?«

Auch Lilille versuchte erfolglos, Maries Denkweise zu durchschauen. »Ich kann dich nicht hören, Marie«, zwitscherte sie aufgebracht.

»Ich habe zu tun«, fertigte Marie die beiden unwirsch ab. »Vielleicht könntet ihr euch für ein paar Stunden zurückziehen und mich in Ruhe mir selbst überlassen.«

»Natürlich«, antwortete Claude verblüfft.

»Was hast du vor?«, gab Lilille nicht auf.

Marie antwortete nicht mehr, sie gab sich ihren Überlegungen hin, lächelte zwischendurch freundlich, zog ein paar Straßen weiter, bis sie an der Pont au Change angekommen war und sich am Ende der Brücke so platzierte, dass sie einen ungehinderten Blick auf die Conciergerie mit ihren halbrunden Steintürmen und schmucken Spitzdächern werfen konnte.

Leise murmelnd hörte sie im Hintergrund Claude und Lilille darüber spekulieren, was in ihr vorginge, ob der Schock sie womöglich noch immer beeinträchtige, wie sie nur darauf kam, sich freiwillig zurückzuziehen.

Um sich von dem Geschwätz abzulenken, begann Marie die endlosen Fensterreihen der Conciergerie zu zählen und tauchte ein in ihre Gedankenwelt, die zum ersten Mal nicht einmal annähernd ihren zukünftigen Wohnsitz im südlichen Languedoc-Roussillon streifte.

Sie beschäftigte sich so eindringlich mit ihren Ideen, die langsam konkretere Gestalt annahmen, dass sie den Übergang vom Tag zum Abend und damit den schwindenden Passantenstrom nicht wahrgenommen hatte. Achtlos griff sie nach ihrem Sammelkörbchen am Boden und freute sich über das nicht unerhebliche Gewicht. Die Geschäfte waren ohne ihr Zutun heute so gut gelaufen, dass sie es sich erlauben konnte, bei McDonald's in der Rue de Rivoli zu Abend zu essen. Einen Salat, einen Hamburger und ein Wasser – genau in der Reihenfolge würde sie speisen, bevor sie entlang der breiten Einkaufsstraße bis in Höhe der Pont d'Arcole wandern und bei der Gelegenheit in den Müllcontainern nach Computerzeitschriften stöbern würde.

Die halbe Nacht verbrachte sie lesend und in den Zeitungen blätternd in ihrem Unterschlupf am Quai de Gesvres, eingeklemmt zwischen eine Litfaßsäule und den Stamm einer mächtigen Eiche. Zu beiden Seiten hatte sie sich mit ihrem Koffer und einem sperrigen Karton, der einst einen Fernseher beherbergt hatte, verbarrikadiert. Interessiert und erwartungsvoll suchte sie nach Beschreibungen und aussagekräftigen Abbildungen von Digitalkameras, die vor allem flach und simpel in der Bedienung waren. Es war ein weites und unüberschaubares Feld an Angeboten, doch das war Marie einerlei, ohnehin würde sie sich keine Kamera kaufen können, aber sie wollte in groben Zügen über die Handhabung Bescheid wissen.

Als sie der Schlaf übermannte und sie das afrikanische Tuch, das ihr Aza zu ihrem fünfzigsten Geburtstag geschenkt hatte, sorgsam gefaltet über ihr Gesicht legen wollte, hielt es Lilille nicht länger aus.

»Wozu siehst du dir Digitalkameras an?«, platzte sie vor Neugierde innerlich bebend heraus.

Claude hielt sich vornehm zurück.

»Mondieus Hinrichtung wird um zwei Donnerstage verschoben«, informierte sie Marie kurz angebunden.

»Was? Warum das denn? Was ist los?« und »Was hast du denn vor?« und »Findest du das klug, Marie?« und »Wir sollten darüber alle einmal gemeinsam nachdenken« prasselten auf Marie ein, doch sie genoss die bleierne Schwere, mit der sie in einen traumlosen und deshalb umso erholsameren Schlaf sank.

## Digitale Welt

Der sanft rauschende Dauerregen, der seit den frühen Morgenstunden Paris von seinem Straßenstaub reinwusch, kam für Marie wie gerufen. Besser hätte der Tag nicht beginnen können, fand sie und sah darin ein gutes Vorzeichen für ihre Vorhaben, obwohl ihr kalt war und ihre Klamotten sich feucht und klamm anfühlten. Solange das regnerische Wetter anhielt, würden außenstehende Beobachter, wie Mondieu sie vermutlich in der ganzen Stadt verteilt postiert hatte, nichts Eigenartiges daran finden, dass Obdachlose sich ins Trockene flüchteten, vorzugsweise in Einkaufszentren oder Kaufhäuser, in denen sie sich eine Zeit lang herumtreiben konnten, bis sie hinausgeworfen wurden und sich auf die Suche nach einem neuen Domizil machen mussten.

Marie nahm Kurs auf Les Halles; ein perfekter Ort, um sich unter die Menschenmassen zu mischen oder durch die Röhren der Glastunnel zu schieben und in einem der Hunderten von Geschäften an den feilgebotenen Waren zu laben. Das Forum Les Halles diente auch gleichzeitig als Freizeitzentrum und war eines der größten seiner Art in Paris. Tausende Menschen tummelten sich auf dem riesigen Gelände, und Marie stürzte sich mit Genuss und Vorfreude in das Gewühl.

Sie flanierte von einem Laden zum anderen, schmökerte in Büchern, stibitzte im Vorübergehen einen Apfel von einem Obststand, sah sich nach neuen Turnschuhen um, schämte sich, mit ihren Stinkesocken welche anzuprobieren, bummelte durch einen Outlet-Store und verschwand schließlich in einem gigantischen Elektronikfachmarkt. Die Auswahl war berauschend: Staubsauger, Waschmaschinen, Flachbildfernseher, Computer, elektrische Zahnbürsten, beheizbare Lockenwickler, ferngesteuerte Spielkonsolen, Mobiltelefone, ja sogar Digitalkameras vervollständigten das Sortiment an allen für das heutige Leben unentbehrlichen Geräten, von denen Marie seit Jahren kein einziges mehr besaß.

Sie beschäftigte sich so eingehend mit einer herkömmlichen

Taschenlampe, bis ein pferdegesichtiger Bursche, dessen Namens-schild ihn als Marc und Lehrjungen der Firma auswies, auf sie zukam und mit verlegenem Grinsen sagte: »Stehlen lohnt sich hier nicht. Ist alles elektronisch gesichert.«

»Ich möchte nichts stehlen, mein Junge«, ließ ihn Marie wis-sen, »ich möchte eine Digitalkamera kaufen.«

»Ah ja, und welche?«, erkundigte sich der Junge zweifelnd.

»Tja, wenn ich das wüsste«, seufzte Marie verschämt. »Klein sollte sie sein und flach. Und ganz einfach in der Bedienung, weil ich mich damit überhaupt nicht auskenne.«

Immer noch nicht ganz überzeugt, aber ein wenig verunsi-chert, ob sie nicht vielleicht doch etwas kaufen wollte und er unten auf dem Kassenschein seine Codenummer vermerken und damit Prozentpunkte bei der Geschäftsleitung ergattern könnte, führte er sie zu einem breiten Regal, aus dem er eine silberne Kamera nahm und ihr hinhielt.

»Könnten Sie mir bitte zeigen, wie man damit Fotos macht? Kann man damit auch Videos drehen?« Marie stellte sich unwis-send und ratlos, musste aber unbedingt vor Ort auskundschaften, ob sich eine solche Kamera für ihre Zwecke überhaupt eignen würde. Erst dann konnte sie die weiteren Schritte ihres Plans in Angriff nehmen.

Geschäftig demonstrierte er ihr bereitwillig alle Funktionen. Wie man ein Video drehte, musste er auf Maries Nachfrage drei Mal erklären, er zeigte ihr, wie man Speicherkarte und Akku einsetzte, und sah am Ende Marie erwartungsvoll an. Er tat ihr in seiner Enttäuschung aufrichtig leid, als sie in ihrem Lederbeutel herumnestelte und entschuldigend mit den Schultern zuckte, als sie daraus nicht mehr als ein paar Münzen und einen halben Kaugummi in Stanniolpapier zutage fördern konnte.

Sie streunte noch ein wenig bei den Musik-CDs herum und ergatterte einen Fingerhut voll Kaffee an einem Werbestand für Espressomaschinen. Sie verließ das Geschäft, um sich noch ein wenig im Forum umzusehen und ihre Pseudo-Shopping-Tour durchzuziehen. Soweit sie feststellen konnte, folgte ihr niemand, aber das hatte sie auch beim Vergraben ihrer Flaschen stets ge-dacht. Daher mahnte sie sich weiter zur Vorsicht, war aber sicher, dass die Episode mit der Digitalkamera nicht auffälliger als ihr sonstiges Verhalten war und keinen Anlass zu besonderer Aufmerksamkeit bot. In einem Bistro bat sie um Zettel und Kugelschreiber, beschrieb in zierlichen Buchstaben die erste Seite eines Abrissblocks und steckte diese zu ihrer Kopie des Gartenhauses. In der Haushaltsabteilung eines Hypermarchés erstand sie zu guter Letzt um hart erbetteltes Geld einen schmalen dunkelblauen Kühlakku, wie er in Kühltaschen beim Camping oder in Gefrierschränken zum Einsatz kam.

Als sie den pompösen Innenhof im Freien betrat und auf das Kinderkarussell zuging, bemerkte sie, dass der Regen aufgehört hatte. An der Rolltreppe zur Ausgangsetage fragte sie eine ältere Dame um die exakte Uhrzeit.

Kurz vor Büroschluss, jetzt musste sie sich beeilen.

Keine zwei Minuten nachdem sie auf der Pont d'Arcole neben einer Regenpfütze ihr Lächelplakat aufgestellt hatte, stöckelte ihre Stammkundin, die ehemals junge Schreibkraft aus dem Hôtel de Ville, die im Laufe der Jahre zur Abteilungsleiterin für Seniorenarbeit aufgestiegen war, freudig auf sie zu.

»Du warst aber lange weg, Marie«, sagte sie gespielt vorwurfsvoll. »Da musste ich eine Menge für dich ansparen.« Sie winkte beschwingt mit einem Fünf-Euro-Schein. »Nanu, heute kein Körbchen?«, fragte sie verwundert.

»Nein, leider, Madame, das ist verloren gegangen.« Marie wusste, dass die junge Frau ihr das Geld in die Hand geben würde, sie hatte keine Berührungsängste gegenüber Marie, ekelte sich auch nicht sonderlich vor ihr.

»Macht nichts«, lächelte die Frau, beugte sich nach unten und reichte Marie den Geldschein.

Marie umfing die feingliedrige, kühle Hand mit ihren beiden Händen, drückte sie dankbar, ließ ein Stück Papier in die Handfläche der jungen Frau gleiten und sah ihr dabei geradewegs in die Augen.

Die Frau blickte verwirrt, wollte etwas sagen, erahnte mit ihrem sechsten Sinn Maries verändertes Befinden, nickte kurz und lächelte, während sie ihre Hand aus Maries loser Umklammerung zog. Rasch überquerte sie die Brücke und sah sich nicht mehr um.

»Und nun die Eine-Million-Quizfrage für alle Dummies unter uns«, keifte Lilille, die seit Maries nächtlicher Mitteilung über die Aufschiebung von Mondieus Ermordung zutiefst pikiert war und auch Claude hatte dazu überreden können, mit Marie an diesem Tag kein Wort mehr zu wechseln. »Was stand auf dem Zettel?«

Marie brach in helles Lachen aus.

»Bitte leihen Sie mir eine kleine Digitalkamera. Legen Sie sie das nächste Mal unauffällig in das Körbchen. Ich möchte Tausende Lächeln fotografieren, aber das darf niemand erfahren, sonst wird mir die Kamera gestohlen. Ich danke Ihnen«, gab sie bereitwillig Auskunft.

»Marie, glaubst du wirklich, die macht das?« Claude hielt sich nicht länger an sein Schweigegelübde und musste seiner Empörung über eine solch unfassbare Einfalt Luft machen.

»Ja.« Damit war für Marie die fruchtlose Diskussion beendet.

## Disput unter Freunden

»Du bist nicht fair zu uns, Marie«, eröffnete Claude die Schlacht am späten Abend, als sich Marie zwischen drei Plastikbollern, die zur Absicherung einer Baustelle am Quai de Bourbon dienten, eingerichtet hatte.

»Du planst etwas, von dem wir keine Ahnung haben. Du sprichst nicht mit uns und hast dich irgendwohin zurückgezogen, wo wir dich nicht mehr erreichen können. Warum tust du das?«

Marie sah ein, dass sie den beiden eine Erklärung schuldete.

»Claude, Lilille, ihr seid mir wirklich eine große Stütze, und ich weiß nicht, ob ich ohne euch Mondieu überlebt hätte. Aber was das kleine Mädchen betrifft, sind wir nicht einer Meinung, und ich möchte auch nicht mehr darüber sprechen. Vertraut mir, ich weiß, was ich tue, endlich wieder!«

»Kannst du denn nicht darüber mit uns sprechen, was du vorhast?« Lilille verstand die Welt nicht mehr.

»Nein, das möchte ich nicht. Ich weiß, dass ihr mich davon abhalten würdet, und das darf unter keinen Umständen passieren.« Marie war unerbittlich, sie genoss die neu gewonnene Eigenständigkeit und wollte sie um keinen Preis aufgeben.

»Du kannst sie nicht retten«, urteilte Claude mit ungehaltenem Nachdruck.

»Das weiß ich. Aber wenn jeder so tut, als ob man machtlos gegen diese Verbrecher wäre, als ob es sich nicht lohnen würde, es wenigstens zu versuchen … wenn sich niemand die Hände an den Tränen dieses Mädchens nass machen möchte … welche Hoffnung haben wir dann noch für all unsere Kinder?« Marie war immer lauter geworden, ihre kleinen Finger vibrierten, aber diesmal ohne spastisch zu zucken. Und sie war aufgewühlt, aber auch froh darum, sich für das einsame Kind und gegen ihre Freunde entschieden zu haben.

»Was auch immer du dir hast einfallen lassen, es wird dich das Leben kosten, wenn du auch nur den geringsten Fehler begehst.« Claude konnte seine Niederlage nur schwer hinnehmen, und sein

Tonfall war nun weniger besorgt, vielmehr vermittelte er Distanz und Groll.

»Du bringst auch uns damit in Gefahr.« Lilille hatte ebenfalls kapituliert, sich allerdings schneller damit abgefunden, dass Marie einen Alleingang inszenieren wollte. Sie war verletzt, aber auch Bitterkeit war aus ihrem Satz herauszuhören.

Marie bedauerte diesen Disput, doch sie fand, es war an der Zeit, wieder selbstständig zu denken und danach zu handeln. Auch die Verantwortung dafür zu übernehmen. Auf eigenen Füßen zu stehen. Nicht um Gedankenerlaubnis fragen zu müssen. Nicht auf permanente Hilfe angewiesen sein zu müssen.

Konsequenzen zu tragen.

Selbst wenn die Konsequenzen im Falle ihres Scheiterns ihren Tod bedeuteten.

War sie nicht sowieso schon gestorben, als sie die Hoffnung auf ein Leben unter einem Dach aufgegeben hatte?

Ihr Herz schlug ruhig und regelmäßig, ganz von selbst, ohne Hilfe von Tabletten.

## Vorbereitungen

»Ich möchte, dass Sie mich am Mittwoch für den Nachmittagsdienst im Hôpital de la Charité einteilen. Wäscherei, Bügelstation Ärztekittel.« Marie flüsterte heiser.

Pater François wischte sich über die hohe Stirn.

»Wirst du mich je in Frieden lassen?«, krächzte er gequält.

»Könnten Sie denn das? In Frieden leben unter Gottes alles verzeihendem Auge?«, gab Marie sarkastisch zurück.

»Hör auf damit. Ich werde sehen, was ich tun kann«, gab er klein bei.

»Nein, Sie werden darauf bestehen, dass ich mit von dieser Partie bin«, berichtigte Marie.

Durch die Holzstäbe sah sie ihn resigniert nicken.

Bedachtsam schob Marie die Tür des Beichtstuhls auf und verließ aufrecht gemäßigten Schrittes die Kirche.

Drei Mal wöchentlich beschäftigte das Hôpital de la Charité arbeitslose Männer und Frauen, die unentgeltlich in Schichten Hilfsdienste in Versorgungsabteilungen des Hôpitals versahen. Dafür bekamen sie zu essen und durften übrig gebliebenes Obst oder andere Lebensmittel mitnehmen. Wasser konnten sie trinken, so viel sie wollten, und an den Weihnachts- oder Osterfeiertagen wurden sie mit einem zusätzlichen Stück Hefegebäck beschenkt.

Die Tätigkeiten in der Großküche oder Wäscherei waren zwar körperlich sehr anstrengend, aber für ein paar Stunden durchaus erträglich. Außerdem mussten alle vor Antritt der Arbeit duschen und erhielten saubere Arbeitskleidung. Alleine das seltene Hochgefühl, sich unter heißem Wasser mit echter Seife abschrubben zu können, war die Mühsal wert. Daher war es nicht einfach, in einen Arbeitstrupp aufgenommen zu werden. Die Wartelisten in karitativen Anlaufstellen wie Kirchen oder Sozialämtern waren ellenlang.

Doch Pater François kannte nicht nur alle Tricks der kleinen

Alette, er wusste auch, wie man am Computer in der Warteliste einen Namen löschte und durch einen anderen ersetzte.

Es war der Mittwoch vor besagtem Donnerstag Nummer 80, an dem nach dem ursprünglichen Plan Mondieus Herz aufgrund einer Überdosis von Maries Beruhigungstabletten hätte stillstehen sollen und den Marie aus ihren mittlerweile nicht mehr ganz so redefreudigen Freunden immer noch unbekannten Gründen um zwei Donnerstage verschoben hatte.

Marie saß gemeinsam mit neunundvierzig schwatzenden, stinkenden und hustenden Frauen und Männern in einem lädierten Reisebus, der sie in das Krankenhaus nahe dem Gare du Nord bringen sollte.

So wie sie verlangt hatte, war sie für den Dienst am Nachmittag eingeteilt worden, der von zwei Uhr bis um acht Uhr am Abend dauerte. Danach hatte sie ungefähr zwei Stunden Zeit, um sich unter der Pont Royal auszuruhen, bevor sie von wem auch immer abgeholt wurde, um ihren Arbeitstag bei Mondieu fortzusetzen.

Marie hatte nur selten die Gelegenheit gehabt, im Hôpital zu arbeiten, die wenigen Male war sie in der Großwäscherei untergekommen. Der mit Abstand angenehmste Arbeitsplatz war für sie die Bügelstation für Ärztekittel.

Man saß vor einer komfortablen Bügelmaschine, die einem schmalen, aufklappbaren Schreibtisch glich. Die Innenflächen der Klappen waren beheizt, die Temperatur konnte eigenhändig eingestellt werden. Die blütenweißen Ärztekittel mussten sehr heiß gebügelt werden. Über ein Pedal steuerte man die obere Klappe, die sich anheben und absenken ließ, damit man den Kittel von verschiedenen Seiten einlegen und platt pressen konnte. Anschließend wurde er faltenfrei und steif wie ein Brett an einen Haken gehängt und wurde auf einem Kleiderwagen in Container gerollt.

Viele der Frauen scheuten diese Maschine, da man höllisch aufpassen musste, um nicht versehentlich mit einem Finger oder gar dem Unterarm zwischen die beiden Klappen zu geraten. Dies passierte durchaus des Öfteren, vor allem, wenn man Krägen oder

Ärmelmanschetten exakt einlegen musste, damit sie keine Falten warfen.

Marie saß in erster Linie deshalb so gerne vor dieser Maschine, weil sie daran alleine arbeiten und dabei ungestört ihren Gedanken nachhängen konnte. Sie reimte sich zu jedem Ärztenamen, der meist an der Vorderseite der Brusttaschen eingenäht oder gestempelt war, Geschichten zusammen, und während sie an dem Kittel zerrte und zog und die dampfenden Klappen ihn makellos glätteten, wurden Madame oder Monsieur le Docteur in ihrer Phantasie zum Leben erweckt.

So verging für sie die Zeit wie im Flug, und mit vor Hitze gerötetem Gesicht und mit ein oder zwei verbrannten Striemen auf den Armen stieg sie wieder in den Bus für die Rückfahrt, in dem es nun bei Weitem nicht mehr so penetrant stank.

Auch an diesem Mittwoch saß sie alleine vor der Maschine, neben sich einen voluminösen Gitterkorb, in dem die feuchten, zerknitterten Kittel lagen, die in dieser Schicht abgearbeitet werden mussten.

Ihren Berechnungen zufolge würde der vierzigste Kittel ziemlich genau in ihren akribischen Zeitplan passen. Bei Nummer achtunddreißig erhöhte sich ihr Puls merklich, sie war deshalb nicht besorgt. Es war nur natürlich, dass sie aufgeregt war und ihr Nervensystem darauf entsprechend reagierte.

Der letzte Kittel, den Marie jemals in die Maschine füttern sollte, gehörte einem André de Laval, und sie hoffte, er würde ihr verzeihen, dass sie unter Umständen seinen Mantel beschädigen würde.

Je näher der Moment kam, desto irrwitziger zuckten ihre kleinen Finger, und während sie mit der rechten Hand die Ecken des Kragens auf der dampfenden Fläche akkurat glatt strich, trat sie mit dem linken Fuß energisch auf das Pedal.

In den ersten Sekunden fühlte sie überhaupt nichts, nur der süßliche Geruch verbrannter Haut stach ihr in die Nase. Dampf quoll seitlich aus den Ritzen der Maschine, und sie hob die Klappe wieder an.

Beim Anblick ihres glühend roten Handrückens und der Hautfetzen, die verschrumpelt von der Oberklappe baumelten, wurde ihr übel, und sie begann zu schreien. Lilille kreischte, Claude übergab sich innerlich.

Im Nu war die Vorarbeiterin bei ihr, zog am Not-Aus-Hebel, eine dröhnende Sirene erklang, und mit den Klängen der in regelmäßigen Intervallen wiederkehrenden Tonfolge verlor Marie das Bewusstsein.

Sie kam in der Urgence zu sich, als eine junge Assistenzärztin unter der strengen Aufsicht einer älteren, verhärmt aussehenden Oberschwester ihre Hand mit einer dicken Schicht einer braunen, stechend scharf riechenden Salbe eincremte. In ihrer Armbeuge steckte eine Nadel, durch die eine klare Flüssigkeit lief, die tröpfchenweise in einen Schlauch aus einem Beutel an einem Ständer geleitet wurde.

»Schön! Jetzt sind Sie wieder bei uns. Wie geht es Ihnen?« Besorgt beugte sich die Oberschwester über Marie und wischte ihr mit einem nassen Lappen über das Gesicht. »Sie haben sich ziemlich verbrannt, aber das wird wieder, keine Sorge. Die Narbe wird zwar keinen Schönheitspreis gewinnen, aber erst einmal müssen wir Ihre Schmerzen unter Kontrolle bringen.« Sie klang zuversichtlich, und Marie nickte dankbar.

»Fürs Erste werden Sie verbunden, und wir pumpen Sie auch mit Schmerzmitteln und vorbeugenden Medikamenten gegen die Entzündung voll. In ein paar Tagen kommen Sie wieder, damit wir die Wunde neu versorgen und überprüfen können, ob alles gut verheilt. Halten Sie den Verband sauber. Wir geben Ihnen auch für die ersten Tage schmerzstillende Mittel mit.« Die Oberschwester war, entgegen des ersten, grimmigen Eindrucks, mitfühlend und sanftmütig.

»Ich habe keine Versicherung, die dafür bezahlt«, flüsterte Marie rau.

»Darüber brauchen Sie sich keine Sorgen zu machen. Sie hatten einen Arbeitsunfall, und das Krankenhaus regelt die Formalitäten intern«, beruhigte sie die Ärztin, die einen klobigen Verband um Maries Hand geschlungen hatte.

»Wie spät ist es?« Marie wusste die Fürsorge der beiden Frauen sehr zu schätzen, wollte aber den Bus für die Rückfahrt auf keinen Fall versäumen.

»Halb acht. Wir bringen Sie zu den Umkleidekabinen und zu Ihrem Bus. Sie werden etwas wackelig auf den Beinen sein.« Die Ärztin entfernte die Infusionsnadel, klebte ein Pflaster über den kaum sichtbaren Einstich, und die Oberschwester fasste Marie am Ellbogen, um sie bei ihren ersten Schritten zu stützen.

»Vielen Dank.« Marie fühlte sich tatsächlich schwach, aber nach wenigen Metern konnte sie ohne Hilfe gehen. An der Tür wandte sie sich an die Ärztin, die ihr drei Kapseln zur Schmerzlinderung in die Hand drückte.

»Hätten Sie bitte noch einen zusätzlichen Verband oder eine Mullbinde für mich? Die sind ziemlich teuer und werden auf der Straße sehr schnell schmutzig und unansehnlich.« Marie trug ihre Bitte zurückhaltend und ein wenig verschämt vor.

Die Oberschwester nickte verständnisvoll, griff in eine Verbandsschachtel und holte daraus so viele in Zellophansäckchen eingeschweißte Mullbinden heraus, wie sie in einer Hand unterbringen konnte.

»Sie werden vermutlich mehrere benötigen«, sagte sie freundlich und reichte sie Marie, die plötzlich ein schlechtes Gewissen gegenüber den beiden hilfsbereiten Frauen überfiel, die Sinn und Zweck ihrer Selbstverstümmelung natürlich nicht durchschauen konnten.

Die brennenden Schmerzen kamen im Bus, und Marie schluckte schnell eine der Kapseln; sie hatte nicht vor, unnötig zu leiden, und außerdem musste sie sich um wichtigere Dinge als ihren verkohlten Handrücken kümmern.

Zurück an der Pont Royal zerrte sie aus ihrem Koffer den kleinen Kühlakku, und im Schutze der Dunkelheit und des als Wandschirm dienenden Koffers legte sie ihn über den Verband auf ihrem Handrücken und umwickelte ihn fest mit einer Mullbinde. Jetzt sah der Klumpen erst so richtig hässlich aus.

Der Kühlakku war lauwarm, wo hätte sie ihn schließlich kühlen können, doch sie ging davon aus, dass dies ein Detail wäre, das bei niemandem Anstoß oder Misstrauen erregen würde.

Erschöpft von Nervenanspannung und Strapazen, rollte sie sich auf ihrer Sonnenblumen-Matratze zusammen und döste ein wenig, bis sie in der Nähe der Unterführung zum Quai des Tuileries den knatternden, laufenden Motor eines Wagens hörte.

Marie machte sich auf den Weg dorthin, nicht nur, um ihre Arbeit bei Mondieu zu erledigen, sondern vor allem, um in dieser Nacht den fruchtbaren Boden für ihren perfiden Hinterhalt zu bereiten.

## Feuerprobe

Mi Li warf einen flüchtigen Blick auf Maries unförmigen Verband, betastete argwöhnisch den Kühlakku, und Marie schrie dabei schmerzverzerrt auf. Das kostete sie keine Überwindung oder schauspielerischen Künste, denn die Wunde verursachte ihr trotz der Kapsel schier unerträgliche Qualen.

Die Asiatin bedeutete Marie, sich in einen Sessel zu setzen, und drückte die rote Taste eines Telefons, das dem ähnelte, welches Marie in ihrem Büro zur Verfügung stand.

Augenblicke später stürmte Mondieu in den Kosmetiksalon, schoss auf Marie zu, deutete vorwurfsvoll auf ihre Hand und donnerte: »Was haben Sie darunter versteckt? Eine Bombe? Einen Zeitzünder? Eine Waffe? Planen Sie ein Attentat?«

Marie blieb ruhig.

»Monsieur, ich habe mir heute die Hand verbrannt, und unter dem Verband befindet sich ein Kühlpaket. Es sollte die Schmerzen lindern.«

»Abnehmen!«, befahl er.

»Wer wird mich neu verbinden?«, fragte Marie sorgenvoll.

»Wenn Ihre rührselige, verlogene Geschichte stimmen sollte, werde ich einen Arzt herbeizitieren«, stellte er ungerührt klar.

Marie begann die Mullbinde abzuwickeln, fing den ins Rutschen geratenen Kühlakku mit zusammengepressten Oberschenkeln ab und wartete.

»Weiter, ich will alles sehen!«, forderte Mondieu, während er das Plastikteil aus Maries Schoß nahm und eingehend untersuchte. Ihm fiel nicht auf, dass dieser seine Funktion nicht erfüllen konnte, da er warm war, denn ein Kühlakku war ein Kühlakku war ein Kühlakku …

Marie löste den Verband Schicht für Schicht, bis sie bei einem alubeschichteten Gazestreifen angekommen war, der in dem fettigen Salbenbett lag.

»Weg damit«, ordnete Mondieu an, und mit zusammengebissenen Zähnen zog Marie den Streifen ab.

Darunter kam rohes Fleisch zum Vorschein, das an den Rändern von schwarz verkohlten Hautkrümeln eingesäumt war. Ein Schwall verfaulten Geruchs stieg von Maries Hand auf. Ihre Augen tränten.

Mondieu war mit angewidertem Blick einen Schritt zurückgetreten, und ein harsches »Wie abscheulich!« brachte er gerade würgend über die Lippen, bevor er sich ruckartig abwandte und fluchtartig den Raum verließ.

Abwartend blieb Marie in ihrem Stuhl sitzen, und es dauerte nicht lange, bis ein weißhaariger, alter Arzt erschien, der Marie vom Sehen bekannt vorkam. Sie wollte lieber nicht darüber nachdenken, wo genau ihr dieses Gesicht schon untergekommen sein konnte.

Der Arzt kleisterte die Wunde wieder mit Salbe zu, legte Gazestreifen und Verband mit zitternden, von Arthritis gekrümmten Fingern an, packte darauf erneut den Kühlakku und fixierte ihn mit einer frischen Mullbinde, die er aus seiner abgewetzten Arzttasche hervorzog.

»Sie sollten den Verband fachmännisch erneuern lassen, um eine zusätzliche Infektion zu verhindern. Es wird sicher zwei, drei Wochen dauern, bis sie ihn los sind. Wenn es Ihnen möglich ist, tauschen Sie auch die Kühlpackung des Öfteren, sie hilft, die Schmerzen zu mildern.«

Marie hätte den alten Mann vor Erleichterung umarmen können, er spielte ihr so wunderbar in die Hand, dass sie es sich nicht besser hätte wünschen können.

Mi Lis Gesichtsausdruck hatte von Argwohn zu Mitleid gewechselt. Auch das passte ganz hervorragend.

Der Arzt ließ sie allein, und schweigend begann Mi Li mit Maries Verwandlung von einer schäbigen Vagabundin zu einer aparten Empfangsdame.

In ihrem Büro saß Mondieu auf der Couch und hatte achtlos die Delikatessen samt Korb auf den Tisch gestellt, die bauchigen Weinkelche allerdings fast bis zum Rand gefüllt, sodass sich nur noch ein kleiner Rest in der Flasche befand.

Sein solariumgebräunter Teint war mit einem Hauch von

bleichem Grünschimmer übertüncht, aber ansonsten schien er durch den Anblick von Maries zerfleischter Hand keinen Schaden davongetragen zu haben.

»Ich habe die Monitore schon eingeschaltet«, gab er sich hilfsbereit, nicht ohne jedoch einen leichten Tadel in seiner Stimme mitschwingen zu lassen.

»Sehr aufmerksam, vielen Dank, Monsieur.« Marie wusste genau, welche Antworten er hören wollte und welche ihr Schwierigkeiten bereiten konnten.

»Sie werden Ihrer Arbeit anstandslos nachgehen können und nicht durch diese leidige Geschichte beeinträchtigt sein?«

»Selbstverständlich, Monsieur, wäre ich sonst hier?« Die Zweideutigkeit hinter Maries Frage entging ihm, Claude allerdings konnte sich die Warnung »Treib es nicht zu weit, Marie!« nicht verkneifen.

Mondieu nickte zufrieden. »Sehr gut. Setzen Sie sich und trinken Sie einen Schluck auf diesen Unfall. Wenigstens riecht Ihre Hand jetzt nicht mehr wie eine verweste Kanalratte.«

»Das tut mir leid, Monsieur«, sagte Marie schuldbewusst.

»Tun Sie mir den Gefallen und lassen Sie sie so lange eingebunden, bis alles vollständig verheilt ist. Der Anblick und Gestank ist ja eine Zumutung, nicht nur für mich, auch für Mi Li und alle anderen. Der Arzt ist ohnehin der Meinung, dass Sie dieses unappetitliche Verbandzeug mindestens drei, wenn nicht gar vier Wochen tragen sollten.« Mondieu hatte vorsichtshalber die Anordnungen des alten Arztes um eine Woche verlängert.

Marie nickte beflissen, nichts anderes hatte sie mit diesem schmerzhaften Winkelzug beabsichtigt.

»Unsere minderjährige Praktikantin wird heute nicht erscheinen. Sie ist aber rekonvaleszent, wie ich hörte«, brachte Mondieu sie auf den neuesten Stand des beginnenden Arbeitstages.

Marie blinzelte aufsteigende Tränen standhaft zurück, und stumm flog ihr Blick über die Monitore. In Nummer fünf bereiteten sich gerade drei spindeldürre Mädchen auf ihren Einsatz vor und zwängten ihre klapprigen Körper in dunkelblaue Faltenröcke und weiße Blusen, die um mindestens zwei Kleidergrößen zu klein geschnitten waren.

»Ein dürftiger Ersatz, ich weiß«, deutete Mondieu ihren Blick völlig falsch, »aber für die paar Stunden muss es reichen. Sie werden ihr Bestes geben, das haben sie mir versprochen«, sagte er und zeigte mit dem Kinn in Richtung des fünften Monitors.

Marie nickte und fischte aus dem Korb ein Brötchen, das mit Schinken und herzförmigen Tomaten belegt war.

»Greifen Sie zu«, ermunterte er sie, »ich möchte nicht, dass Sie hier noch einmal zusammenbrechen. Haben Sie Ihre Herztablette heute schon genommen?«

»Ich hatte keine Zeit dazu«, antwortete Marie kauend.

Er klatschte zwei Mal schallend in die Hände.

»Rasch, rasch, Marie, schlucken Sie alles, was wir Ihnen zu bieten haben. Hauptsache, Sie bleiben auf Ihrem Posten.«

Sie tat, was er ihr aufgetragen hatte – bis auf die Kleinigkeit, nicht zu schlucken –, und brachte sich danach unverzüglich in Position vor den Bildschirmen, und Sekunden später war sie im Languedoc-Roussillon, wo sie sich für die heutige Nacht unaufschiebbare Ausbesserungsarbeiten am löchrigen Maschendrahtzaun vorgenommen hatte.

Mondieu war heute weder nach Selbstbeweihräucherung noch nach Small Talk, er leerte in ausgiebigen Zügen sein Glas und verließ grußlos das Büro.

Er hatte gesehen, was er sehen wollte: Marie, die stupide, gehorsam und gewissenhaft wie eh und je trotz der rasenden Schmerzen widerspruchslos seine Befehle ausführte.

## Geduld

Die nächsten zwei Wochen verbrachte Marie in einem Zustand, der zwischen Hyperaktivität und Apathie lag.

Gepeinigt von unvorstellbaren Schmerzen und dem inneren Trieb, ihren Standort ununterbrochen zu wechseln, um etwaige Beobachter zu verwirren, zog sie ruhelos von einer Brücke zur anderen, grub ihre Flaschen aus und wieder ein und vertrieb sich andererseits die Zeit damit, sich stundenlang auf Bänken auszuruhen, um dem geschäftigen Treiben des Pariser Innenlebens zuzusehen.

Zweimal konnte sie Pater François dazu überreden, Schmerzmittel für sie im Gesangsbuch zu hinterlegen. Keinesfalls wollte sie sich im Hôpital versorgen lassen, der unsinnige Coup mit einem warmen Kühlteil wäre sofort aufgeflogen und hätte ihr Vorhaben zunichtegemacht.

Die schlaflosen Nächte verbrachte sie damit, sich selbst und auch Claude und Lilille Geschichten aus ihrem Leben zu erzählen, an die sie sich seit ewigen Zeiten nicht mehr hatte erinnern können.

Ihre Beziehung zu den beiden war merklich abgekühlt, wenn auch nicht hoffnungslos verfahren.

Claude und Lilille hatten ihr in der Zwischenzeit meist den Rücken gekehrt, weil sie Maries Gedankengängen und ihren Taten nicht mehr folgen konnten. Sie wussten nicht, was in Maries Kopf vorging, hatten keine Ahnung von dem großen Ganzen, das Marie so sehr in Anspruch nahm, dass sie sich von ihnen abgewandt hatte.

Während Lilille still vor sich hin weinte und gekränkt ihre von Marie zugefügten Wunden leckte, analysierte Claude jeden Handgriff, den Marie tat, nur um frustriert festzustellen, dass er mit seinen Mutmaßungen völlig danebenlag, weil Marie nie so reagierte, wie er es erwartet hätte.

Dass Marie sich unabhängig machen wollte, konnte er verstehen. Sie wurde eben flügge und musste ihre eigenen Erfahrungen machen. Was ihm ernsthafte Sorgen bereitete, war die Überlegung, ob Marie imstande sein würde, letztlich Mondieu so zu töten, wie sie es besprochen hatten, oder ob sie durch die eigenmächtige Planänderung Ziele verfolgte, die außer Kontrolle geraten könnten. Sollte dies der Fall sein, könnten weder er noch Lilille helfend eingreifen, da sie über Maries Vorstellungen im Dunkeln tappten. Und wie es aussah, hatte Marie nicht vor, sie einzuweihen.

Sollte sie es sich anders überlegen, wäre er gesprächsbereit. Zu schmollen wie Lilille kam ihm nicht in den Sinn, darin sah er keine konstruktive Zusammenarbeit, obwohl Marie sie mit ihrem Benehmen sehr verletzt hatte – nach allem, was sie für sie getan hatten.

Nur mehr selten richtete Marie das Wort an sie, außer wenn sie nachts Geschichten erzählte, die in Wahrheit niemanden interessierten. Lilille konnte dabei wenigstens herrlich einschlafen, aber Claude konnte nicht abschalten, und so musste er Marie gezwungenermaßen zuhören, obwohl ihn Aufstieg und Fall der abgehobenen Schönheitsklinik in St. Tropez tödlich langweilten.

Die ziellose Route, die Marie in diesen Tagen rund um ihre Brücken zurücklegte, rang ihm allerdings Respekt ab. An der Pont de Grenelle zum Beispiel hatte er nur ein sekundenlanges Nickerchen gemacht, und als er sich das nächste Mal umblickte, saßen sie bereits am Champs de Mars im Schatten einer ausladenden Linde. Entweder war Marie geflogen, oder sie nutzte sämtliche Abkürzungen und Schleichwege, die sie in ihrem Pariser Leben jemals kennengelernt hatte.

Fünf Tage vor dem nächsten und nach Claudes Rechnung vorletzten Donnerstag wanderte Marie am frühen Nachmittag zielstrebig entlang des Quai aux Fleurs, um sich in der Mitte der Pont d'Arcole auf eine der doppelseitigen Rastbänke niederzulassen und ihr Lächelplakat samt auf wundersame Weise wiederaufgetauchtem Sammelkörbchen zu ihren Füßen zu arrangieren.

Die junge Abteilungsleiterin des Hôtel de Ville tauchte nicht auf, und gegen Mitternacht gab Marie, geschwächt von Schmerzen und Hunger, auf. Auch am nächsten und übernächsten Tag kam sie nicht, und Marie wurde sichtlich nervöser und gereizt. Für einen solchen Fall hatte sie keinen Plan B. Sie beschloss, einen letzten verzweifelten Versuch zu wagen, und harrte angespannt und verunsichert an eine Straßenlaterne gelehnt aus. Das freundliche Lächeln für spendable Passanten war ihr vergangen, die Ausbeute daher gering.

Marie hatte die Hoffnung endgültig aufgegeben und Claudes schadenfrohes »Hätte mich auch sehr gewundert« widerwillig, aber tapfer geschluckt, als sie die junge Frau von Weitem vorne an der grünen Fußgängerampel entdeckte, wie sie über den Brückenzugang hetzte. Je näher sie kam, desto deutlicher erkannte Marie einen mit reifen Orangen bedruckten Saftkarton in der Hand der Frau, aus dem sie gelegentlich im Gehen einen Schluck trank. Als sie endlich vor Marie stand, warf sie einige Münzen in das Körbchen am Boden, und Marie setzte der Herzschlag für einen Moment aus.

»Marie, was ist mit deiner Hand geschehen?«, fragte sie anteilnehmend.

»Verbrannt.«

»Du siehst mitgenommen aus. Hast du Hunger oder Durst?«

Verwundert nickte Marie.

»Möchtest du etwas Saft von mir haben, die Packung ist noch halb voll?«, bot ihr die junge Frau an.

Marie schüttelte entschieden den Kopf.

»Wirklich, Marie, du kannst ihn gerne haben, ich schenke ihn dir«, ließ sich die junge Frau nicht von ihrer mildtätigen Geste abbringen und stellte den Karton auf den Boden neben Maries Füße.

»Bis bald«, winkte sie munter im Gehen.

Maries Knie gaben nach, und sie setzte sich mutlos auf den Boden. Aus den Augenwinkeln sah sie die nach vorne gekippte Lasche des Saftkartons, aus dem die junge Frau getrunken hatte, und sie hob den Tetra Pak an, um ihre Enttäuschung mit Orangensaft hinunterzuspülen. Sofort fühlte sie, dass in der Packung keine Flüssigkeit enthalten war, sondern dass ein sperriger Gegenstand an die Kartonwände stieß. Sie schloss erlöst die Augen, führte den Karton zum Mund, um die begonnene Scharade zu

Ende zu bringen. Dann packte sie den Saftkarton wie ein rohes Ei zwischen Lumpen und Luftmatratze in ihren Koffer und rollte ihn unendlich vorsichtig den weiten Weg zurück bis zu ihrem sicheren Versteck am Rande der Kanalschächte an der Pont de l'Alma.

Dort blieb sie auch die nächsten zwei Tage und übte allerlei Handgriffe an der kleinen, flachen, einfach perfekten Kamera. Sie drehte Videoaufnahmen aus der Nähe und Ferne, speicherte, löschte, probierte unterschiedlichste Lichtverhältnisse und Entfernungen und änderte für sie besonders wichtige Grundeinstellungen direkt am Gerät. Die verbundene Hand erschwerte ihre Fingerübungen, und so gab sie nicht auf, bis sie blind die Kamera einschalten und die Videofunktion aktivieren konnte.

Als sie zwei Stunden vor Mitternacht von einem Obst- und Gemüsetransporter abgeholt wurde, war der Kühlakku auf ihrem verwundeten Handrücken Geschichte.

An seiner Stelle lag die Kamera sicher eingebettet zwischen Verband und Mullbinde.

# Nervenkrieg

Mi Li würdigte die verletzte Hand keines Blickes, rief auch nicht Mondieu zu Hilfe, sondern schien eher ungehalten darüber zu sein, da sich der Verband beim Baden, Maniküren und Ankleiden als äußerst hinderlich erwies.

In ihrem Büro ging Marie wie gewohnt mit einem Pochen in den Schläfen ihren Tätigkeiten nach und war stolz darauf, auch ohne Claudes und Lililles Anweisungen problemlos zurechtzukommen. Die Bewährungsprobe in Gestalt von Mondieu stand ihr allerdings noch bevor.

Er ließ nicht lange auf sich warten, und jovial begrüßte er sie überschwänglich: »Marie, wie rücksichtsvoll von Ihnen, mir heute den unerträglichen Anblick und infernalischen Gestank Ihrer Brandwunde zu ersparen!«

Marie lächelte. Dass er selbst vor zwei Wochen den Anblick herausgefordert hatte, spielte keine Rolle – sie war schuld an seinen Unpässlichkeiten.

Sie zog die Küchenschublade auf und entnahm die beiden leeren Blisterstreifen, um sie ihm wortlos neben sein Weinglas zu legen.

»Leer?«, fragte er unnötigerweise. »Wie schnell die Zeit vergeht! Benötigen Sie noch welche?«

»Wenn es möglich wäre«, sagte Marie unverbindlich.

»Können Sie sich irgendetwas auf der Welt vorstellen, das für mich unmöglich wäre? Nach allem, was Sie unter meinen Fittichen gelernt und hier in Fleisch und Blut gesehen habe?«

»Nein, Monsieur«, fiel Marie scheu in sein selbstgefälliges Lachen ein.

»Na, sehen Sie! Natürlich bekommen Sie Ihre Tabletten, aber erst das nächste Mal. Ich möchte heute nicht schon wieder einen Arzt extra für Sie bemühen müssen.«

»Selbstverständlich, Monsieur.«

»Kommen Sie, genießen Sie mit mir den Abend. Die Nacht ist noch jung, und ich habe heute viel vor.« Er rieb sich beschwingt die Hände und stürzte sich auf die Vorlegeplatte mit den Horsd'œuvres.

Mit offenem Mund, aus dem ihm der Schwanz einer eingelegten Sardelle hing, quasselte er über seine arbeitsintensive Nacht.

»Ich muss mich heute höchstpersönlich um einen ganz besonderen Gast kümmern. Ein einflussreicher Abgesandter des russischen Präsidenten hat sich vorstellig gemacht und Zimmer Nummer fünf für die nächsten zwei Jahre gebucht. Mit dem Aufpreis, den ich ihm für diese Exklusivrechte abgeknöpft habe, werde ich eine Tochterfirma gründen. Treffender Name, nicht wahr?«, kicherte er ausgelassen.

Marie lächelte stoisch.

»Was meinen Sie zu einer gediegenen Anlage in der Nähe des Parc des Chanteraines? Gute Verkehrsanbindung, nicht direkt im Zentrum, aber doch nahe genug an der Stadt, viel Grün, ein schöner Teich … wir könnten auch einen Spielplatz für die Kinder errichten, einen hypermodernen, Sie wissen schon, einen Abenteuerpark, das ist doch heute so in?«

Marie nickte begeistert und lobte seine kranken Ideen.

»Das wäre sicher einzigartig, Monsieur.«

»Das will ich wohl meinen. Und wissen Sie, was das Einzigartige überhaupt in meinem Leben sein wird?« Er zwinkerte ihr albern zu.

»Ich ernenne eine verlauste Gammlerin zu meiner Geschäftsführerin im Kinderparadies!« Er riss beide Arme in die Höhe, als wollte er sie segnen.

»Monsieur Mondieu!«, rief Marie freudig erregt aus.

»Mon Dieu! Sie sagen es!« Er war beinahe außer sich vor Bewunderung seiner Genialität. »So, meine Liebe«, fuhr er fort, »machen Sie sich einmal mit dem Gedanken vertraut, statt Straßendreck Babybrei zu schlucken. Ich muss mich sputen. Wir sehen uns in zwei Wochen. Hoffentlich denke ich an Ihre Tabletten.«

Vor Wonne glucksend verließ er den Raum.


Marie räumte auf und wusch Teller und Gläser ab, was mit ihrer Kamerahand ein ziemlich aufwendiges und langwieriges Unterfangen darstellte.

Sie konnte das Unvermeidliche nicht länger aufschieben und

zog sich auf die Toilette zurück. Sie legte ihre Hände in den Schoß und beugte sich leicht darüber. Auch wenn die Kontrollkamera in der Deckenleuchte sie im Visier haben sollte, konnte man von oben nicht erkennen, was sie tat. Sie lockerte flink die Mullbinde gerade so weit, dass die Kameralinse zwischen den weißen Baumwollfasern hervorlugte, schaltete sie ein und aktivierte den Videomodus. Dann erst verrichtete sie ihre Notdurft, verließ die Toilette und setzte sich auf ihren Muschelsessel.

Tunlichst darauf achtend, dass sie ihre verletzte Hand nicht einen Augenblick lang nach oben drehte, verschränkte sie ihre Arme locker vor der Brust, umfasste ihre Oberarme oder legte die Hände in den Schoß. Sie wechselte ihre Sitzposition in langen Abständen, und von Zeit zu Zeit stand sie auf, ging dicht zu den Monitoren, als ob sie das Geschehen genauer betrachten wollte, rieb sich dabei ausgiebig mit der verbundenen Hand die Stirn, legte sie an den Hals oder auf die Lippen, ließ sie wieder hängen und kehrte zu ihrem Stuhl zurück.

All diese Manöver waren nichts Außergewöhnliches, nur einfache, natürliche Gesten, wie sie jeder Mensch unbewusst ausführte, wenn er mit seinen Händen nichts zu tun hatte. Marie musste sich mit aller Kraft zurückhalten, um nicht zu übertreiben, daher griff sie auch zur Abwechslung in ihren Strickkorb, nur um die Handarbeit wegen Erfolglosigkeit wieder zurückzulegen.

Marie hatte ihre Aufmerksamkeit vollständig auf ihre Handbewegungen gerichtet, und diese absolute Konzentration darauf hatte ihr geholfen, durch die Bildschirme hindurchzusehen. Nur so war es ihr gelungen, die abscheulichen Gewalttaten auch heute auszublenden und von ihrem Bewusstsein fernzuhalten. Niemandem wäre damit geholfen, wenn ihre Nerven versagten, weil sie die Bilder nicht ertragen konnte.

Inständig hoffte sie, dass die Aufnahmen, die sie gemacht hatte, brauchbar waren, dass man die Männer und Frauen darauf erkennen konnte, und dass ihr Radius ausreichend gewesen war, um alle Monitore einzufangen. Wenn nicht, hatte sie sich die Wunde umsonst zugefügt. Aber was waren schon drei Wochen Schmerzen und eine Brandnarbe gegen das Leid der Kinder.

Sie rechnete allerdings auch damit, dass ihr Mondieu jeden

Augenblick auf die Schliche kommen könnte, doch sie empfand nicht den geringsten Anflug von Furcht. Er würde sie auf der Stelle liquidieren lassen, aber das Thema hatte sie durch.

Als die ersten grünen Lichtstreifen das nahende Ende dieses Tages ankündigten, ging sie erneut in den Toilettenraum hinter den Vorhängen und zupfte die Mullbinde über der Kamera wieder sorgfältig zurecht.

Beim Check-out beachtete Mi Li sie kaum, es war auch für sie ein langer Tag gewesen, sie war müde und wollte nach Hause.

Zusammengekauert in ihren übel riechenden Klamotten lag sie im Laderaum des Lieferwagens zwischen leeren Obst- und Gemüsekisten und fauligen Salatblättern und starrte mit offenen Augen in die undurchdringliche Finsternis.

»Ich glaube es nicht«, hauchte Lilille ehrfürchtig.

»Der absolute Wahnsinn«, bestätigte Claude respektvoll.

## Abschiede

Etwa zwei Stunden nach Mitternacht kehrte sie in die verborgene Mauerhöhle an der Pont de l'Alma zurück, ausgelaugt und todmüde, aber glücklich.

»Wann bringen wir die Kamera zur Polizei?« Lilille konnte es nicht erwarten, in Aktion zu treten.

»Gar nicht.«

»Du willst sie behalten?« Claude war konsterniert, er konnte sich nicht vorstellen, was Marie mit der Kamera nun anfangen wollte, außer sie der Polizei zu übergeben. »Willst du Mondieu damit erpressen? Das wäre dein sicheres Todesurteil«, entrüstete er sich.

»Was soll ich der Polizei sagen, wenn sie mich nach der Adresse des Gebäudes fragen?« Marie musste innerlich grinsen, das wortlose Seufzen der beiden bestätigte ihre Ratlosigkeit.

»Und nein, ich will Mondieu nicht erpressen, ich will ihn töten«, stellte sie ihre Absichten klar. »Stört mich jetzt bitte nicht weiter, ihr hindert mich am Nachdenken«, forderte sie bestimmt und begrub damit Claudes und Lililles hauchfeinen Hoffnungsschimmer auf ein Aufflammen der verschütteten, einst so intimen Freundschaft.

Marie entwirrte die Mullbinde und nahm die Kamera liebevoll in beide Hände. Einen Schreckensmoment lang war sie sich sicher, dass sie die Kamera überhaupt nicht eingeschaltet hatte, dass die Batterien leer gewesen waren oder ein anderer technischer Defekt …

Mit bläulichem Licht und leisem Surren erwachte das rechteckige Display zum Leben, und nachdem Marie mit der Fingerkuppe leicht auf einen roten, nach rechts gerichteten Pfeil getippt hatte, begann der Film abzulaufen.

Die Aufnahmen waren verwackelt, manchmal unscharf, ruckelten abgehackt von einem Bild zum nächsten, während Marie ihre Hand bewegt hatte, erstrahlten oft zu hell, um gleich darauf in kurzzeitiger Schwärze zu verschwinden, oder zeigten überdimensionale Ausschnitte der dunklen Monitorrahmen. Die

Kamera hatte ihre Einstellungen im Automatikmodus selbstständig geändert, hatte je nach Entfernung Zoom oder Belichtung nach eigenen Regeln justiert.

All diese Makel konnten aber nicht über Dramaturgie und Darsteller hinwegtäuschen; eindeutig waren mit diesem Film nicht nur Handlungsabläufe dokumentiert, auch die ausführenden Protagonisten waren zweifelsfrei zu identifizieren. Der russische Abgesandte zum Beispiel oder der Sekretär aus dem Vatikan, auch die beiden alternden Schauspielerinnen, beide mehrfache Oscar-Preisträgerinnen, wie Lilille wusste. Vor allem aber das kleine Mädchen, dessen Haarspangen in den zerzausten Locken verrutscht waren. Ein weißes Söckchen hatte es verloren.

Marie vergoss keine Tränen mehr, sie jammerte oder klagte nicht, verfiel auch nicht in Elend und Kummer. Die Flammen ihres Zorns hatten an neuer Nahrung geleckt und loderten mit frischer Energie auf. Die Genugtuung, im Besitz dieses Beweismaterials zu sein, verhalf ihr zu einem absoluten Hochgefühl.

»Deine Bemühungen sind trotzdem nur ein Tropfen auf dem heißen Stein«, fühlte sich Claude bemüßigt, Marie in ihrem Höhenflug zu bremsen.

»Oder der Tropfen, der das Fass zum Überlaufen bringt«, versetzte Marie gehässig, »und jetzt lass mich endlich in Ruhe! Wenn ich auf euch gehört hätte, wären mir diese Aufnahmen niemals gelungen.«

Marie zog die Speicherkarte aus der Kamera, legte sie in die gebeugte Handfläche ihrer verbundenen Hand und fixierte sie mit einer frischen Mullbinde, von denen sie zwei aus dem großzügigen Fundus der Oberschwester aufgespart hatte. Sie würde damit gerade noch zwei Wochen auskommen, danach würde sie sie nicht mehr benötigen. Überlebend nicht und tot schon gar nicht.

Die Kamera verpackte sie in mehrere Plastiktüten und legte sie sorgsam wieder in den Orangensaftkarton.

Sie bereitete ihr Matratzenlager vor, kuschelte sich in das muffige Zierkissen und schaukelte sich in friedliche Träume, in denen sie von ihrem Leben in Paris Abschied nahm.

Claudes Rat, sich von allem Liebgewonnenen zu verabschieden, erschien ihr nach dem geruhsamen Schlaf und im Lichte des zwar sonnigen, doch schon herbstlich kühlen Morgens nicht mehr so abwegig, wie sie ihn vor wenigen Wochen verächtlich abgetan hatte. In Gedanken ging sie Brücken, Plätze und Menschen durch, die sie ein letztes Mal besuchen wollte, und fand die Idee plötzlich reizvoll und gleichzeitig beruhigend. Auf diese stilvolle Weise würde sie ihre letzten zwei Wochen in Paris verbringen, die Zeit bis zu Mondieus Todestag sinnvoll gestalten.

Sie war sich im Klaren darüber, dass sie in zwei Wochen auf die eine oder andere Art Paris verlassen würde: Entweder im Zug nach Nîmes oder in einem schwarzen Leichensack, getragen von Mondieus Killern.

In diesem Bewusstsein verließ sie ihr Schlupfloch und begann ihre letzte Runde bei Taya, der Toilettenfrau in der Metrostation Alma-Marceau. Sie folgte dem unausgesprochenen Ritual, Taya ein Eurostück anzubieten, um sich in den Kabinen notdürftig säubern zu können. Taya hatte aufgehört, ihre melodischen Rhythmen zu summen, als Marie aus der Kabine trat, den Blick prüfend auf sie geheftet.

»Mädchen, der Wind dreht sich«, brummte sie mit ihrer verrauchten Stimme, nickte bedächtig und nahm ihre Melodie wieder auf.

Marie ließ sich Zeit und schlenderte gemächlich weiter über die Passerelle Debilly zur Pont d'Iéna, wo sie an beiden Brückenenden jeweils eine Flasche unter den Büschen und Hecken ausgrub. Um keine unerwünschten Zuschauer anzulocken, verwendete sie als Schalldämpfer ihre gefaltete Luftmatratze, zerschlug die Flaschen darunter mit einem Pflasterstein und stopfte die eingerollten Geldscheine achtlos in die Tiefen ihrer fleckigen Cargohose. Bis zur Pont de Bir-Hakeim war es nicht mehr weit, und sie wollte Aza auf ein gemütliches Schwätzchen besuchen. Aza freute sich sehr darüber, denn seit Maries überstürzter Flucht vor bald zwei Jahren hatten sie einander nicht mehr gesehen. Auch Aza entging Maries gerade Haltung, das Glänzen in den Augen und die endlich wieder klare Sprache nicht. Die Veränderung erschien Aza seltsam, aber positiv, und sie hatte eine unbestimmte Vorahnung, dass sie Marie nicht mehr wiedersehen würde. Marie ihrerseits nutzte Azas Toilette, um die Geldscheine ordentlich zu falten und zwischen zwei Lagen zerschlissener Shirts in ihrem Koffer zu verstauen, bevor sie sich von Aza ganz gegen ihre Gewohnheit mit einer festen Umarmung verabschiedete.

Auch mit allen weiteren Flaschen und Geldscheinen verfuhr sie gleich und zog nach einigen Stunden über dreißigtausend Euro hinter sich her.

An der Pont Saint-Michel konnte sie ihre Flasche nicht mehr finden, dafür glänzte an der Stelle, an der vor einigen Tagen ein kleines Bäumchen einen schmalen Rasenstreifen säumte, ein nagelneuer silberner Hydrant. Der Verlust war ihr kein bisschen an Aufregung wert, sie konnte ihn verschmerzen.

Nach drei Tagen war sie an der Pont d'Arcole angelangt und bereitete sich auf den Abschied von der Frau vor, die ohne es zu wissen daran beteiligt war, entweder Kinderleben zu retten oder Maries Leben auszulöschen. Der Orangensaftkarton lag umgekippt neben ihren Füßen und schützte nicht nur die Kamera, sondern auch einen kurzen Brief vor allzu neugierigen Blicken. Marie hatte eine Nachricht hinterlassen.

»Madame, ich danke Ihnen. Leider wurde die Speicherkarte gestohlen, bitte verzeihen Sie. Marie.«

Marie ging davon aus, dass die junge Frau deswegen keinen Aufstand machen würde, wahrscheinlich hatte sie die Kamera längst abgeschrieben und rechnete nicht einmal mehr damit, dass Marie sie zurückgeben würde.

Die Übergabe des Kartons erwies sich als ein wenig umständlich und kompliziert, denn die junge Frau wollte die Kamera nicht zurücknehmen, sie hatte sie als Geschenk für Marie gedacht. Schließlich würde ja sie selbst sich an frischen, neuen Lächel-Bildern erfreuen, meinte sie lachend und bot Marie außerdem an, Fotos für sie entwickeln oder auch vergrößern zu lassen. Marie war gerührt, konnte und wollte aber dieses Geschenk nicht annehmen. Um mit der jungen Frau kein Aufsehen zu erregen, dankte sie ihr schließlich und ließ den Karton im Schutze der Finsternis Stunden später unter Seelenqualen über das niedrige Brückengeländer in die alles verschlingende Seine fallen.

Marie setzte danach ihren Weg fort bis zur Pont d'Austerlitz, wo sie sich ein letztes Mal in der Metrostation von dem jungen Mann mit der Knollennase, inzwischen aber ohne Akne und nicht mehr übergewichtig, mit einem angebissenen Pain au chocolat und einer halb vollen Wasserflasche verwöhnen ließ.

Zu diesem Zeitpunkt waren zwischen den T-Shirts in ihrem Koffer vierundsechzigtausend Euro gebunkert, aber das zusätzliche Gewicht war beim Rollen des Koffers kaum zu spüren. Papier war federleicht.

Claude und Lilille verfolgten Maries Sinneswandel mit wachsender Besorgnis, und Claude verlor als Erster die Kontrolle.

»Du bist nicht ganz bei Trost, Marie. Du setzt alles aufs Spiel«, rebellierte er gegen ihr irrwitziges Verhalten.

»Macht euch keine Sorgen«, hielt Marie lässig dagegen.

Ihre vorletzte Station erledigte sie an der Pont Marie und spürte einen leisen Anflug von Sentimentalität in sich aufsteigen. Diese Brücke war in den allerersten Tagen auf der Straße ihr Licht am Ende des Tunnels gewesen, ihre Namensvetterin, ihr seidener Faden, der sie mit ihrer Vergangenheit in Verbindung hielt.

Ihr ganz persönlicher Regenbogen, der sie in Form mächtiger Steinbögen gestützt von massiven Pfeilern dorthin führte, wo ihr Glück in einem dicken Ordner aufbewahrt wurde, war die letzte Station, die Pont Royal.

»Ich muss euch um einen letzten Gefallen bitten«, versuchte Marie Claude und Lilille aus der Reserve zu locken.

»Mit mir brauchst du nicht zu rechnen«, kam es von Lilille wie aus der Pistole geschossen.

»Dann eben nicht«, zuckte Marie mit den Schultern.

Claude erbarmte sich, getrieben von Neugierde, aber auch dem Drang, sich selbst wieder in dieses diffuse Spiel zu bringen.

»Was?«, fragte er, möglichst ohne allzu offenkundiges Interesse zu demonstrieren.

»Sobald wir über der Brücke sind, werde ich hinter dem Restaurant Voltaire aus dem steinernen Blumentrog meine letzte Flasche holen. Von da an bitte ich euch, die Straßen genauestens zu beobachten. Dies wird der heikelste Teil meiner Mission, und Verfolger oder Beobachter hätten katastrophale Auswirkungen. Ich werde mich nicht sonderlich beeilen, denn das würde befremdlich und ungewöhnlich auf andere wirken. Passt bitte besonders entlang der Rue de Bellechasse auf.«

»In Ordnung«, sicherte ihr Claude zu, Lilille schwieg.

Marie hielt sich exakt an eine innere Uhr, gab sich nach außen hin ziel- und planlos wie immer, streunte herum, öffnete ihren Koffer, schloss ihn wieder, bettelte Passanten um Münzen an – alles in allem war kein Unterschied zu den unzähligen Malen zu bemerken, an denen sie durch diese Straßen gelaufen war. Außer dass sie nicht mehr wirr gestikulierte und versunken vor sich hin brabbelte.

Vor der Agence Naveau blieb sie nicht stehen, sondern steuerte direkt auf die Eingangstür zu, drückte sie mit einer Schulter auf und bugsierte ihren Koffer über die Stufen.

Diesmal erhob sich der greise Immobilienmakler nicht aus seinem Ohrensessel, sondern griff hinter sich in den geräumigen Schrank, zog den schwarzen Ordner heraus und löste daraus zielsicher ein Blatt Papier.

In der Zwischenzeit hatte Marie den Packen Geldscheine zwischen ihren Shirts hervorgeholt, stolze achtundsiebzigtausend Euro, ging damit zum Schreibtisch und zählte einhundertzwanzig Fünfhundert-Euro-Scheine ab. Die übrigen stopfte sie wieder in die Hosentasche.

Der Alte war nicht ganz so fassungslos, wie man hätte meinen können. Er zog das Geld zu sich heran und wischte es mit einer fließenden Handbewegung von der Tischplatte in eine geöffnete Schublade darunter. Dazu legte er die Werbeanzeige von Maries Traumhaus. Er verschloss knarzend die Schublade mit einem altmodischen, zierlichen Schlüssel.

»Ich rufe Sie an, Monsieur. Marie Croix«, teilte Marie ihm heiser mit.

»Ich weiß«, sagte er mit militärisch knappem Nicken. Es war die kürzeste und fragwürdigste Transaktion, die er seit über sechzig Jahren in diesem Geschäft über die Bühne gebracht hatte, aber ein Packen Bargeld war nicht zu verachten, und das Gottvertrauen der Kundin, dass sie nun Besitzerin der unverkäuflichen Gartenlaube war, verdiente nicht nur Anerkennung, sondern vor allem Verlässlichkeit seinerseits.

Marie verließ die Agence und machte sich auf den Weg zurück zur Pont de l'Alma, in der sie, wenn alles, aber auch wirklich alles klappte, zum letzten Mal übernachten sollte.

Als sie an einer Telefonzelle vorbeikam, deren Hörer mit abgerissenem Kabel einer glitzernden Schlange gleich am Boden lag, fiel ihr ein, dass sie Jaan, Nicolaas und Ruben nicht Auf Wiedersehen gesagt hatte. Aber das war gut so, ein aufmunterndes Indiz dafür, dass sie nicht vorhatte zu sterben. Sie wollte sich von ihrer kleinen Familie nicht verabschieden, sie wollte sie willkommen heißen in einem blühenden Garten, mit Zitronenlimonade in beschlagenen Gläsern, auf einer sonnengelben Gartenbank.

»Alles klar?«, vergewisserte sich Marie bei Claude und Lilille. Das beredte Schweigen, das ihr entgegenschlug, deutete sie als Zustimmung.

## Besuch

Auf der Holzbank neben dem Hibiskusstrauch saß ein schwarz gekleideter Mann, der seinen Kopf unter der Kapuze seiner dunklen Jacke versteckt hatte. Die muskulösen Arme vor der Brust verschränkt, lehnte er entspannt mit dem Rücken an der Bank, die stämmigen Beine locker übereinandergeschlagen und weit von sich gestreckt.

Marie erkannte von Weitem, dass es sich bei diesem Unbekannten unmöglich um Pater François handeln konnte, und ihr stockte der Atem. Ihre Gedanken wirbelten in rotierenden Spiralen durcheinander.

Umkehren? Davonlaufen? Nichts ahnend weitergehen und sich hinter dem Hibiskusstrauch in den Verschlag zurückziehen? An dem Mann vorbeischlendern und so tun, als würde man ihn nicht beachten?

Wofür sie sich auch entschied, die Lage war im Moment aussichtslos. Sie konnte ihm nicht entkommen. Denn dass es sich bei dieser finsteren Gestalt um einen von Mondieus angeheuerten Gangstern handeln musste, sagte ihr nicht nur das mulmige Gefühl in der Magengrube, sondern auch Claude mit einem nachdrücklichen »Jetzt ist alles vorbei, Marie.« in ihrem Kopf.

Der Mann rührte sich nicht.

Auch nicht, als sie mit ihrem scheppernden Koffer auf ihn zuging.

Nicht einmal, als sie sich hinter ihm und der Bank vorbeidrängte, um sich mit ihrem Gelumpe in die Mauernische zu zwängen, folgte er ihr mit gezücktem Messer, gespannter Garrotte oder zu Klauen gekrümmten Pranken. Unbehelligt ließ er sie in der Nische verschwinden.

Als sich ihre Augen an das Halbdunkel in dem kühlen Mauerdurchbruch gewöhnt hatten, wusste sie auch, warum.

Mondieu stand in verschwitztem T-Shirt, kurzen Hosen und mondänen Laufschuhen vor ihr. Ein farblich auf Shirt und Laufhose abgestimmtes Stirnband hielt seinen teuren Haarschnitt in Form. Eine Pulsuhr samt Brustgurt zeugte davon, dass er aus Leistungsehrgeiz lief und diese Messgeräte aus gesundheitlichen Gründen verwendete und nicht zum Spaß.

Angst überflutete sie, ihre Beine sackten unter ihr weg, und haltsuchend setzte sie sich auf den Rand ihres Koffers. Nun erfuhr sie am eigenen Leib, was Todesangst war.

Mondieu verschränkte die Hände hinter dem Rücken und beugte sich tief zu ihr, bis sein Gesicht nur Wimpernschläge von ihrem entfernt war und sie seinen frischen Schweiß riechen konnte.

»Marie, waren Sie ungehorsam?«, fragte er zuckersüß.

Marie fühlte sich überrumpelt.

»Nein, Monsieur«, antwortete sie mit zitternder Stimme und blickte kerzengerade in seine eisblauen Augen. Er richtete sich auf und sah mit hochgezogenen Brauen von oben auf sie herab.

»Warum haben Sie Ihre Flaschen eingesammelt? Was haben Sie mit Ihrem Geld gemacht? Erklären Sie, was in Ihrem nicht besonders hellen Köpfchen vor sich geht!«

Marie schlug beschämt die Augen nieder und faltete ihre zuckenden Finger im Schoß.

»Sie haben mich auf die Idee gebracht, Monsieur«, begann sie immer noch eingeschüchtert und flatternd. »Als Sie meine Flaschen vor ein paar Wochen erwähnt haben, dachte ich, dass ich meine Verstecke nicht besonders klug ausgewählt habe. Ich wollte mein Geld in Sicherheit bringen, bevor es gestohlen wird.« Angestrengt schluckte sie. »Vier Flaschen fehlen«, log sie mutig.

»Wo ist das Geld?«

»Weg.« Tränen spritzten aus ihren Augen.

»Wie, weg? Erklären Sie sich!«, brüllte er sie an, und aus ihrer zusammengekrümmten Haltung sah sie ihn auf den Fußballen wippen.

Tapfer ging Marie jetzt aufs Ganze.

»Die meisten Flaschen waren leer«, stammelte sie schluchzend, »mir sind nur achtzehntausend Euro geblieben!«

»Und wo sind die, wenn ich fragen darf?« Er war mit seiner Geduld am Ende.

Marie griff in die Hosentasche, zog daraus das Geldbündel und hielt es ihm hin.

Er zählte die Scheine durch und gab ihr den Packen zurück.

»Wer hat das Geld, Marie?«, insistierte er lauernd.

Marie sprang auf, um ihm Auge in Auge gegenüberzustehen. »Ich weiß es nicht!«, spie sie ihm ins Gesicht. »Ich weiß es doch nicht! Ich war immer vorsichtig, habe immer darauf geachtet, dass mich niemand sieht. Ich weiß es nicht!«, schluchzte sie haltlos.

»Ich bin geneigt, Ihnen zu glauben, Marie, doch ich werde es herausfinden, wenn Sie mich belogen haben«, drohte er ihr.

»Monsieur, ich schwöre, ich lüge nicht.«

»Es wäre schade um Sie, Marie, doch auch Sie sind nicht unersetzlich.« Er gab nicht auf, sie unter Druck setzen zu wollen.

Marie nickte, senkte wieder den Kopf, Tränen tropften ununterbrochen auf ihre Hose, mit den verkrampften, bebenden Schultern bot sie ein Bild des Elends.

»Monsieur, ich habe mir überlegt, dass …« Sie brach erschrocken ab.

»Was, Marie, was haben Sie sich überlegt?«

»Monsieur, nun … Sie haben bestimmt Mitarbeiter, die …« Sie unterbrach sich, als getraute sie sich nicht, den Gedanken laut auszusprechen.

»Sie meinen Mitarbeiter, die Sie beobachten, nicht wahr?«

Maries Kopf sackte auf die Brust, und sie zog die Schultern noch enger zusammen, als wolle sie sich vor Schlägen schützen.

»Das ist eine schwerwiegende Anschuldigung, Marie. Doch ich muss zugeben, sie ist nicht ganz von der Hand zu weisen. Es sind immer welche dabei, die den Hals nicht voll genug kriegen können. Ich werde mich darum kümmern.« Er war nachdenklich geworden, seine jähzornige Wut war etwas abgeklungen.

»Sie sind hoffentlich nicht so dämlich zu glauben, dass Sie das Geld zurückbekommen werden«, fügte er gehässig hinzu. »Sie haben sechzig Tage umsonst gearbeitet, aber Dummheit muss eben bestraft werden. Sie werden es überleben«, tröstete er sie und klopfte ihr im Hinausgehen gönnerhaft auf die Schulter.

Marie hörte, wie er dem auf der Bank sitzenden Mann »Du kannst gehen« befahl, und wartete, bis sie beide sicher außer Hörweite wusste, bevor sie sich die verbundene Hand auf den Mund schlug, um das prustende Quietschen zu dämpfen, das aus den Tiefen ihrer Bauchhöhle hervorsprudelte.

Marie spürte keine Schmerzen mehr in ihrer Hand, hatte auch die Bandagen in den letzten Wochen nicht mehr gewechselt, und schmerzstillende Kapseln waren überflüssig geworden. Geborgen und sicher lag die Speicherkarte in ihrer hohlen Hand, fest verschnürt unter einer weichen weißen Mullbinde.

Ihre wertvollsten Besitztümer wie den Ausweis der Association caritative, achtzehntausend Euro in bar, die zusammengefaltete Farbkopie ihres Grundbesitzes, einen rosafarbenen Lippenstift, zwei fast saubere Unterhosen, ein Paar abgetragene Turnschuhe, Sartres »Der Teufel und der liebe Gott« als Paperbackausgabe, Azas farbenprächtiges Tuch, das zerknautschte Zierkissen, eine Zahnbürste und ein abgebrochenes Stück Seife quetschte sie in ihren tarnfarbenen Rucksack, den nur mehr ein paar ausgefranste Schnüre und gute Worte zusammenhielten. Alles andere, das sie in Zukunft für das ländliche Languedoc-Roussillon brauchen würde, konnte sie unbesorgt einkaufen. Die restlichen Habseligkeiten schichtete sie, wie es ihrer Natur entsprach, millimetergenau in ihren Koffer, verschnürte auch diesen und schob ihn an die Stirnseite ihres altgedienten Refugiums.

Entgegen Claudes Fluchtvorbereitungen hatte sie vor, keine Zeit unnütz zu vergeuden. Nicht eine Minute länger als unbedingt nötig wollte sie sich in Paris aufhalten. Sollte sie den Tag bei Mondieu überleben, würde sie am frühen Morgen samt ihrem Koffer und Rucksack zum Gare de Lyon tippeln, den Koffer in der überfüllten Eingangshalle stehen lassen und nur mit ihrem Rucksack in den ersten Zug nach Nîmes steigen. Die Fahrkarte würde sie später beim Schaffner kaufen, um nicht an einem Schalter in einer Warteschlange gesehen zu werden.

Mondieu war nicht wiederaufgetaucht, und mit einem zwanzig Sekunden langen Telefonat um fünfzig Cent hatte sie sich davon überzeugt, dass in der Agence Naveau niemand gestorben oder gefoltert worden war.

Wie es in Lunel weitergehen sollte, wusste sie nicht, wollte darüber auch nicht nachdenken, fand, es würde sich ergeben, und sie könne sich den Kopf darüber zerbrechen, wenn es tatsächlich so weit war. Sie hatte keinerlei Zweifel, dass der Immobilienmakler vertrauenswürdig war und sie nicht übers Ohr hauen würde. Dem alten Fuchs würde mit Sicherheit eine unangreifbare Taktik einfallen, um Finanzamt, Notariate oder sonstige Behörden zu umgehen, damit gewährleistet war, dass einerseits er das beträchtliche Schwarzgeld einsacken konnte und andererseits Marie niemandem erklären musste, woher sie es hatte. Ebenso hatte sie auch keinerlei Zweifel daran, dass sie ihr Leben in den Griff bekommen würde, dass alles genau so kommen würde, wie sie es sich gewünscht hatte; die Kraft dazu würde sie aus ihrem Garten schöpfen, aus dem würzigen Duft der Blumenwiese, aus dem Summen der Bienen, aus den Blitzen eines stürmischen Sommergewitters und nach einiger Zeit vielleicht sogar aus sich selbst.

Außerdem – was sollte Großartiges schiefgehen?

Im besten Fall hätte sie Mondieu das Handwerk gelegt, sein Kinderprojekt vereitelt und würde in Lunel ein neues Leben beginnen.

Im schlimmsten Fall wäre sie tot.

Im ungünstigsten Fall müsste sie wieder zurück auf die Straße, aber das wäre gleichbedeutend mit tot.


Wenn sie an der Pont de l'Alma abgeholt wurde, war es immer an derselben Stelle wie beim allerersten Mal, erste Kreuzung Cours Albert, oben an der Pont, am rechten Seine-Ufer. Als sie nun zum unwiderruflich letzten Mal an der Ampel wartete, traute sie ihren Augen nicht, als ein dunkelgrauer Leichenwagen eines Bestattungsunternehmers hielt, die Kofferraumklappe lautlos nach oben schwebte und sie sich neben einen billigen Eichensarg zwängen und während der ganzen Fahrt formvollendete Rosetten, die in geraffte Seidenvorhänge an den Seitenfenstern eingearbeitet waren, anstarren musste. Am liebsten wäre sie in hysterisches Kreischen ausgebrochen und hätte die Vorhänge aus ihren Schienen gerissen, um ein Mal, nur ein einziges Mal, zu sehen, welche Avenues und Rues und Boulevards sie entlangfuhren, um zu Mondieus geheimem Hochsicherheitstrakt zu gelangen. Doch ihr war klar, dass sie damit sich selbst und ihre Mission zerstören würde. Darum schlug sie sich kraftvoll auf ihren verletzten Handrücken, und der schneidende Schmerz trieb ihr nicht nur die Tränen in die Augen, sondern auch die nichtsnutzigen Flausen aus dem Kopf.

Ahnte Mondieu etwas? War dieser Sarg, dessen Messingringe an den Seiten bei jeder Straßenunebenheit scheppernd gegen das Holz schlugen, einer seiner makabren Scherze?

Marie fror in dem unterkühlten Wageninneren, und ihre Hand zitterte, als sie sie auf die Glasfläche zum Aufzug presste.

Mi Li und ihre drei Gehilfinnen wussten einstweilen, wie sie mit Maries verbundener Hand umgehen mussten, und machten darum kein Aufhebens mehr. Nur Mi Li selbst betastete fragend Maries Handrücken, sie vermisste den sperrigen Kühlakku darunter.

Marie lächelte sie an und flüsterte leise: »Brauche ich nicht mehr, es heilt gut.« Mi Li lächelte mit den Augen zurück und strich sanft über die äußere Mullbindenschicht. Maries Herz hatte inzwischen ein paar Schläge ausgesetzt, erholte sich wieder und pumpte nun umso schneller.

Der Weg zum Aufzug schien diesmal kein Ende nehmen zu wollen, und als sie endlich die Kabine betrat, war »zwei« zwar nur ein mattes Krächzen, aber die Stimmerkennung funktionierte tadellos und brachte sie zuverlässig an den zukünftigen Tatort.

Sie betrat ihr Büro und erinnerte sich daran, in den nächsten Minuten jede einzelne Sekunde daran zu denken, dass Mondieu sein videogesteuertes Auge auf sie gerichtet hatte.

Unbefangen wie immer ging sie zum Telefon, drückte die gelbe Taste, und die Bilderwände schoben sich wie von unsichtbaren Fäden gezogen zur Seite. Sie rückte Muschelstuhl und Strickkorb vor die Monitore und bückte sich, um einen Wollfussel aufzuheben. Im Vorbeigehen nahm sie die Rotweinflasche aus dem Korb und brachte sie zur Küchenzeile, um sie zu entkorken.

Vor der Küchenkombination hielt sie einen Moment inne,

um sich zu sammeln, tief Atem zu holen und ihn langsam über die Lippen entweichen zu lassen. Dann öffnete sie den Hängeschrank, holte die weiße Porzellantasse mit dazu passendem Unterteller heraus und betete zu einem für sie bis dahin völlig bedeutungslosen Gott, dass die ebenfalls weißen Tabletten von der Deckenkamera nicht als solche demaskiert werden konnten.

Eilig griff sie nach Dekanter und Weingläsern und stellte alles auf die Arbeitsfläche neben die Kaffeetasse. Sie schaltete die Espressomaschine ein, und während diese geräuschvoll aufheizte, hielt sie Dekanter und Weingläser prüfend gegen das Deckenlicht, schüttelte unzufrieden den Kopf, drehte den Heißwasserhahn auf und begann, unter dem dampfenden Wasser Krug und Gläser mit einem kleinen Schwämmchen akribisch abzureiben und mehrmals zu spülen. Sie ließ das Wasser laufen, nahm auch Kaffeetasse und Teller, um sie zu waschen, beugte sich ein wenig weiter nach vorn, verdeckte mit dem Oberkörper zum größten Teil das Blickfeld auf das tiefer gelegene Spülbecken, kippte mit einer geschickten Drehbewegung die Tabletten aus der Tasse in den Dekanter, reinigte wie selbstverständlich ihr Kaffeegeschirr und stellte es zum Abtropfen in die Spüle zu Gläsern und Weinkrug. Den Wein ließ sie in einem dünnen Strahl langsam aus der Flasche in den Dekanter laufen, so hatte Mondieu es ihr beigebracht.

Die leere Flasche legte sie wieder in den Warenkorb der Delikatessenfirma zurück, holte die Kaffeetasse samt Teller aus der Spüle, bereitete sich einen Café au Lait, trank ihn schluckweise im Stehen und polierte dazwischen mit einem weichen Mikrofasertuch die Weinkelche. Hin und wieder unterbrach sie die Handgriffe, um den Dekanter aus der Spüle zu heben und zu schwenken. Auch das hatte Mondieu ihr beigebracht.

Als die Gläser zu ihrer Zufriedenheit funkelnd glänzten, machte sie sich über den Dekanter her, hob ihn aus der Spüle auf die Arbeitsfläche und wischte verbliebene Wassertröpfchen trocken, begutachtete kritisch den Wein von allen Seiten, schwenkte ihn in die Höhe und im Kreis umher, schnüffelte prüfend am geschwungenen Hals des Glasgefäßes, hielt nach körnigem Bodensatz Ausschau, entdeckte keinen und hätte vor Erleichterung beinahe geweint: Die Tabletten hatten sich durch das stetige Schwenken vollständig aufgelöst, nicht ein winziges Körnchen war mehr zu sehen, und zum Glück schäumten sie auch nicht.

Der Dekanter war einsatzbereit, und sie stellte ihn gemeinsam mit den Gläsern auf den Couchtisch. Jetzt konnte sie sich entspannt dem Verzieren und Garnieren der Canapés widmen. Sie fand sogar genügend Zeit dazu, die Stoffservietten zu einem originellen Fächer zu falten, der ausnehmend hübsch anzusehen war, als sich die Tür öffnete und Mondieu mit freudig geröteten Wangen den Raum betrat.

Die vorletzte Szene des letzten Akts konnte beginnen.

»Marie, wir haben heute einiges zu besprechen«, läutete er die Totenglocken ein. Er machte es sich bequem, lüpfte die Hosenbeine, hob den Dekanter, schwenkte ihn ausgiebig, roch in den gläsernen Hals, schwenkte ihn noch einmal, roch erneut und schmatzte zufrieden in genüsslicher Erwartung des ersten Tropfens auf seinem verwöhnten Gaumen. Die blutrote Flüssigkeit perlte ölig an der Innenwand des Dekanters ab, und Mondieu füllte die Gläser.

»Haben Sie über meinen Vorschlag nachgedacht?«, erkundigte er sich interessiert und nahm einen ordentlichen Schluck. Marie benetzte ihre Lippen.

»Ja, Monsieur. Ich fühle mich sehr geehrt, zu Ihrer Geschäftsführerin ernannt zu werden.« Sie lächelte.

»Das dachte ich mir«, lachte er, »und was sagen Sie zu dem Gelände?« Mondieu biss einer Garnele den Schwanz ab und spülte sie mit Wein seinen Schlund hinunter. Sein Kehlkopf hüpfte auf und ab.

»Ich denke, es ist einfach perfekt.« Marie griff zu einem Stück Melone und nippte wieder an ihrem Glas.

Er schnappe sich die nächste Garnele, bemerkte beiläufig »Fisch muss schwimmen« und ertränkte die Krabbe in Wein.

»Nur …«, setzte Marie stockend an.

»Was? Reden Sie!«

»Monsieur, verzeihen Sie, aber ich dachte … Finden Sie es wirklich klug, einen Spielplatz anzulegen? Die Kinder haben während ihrer Arbeit ohnehin keine Zeit, ihn zu benutzen.

Darüber hinaus könnte er ungewollte Aufmerksamkeit erregen, wenn er kinderlos bleibt.«

Wie lange dauern zwanzig Minuten, fragte sie sich im Stillen. Ist die Dosis hoch genug? Muss er noch mehr trinken? Wie halte ich ihn bei Laune?

»Marie, Sie erstaunen mich mit Ihrem Scharfsinn. Ein äußerst wertvoller Hinweis. Da habe ich in meinem Überschwang wohl ein wenig über die Stränge geschlagen, nicht wahr? Ach übrigens, zwar konnte ich Ihr sauer verdientes Geld leider nicht mehr auftreiben, dafür treibt etwas anderes in der Seine«, lachte er hämisch und griff ahnungslos nach dem Glas.

»Sie haben heute einen vorzüglichen Wein gewählt, Marie! Zeigen Sie mir das Etikett und reichen Sie mir den Korken«, bat er sie gut gelaunt.

Sie stand auf, und mit bangen Knien brachte sie ihm das Gewünschte. Der Korken fiel ihm aus der Hand, Marie hob ihn auf.

»Finschi nicht auch, dassesch heute schimlich heischischt hier dinnen?«, begann er endlich zu lallen.

»Ich finde es angenehm wie immer, Monsieur.« Marie sah fasziniert zu, wie er sich mit beiden Händen am Stiel des Glases festhielt.

Er sackte ein wenig nach links, als hätte ihn jemand geschubst.

»Ma … hiiie, scho heisch …«, brabbelte er und ließ den Kopf in den Nacken sinken.

»Monsieur, geht es Ihnen nicht gut? Monsieur, Sie müssen etwas trinken!«, rief Marie, und es kostete sie beträchtliche Anstrengung, besorgt zu klingen.

»Tien … gen …«, verlangte er mit geschlossenen Augen, das Glas in seiner Hand neigte sich gefährlich.

Marie ging zu ihm, nahm das Glas aus seiner Hand, stützte mit ihrer verbundenen Hand seinen Kopf und flößte ihm den Wein ein, den er mühsam schluckte.

»Nosch … meah …«

Marie füllte nach und goss so lange Wein in seine Kehle, bis sein Schluckreflex erlahmte und die Flüssigkeit von der übervollen Mundhöhle aus den Mundwinkeln quoll.

Sie ließ Mondieu los, und er rutschte langsam entlang der Rückenlehne zur Seite, bis er gekrümmt auf dem Sofa zu liegen kam, die Beine halb vom Boden angehoben.

Marie setzte sich ihm gegenüber, wartete und trank ihren kalten Kaffee.

Nach geraumer Zeit entfuhr ihm ein für seine Verhältnisse ordinärer Rülpser, und eine Hand fiel über die Sitzkante und pendelte einige Male hin und her.

Marie saß immer noch an ihrem Platz und wartete, bis sich ein dunkler Fleck zwischen seinen Hosenbeinen ausbreitete.

Da erst stand sie auf, und mit rumorendem Magen fühlte sie an beiden Seiten seines Halses vergeblich nach dem Puls. Zur Sicherheit versuchte sie es auch noch an den Handgelenken, aber auch dort war alles ruhig.

Sie stürzte zur Toilette und spuckte grüne Galle, bis ihr der Schweiß auf der Stirn stand und sie sich kaum noch auf den Beinen halten konnte.

»Iss etwas«, flüsterte Lilille beklommen.

Marie spülte den Mund, ließ eiskaltes Wasser bis in den Rachen und über ihr Gesicht laufen und zwang sich dazu, neben dem toten Mondieu Bananenstücke und zwei fingerdicke Brötchen zu essen.

Als sie sich stark genug dazu fühlte, zerrte sie Mondieu mit letzter Kraft in eine sitzende Haltung auf den Muschelsessel. Sein Kopf lag auf der Brust, und er drohte vornüberzukippen, doch Marie stand hinter ihm und riss ihn an seinem Hemdkragen zurück. Sie rollte mit dem Sessel bis dicht vor die Tür und klemmte Servietten unter die Räder, um sie zu blockieren.

In seiner sitzenden Haltung fehlten nur wenige Zentimeter, um seinen gestreckten rechten Arm bis in die Höhe der Glasfläche zu führen, und Marie dehnte mit solcher Macht seine Muskeln, dass sie sich einbildete, sie förmlich reißen zu hören. Nach dem vierten Versuch gelang es ihr, mit seiner geöffneten Handfläche auf das Glas zu klatschen, und die Tür schwang lautlos ein Stück nach innen, bis sie auf Widerstand stieß; der Sessel stand im Weg.

Marie riss eine Serviette unter den Rädern hervor, klemmte sie zwischen Türblatt und Rahmen, um die Tür am Zuschnappen zu hindern, und schob die Tür so weit wie möglich wieder zu. Sollten Gäste von außen vorübergehen, durften sie keinesfalls irrtümlich in Maries einladend geöffnetes Büro treten.

Maries Hände und Knie zitterten nicht mehr, ihr war nicht übel, das Herz raste nicht, und sie hatte weder Schmerzen in der Hand, noch tat ihr der Kopf weh. Lustvoll löste sie die Mullbinde und entfernte den elastischen Verband von ihrer Hand, deren Narbe zwar glühend rot und dick geschwollen, aber bereits mit einer hauchdünnen Hautschicht überzogen war.

Sie ging zum Schreibtisch, nahm den Notizblock für Bestellungen und begann in gestochen sauberer Schrift zu schreiben.

Als sie fertig war, drückte sie die Null-Taste, Sperralarm.

Hastig schlang sie die übrigen Brötchen hinunter und trank Wasser direkt aus dem Hahn. In den nächsten Stunden brauchte sie Energie, durfte keinen Schwächeanfall erleiden.

Sie kontrollierte auf den Monitoren die rot blinkenden Lichter und bewunderte erstmals Mondieus Perfektionismus. Ihren kurzen Brief befestigte sie mit seiner fein ziselierten goldenen Ansteknadel an seiner seidenen Krawatte, legte seine baumelnden Hände in den immer noch dunkel befleckten Schoß, verschränkte die klammen Finger zu einer flachen Schale und platzierte darin gut sichtbar die Speicherkarte aus ihrem Mullbindenversteck.

Sie schob ihn in die Mitte des langen weißen Ganges mit den zwölf Türen, kehrte in ihr Büro zurück, achtete wieder auf die sorgsam eingeklemmte Serviette, hob den Sperralarm auf und setzte sich geduldig abwartend auf den Boden vor die Monitore.

Sie wunderte sich, dass noch immer keiner der schwarz gekleideten Männer in ihr Büro gestürzt war, um sie zu töten.

Mondieu musste tatsächlich ein Alleinherrscher gewesen sein.

# Erbrecht

Eine Ratte nach der anderen kam aus ihrem Loch gekrochen, eine Lichterkette nach der anderen erleuchtete in hellem Grün.

Vereint in maßlosem Entsetzen drängten sich Gäste und Bedienstete um Mondieu und rissen sich gegenseitig den Brief aus der Hand, um ihn danach mit spitzen Fingern angewidert weiterzureichen.

*Mesdames et Messieurs,*

*auf der Speicherkarte finden Sie eine anschauliche Präsentation Ihrer beeindruckendsten Charaktereigenschaften.*
*Müßig zu erwähnen, dass es sich dabei um nur eine von unzähligen Kopien handelt.*
*Transferieren Sie bitte ab morgen Ihre großzügigen Spenden an Organisationen, die zum Wohle unserer Kinder ins Leben gerufen wurden. Denken Sie daran, dieses Spendenprivileg auch Ihren rechtmäßigen Erben zu vermachen.*
*Das Etablissement ist ab heute geschlossen.*
*Vielen Dank für Ihr Verständnis.*

Fluchtartig stoben alle kreuz und quer aus dem Gang, hin zum Aufzug, nur weg aus diesem Höllenparadies.

Marie beobachtete die helle Panik mit einem amüsierten Schmunzeln. Zum ersten Mal nach drei Jahren und zwei Monaten erlaubte sie den Bildern, sich in ihrem Bewusstsein breitzumachen. Sie gewährte ihnen genügend Raum und kostete jede Sekunde aus, in der sich die flimmernden Aufnahmen in ihr Gehirn brannten.

Die Letzte, die das sinkende Schiff verließ, war sie.

Sie drückte Taste 2, um ihr Taxi zu ordern, war überzeugt davon, dass die frohe Botschaft noch nicht bis zu dem ihr für den heutigen Abend zugeteilten Leichenbestatter durchgedrungen war, und nahm das vorbereitete Geldbündel aus der Lade, das sie in dieser Nacht nicht mehr verteilen musste. Für die Strapazen der letzten Wochen hatte sie sich einen Extrabonus verdient.

Den letzten Blick ließ sie ohne Wehmut oder Melancholie durch den feudalen Raum streifen.

War es am Ende wirklich so einfach gewesen?

Triumphierend wollte sie ihren unfassbaren Sieg mit Claude und Lilille teilen: »Na, was sagt ihr dazu?«

Totenstille.

Sie war frei.

# Dank

Ich danke allen, die mich darin unterstützen, weiterhin Bücher zu schreiben, für ihr Vertrauen und Verständnis während intensiver »Buchzeiten«.

Im Besonderen gilt mein Dank meiner Lektorin Irène Kost sowie dem gesamten Team des Emons Verlages.

Mara Ferr
**AUX CHAMPS-ÉLYSÉES**
Broschur, 240 Seiten
ISBN 978-3-95451-139-6

*»Ein dramatischer Thriller aus den gehobenen Pariser Kreisen - mal was anderes und so spannend, dass man das Buch von Mara Ferr gar nicht mehr aus der Hand legen mag.«*  Das neue Blatt

www.emons-verlag.de